클로디 윈징게르   Claudie Hunzinger

프랑스의 소설가이자 조형 예술가.
1940년 프랑스 북동부 오랭(Haut-Rhin) 지방의
콜마르에서 태어났다. 1965년 배우자와 함께
알자스 지방의 보주산맥에 있는 방부아 숲속의
보 □□□□□□□□□□□□□□□□□□ 기 시작했으며,
□□□□□□□□□□□□□□□□□□□□ 않고
□□□□□□□□□□□□□□□□□□ . 1973년,
□□□□□□□□□□□□□□□□□ 아, 초록의 삶
(□□□□□□, la vie verte)』을 출간하여 의미 있는 반향을
일으켰다. 1980년대 책과 책에 가해진 폭력이라는
주제로 작품을 발표하면서 조형 예술가로 첫발을
내디뎠으며 이후 자연, 그중에서도 식물이라는 주제에
천착하여 활발하게 활동을 이어오고 있다.
2010년 70세의 나이로『그녀들은 희망을 안고 살아갔다
(Elles vivaient d'espoir)』를 발표하며 소설가로 데뷔했다.
이후『잔존(La Survivance)』(2012),『새들의 언어
(La Langue des oiseaux)』(2014),『작열(L'Incandescente)』(2016)
등을 발표했으며, 거의 모든 작품이 주요 문학상 후보에
올랐다. 2019년『위대한 사슴들(Les Grands Cerfs)』로
데상브르상을 받았다. 2022년『내 식탁 위의 개』로
아카데미 프랑세즈 소설 대상, 메디치상,
르노도상 후보에 올랐고, 페미나상을 수상했다.

내   식탁 위의   개

내 식탁 위의 개

Un chien à ma table

클로디 윈징게르 장편소설
김미정 옮김

민음사

잠잠히 있어라, 불현듯 너의 식탁에
천사가 모습을 드러내더라도.
— 라이너 마리아 릴케, 「과수원」

나는 그중 몇몇을 만났어, 그녀가 말했다.
인간이라는 존재들과
사소한 몇 개의 인연이 이어졌던 것을
못내 자랑스러운 투로 알리며.
— 재닛 프레임, 『또 다른 여름을 향해』

스톤헨지,
일명 피에르 쇼앙주에게

일러두기

1 본문의 각주는 모두 옮긴이 주이다.

2 원문에서 이탤릭체로 강조된 부분은 고딕체로 구분했다.

차례

1

출발하기 전날이었다. 밤이 아직 오지 않았을 때였다. 나는 문간에 앉아 보랏빛으로 서서히 물들어 가는 산을 마주 보며 밤을 기다렸다. 밤이 오기를, 다른 누구도 아닌 밤이 다다르기를 기다리며 나는 생각했다. 씨앗이 맺힌 디기탈리스 꽃대를 보니 인디언의 신성한 깃털 장식이 떠올라. 고사리 잎이 노랗게 시들었네. 버려진 수많은 덩어리들, 등과 두개골과 치아, 집 위로 돌출된 빙퇴석* 더미들이 종말에 가까워진 세상의 혼돈과 파국을 이야기하고 있구나. 비가 내릴 것 같아. 그러니 내일은 버팔로화를 신고 파카를 입

*   빙하에 의해 운반되어 퇴적된 모래, 자갈 또는 점토. 혹은 이들 물질로 이루어진 특수 지형.

어야지. 밤이 가까워졌을까? 순간 퇴석의 밀도가 달라졌다. 돌의 굽은 등뼈가 떨어지는 운모 파편에 소스라치더니 순식간에 절뚝거리며 내 쪽으로 다가왔다. 그 그림자 중 하나가 무리에서 떨어져 나온 것이었다.

고사리 잎 사이로 기어 오는 그 그림자가 보였다. 그것은 디기탈리스가 자라난 곳을 통과하는 중이었다. 끊긴 사슬 토막이 눈에 들어왔다. 도망자. 도망자가 다가오고 있었다. 내가 상대를 알아채기 전 그쪽에서 먼저 나를 알아챈 것 같았다. 그러는 찰나 그것은 사람 키만 한 고사리 뒤로 사라졌다가 조금 떨어진 곳에 모습을 드러내더니 결국 도망쳐 버렸다. 나는 상대의 움직임을 더 잘 보기 위해 자리에서 일어났다. 그것은 옆길로 빠졌다가 이제 내 쪽으로 곧장 내려오고 있었다. 열 걸음 거리에서 속도를 늦추고 머뭇거리다가 그 자리에 멈춰 섰다. 그 꼬질꼬질한 회색 털 뭉치는 굶주린 채 기진맥진해 있었다. 커다란 밤색 눈동자가 시선을 피하지 않고 눈 깊은 곳에서 나를 지켜보고 있었다. 도대체 어디서 왔지? 우리는 세상 모든 것에서 멀어져 숲속 한가운데서 살고 있었다. 내 등 뒤로 현관문이 열려 있었다. 나는 뒤로 몇 걸음 물러서서 공간을 마련해 주었다. 자, 난 너한테 전혀 관심 없어, 먹을 것을 주려는 것뿐이야. 그러니 들어와, 들어오렴. 들어와도 된단다. 미지의 방문자는 다가오기를 거부했다. 넌 어디서 왔니? 여기서 뭘 하고 있어? 나는 목소리를 낮추어 작게 속삭였다. 그것이 한 걸음 앞으로 내디뎠다. 문턱을 넘었다. 나는 뒤로 물러섰다. 녀석은 조심스럽게 나를 따라왔다. 도움이 필요하다는 마음이 두려움을 이겼는지, 언제라도 도망갈 채비를 갖춘 채 금방이라도 깨질 것 같은 얼음 연못 위를 걷듯 한 발 한 발 다가와 음식 접시에 발을 걸쳤다. 우리 둘 다 헐떡이고 있었다. 떨고 있었다. 우리는 함께 떨고 있었다.

도망자가 여기 오기 전날 밤, 자동차의 헤드라이트 불빛이 숲을 네댓 차례 오가며 샅샅이 훑다가 천천히 사라진 적이 있었다. 숲속 도로는 멀리 떨어져 있었지만, 차가 커브를 돌 때마다 헤드라이트가 쏘아대는 빛다발들이 내 방 벽에 커다란 마름모꼴을 그렸다. 그 마름모꼴이 한 번씩 선회할 때마다 마치 나를 방에서 쫓아내려는 것처럼 느껴졌다.

여기 개가 있어. 나는 그리그에게 소리쳤다. 그리그는 2층의 내 생활 공간 옆 자기 생활 공간에 있었다. 자기 침대, 자기 서재, 자기 꿈. 각자 자신만의 생태계가 있다. 초원이 바라다보이는 창문들은 나의 생태계다. 반면 그의 생태계는 밤낮 할 것 없이 커튼을 쳐 놓은 일종의 저장고, 창고, 은신처, 두개골이다. 방이라기보다는 책을 보관하는 창고 같기도 하다.

육십 년 가까이 나와 삶을 함께한 그는 내가 '그리그(Grieg)'라는 별명으로 부를 정도로 구두쇠에* 짓궂은 영감이다.(그는 기분이 좋을 땐 나를 '피피'라고 부르고, 기분이 아주 좋을 땐 '여보(Biche)' 혹은 '담배(Cibiche)'라고 부르고, 우울할 땐 그냥 '소피'라고 불렀다.) 자기 방에서 내려온 그리그는 회색 머리칼에 닷새 동안 면도를 하지 않아 수염이 덥수룩하고 목에는 붉은 반다나를 두른, 나이를 가늠할 수 없는 모습이었다. 서두르는 기색도 전혀 없다. 그는 항상 무덤덤한 사람, 매사에 무관심하고 어떤 일에도 놀라거나 분개하지 않는 사람이다. 또한 자신의 실패와 아울러 노쇠한 몸을 이미 받아들여 이제는 실제 세상보다 책들의 세상을 더 사랑하는 것 같다. 그가 그토록 좋아하는 담배와 소설과 밤의 냄새

---

*   구두쇠를 뜻하는 프랑스어는 'grigou'이다.

를 풍기며 늘 그렇듯이 방해받아 언짢다는 듯 투덜거리며 다가왔을 때, 개는 내 발 아래에 몸을 피했다가 이제는 드러누워 젖꼭지들이 점점이 박힌 배를 보여 주고 있었다.

그 순간 내 머릿속에 번개처럼 지나가는 문장이 있었다. 그렇다, 나는 예스라고 말했다. 나는 동의할 것이다.* 그렇게 개는 '예스'라는 이름을 얻었다.

나는 말했다. 내가 여기 있어, 예스. 나는 쪼그려 앉았고, 개의 목덜미 털에 손가락을 넣어 쓸어 주었다. 기다란 나무딸기 줄기와 자작나무 잎, 그리고 이끼로 범벅된 그 젖은 털을. 도망자는 나보다 앞서 비를 맞은 듯했다. 아까 비가 내린 서쪽에서 왔는지 물에 젖은 개 냄새가 났다. 나는 목걸이에 인식표가 달려 있는지 찾아보았다. 손을 분주히 움직여 귓속을 유심히 살피면서 어디서 온 개인지, 문신은 없는지, 다른 뭐라도 있는지 찾았으나 진드기 외에는 아무것도 없었다. 바지 주머니에 늘 넣고 다니는 노란 플라스틱

---

*　　　　and yes I said yes I will yes. 제임스 조이스의 소설 『율리시스』의 마지막 문장.

갈고리로 진드기를 떼어 냈다. 개는 내게 몸을 맡기고 있었다. 예스에게 말했다. 내가 여기 있어, 이제 다 끝났단다, 다 잘될 거야. 예스는 나에게 응답하고 있었고, 나는 온몸으로 응답하는 예스의 소리를 들었다. 개는 자신이 얼마나 두려운지, 또 나를 얼마나 믿고 있는지 알려 주려는 듯 온몸을 다시 떨기 시작했다. 털로 뒤덮인 커다란 발에 달린 발가락 개수를 세어 보니 뒷발에 며느리발톱이 두 개씩 더 있었다. 양치기 개 종(種)이야, 우리 위로 몸을 숙이고 있던 그리그가 말했다. 나는 예스에게 다시 한번 말해 주었다. 내가 여기 있단다. 나는 기꺼이 그 말을 계속할 작정이었고, 예스 역시 그랬다. 점점 더 다가오며 우리를 감싸는 어슴푸레한 빛 속에서 예스가 몸을 뒤집어 배를 바닥에 댔고, 나는 녀석의 덥수룩한 꼬리를 몸에서 살짝 들어 올렸다. 녀석의 자그마한 생식기가 처참히 찢긴 채 진물과 말라붙은 피로 끈적거렸고, 털 아래의 뱃가죽은 멍이 들어 시커멨다. 아무 말도 나오지 않았다. 나는 계속, 계속해서 속삭였다. 내가 여기 있단다, 이제 다 끝났어. 작은 개는 나를 등진 채 또 한 번 몸을 버둥거리더니, 격렬하게 헐떡이기 시작했다. 문밖의 바람도 거세게 불었다. 나는 예스 곁에 꿇어앉아 손가락으로 부드럽게 등을 어루만져 주었고, 보이지 않는 누군가를 향해 탄원하듯 말했다. 동물을 학대하고 성폭행하는 건 처벌받아야 할 중범죄야. 그러자 까마득한 원시 시대에서 온 듯한 그리그의 대답이 들렸다, 늘 일어나는 일이잖아. 나는 응수했다. 그건 아무 상관 없어. 세상이 완전히 바뀌었다고.

이유는 알 수 없으나 가브리엘 위트콥의 소설 『아이들을 파는 여상인』이 머릿속에 떠올랐다. 그리고 회색 털의 작은 개가 작은 건물에서 도망 나와 울부짖으며 숲으로 달려가는 모습이 눈앞에 보였다. 소설에서는 발가벗은 어린 소녀가 울면서 센강에 몸을 던지러 달려간다. 그리그에게 그 이야기를 했다. 빽빽한 나무들을 헤치고 나무 그림자를 뚫고 숲의 경계를 넘어 내게까지 온 이 가련한 개의 탈주 과정이 얼마나 험난했을지 한눈에 보였다. 나는 중얼거렸다. 어린 강아지인 게 틀림없어. ─ 당신은 모든 걸 뒤죽박죽 섞어 버리지, 그리그가 대꾸했다. 나는 스스로를 격려하듯 말했다. 그러라지, 이건 더러운 짓이야, 진짜 더러운 짓이라고, 인터넷의 병폐야. 동시대 많은 사람들이 관심을 갖는 화제이긴 하지만 더 깊이 들어가지 않는 게 좋겠어. 내가 이런 생각과 감정에 빠져 오늘날 일어나는 역겨운 일들을 상상하는 동안, 집 정면 문을 겸한 창문의 크리스털처럼 반짝이는 크고 높은 유리에 앞으로 두 발을 모은 작은 개의 모습이 비쳐 마치 초원 위를 떠다니는 것처럼 보였다. 녀석의 모습은 마치 고아처럼 홀로 가볍게 떠다니는 한 조각 구름 같았다. 철저히 고독한 그 모습이 너무 우아해서, 극단적으로 동시대적인 동물 성 착취라는 이야기는 우정과 경쾌함에 관한 판타지에 가까운 다른 이야기로 변모해 버렸다.

나는 그리그에게 말했다. 우리가 키우자.

개가 겁먹을까 봐 불을 켜지 않았다. 이제 주방은 검은색으로 변해 가는 초록빛 땅거미에 잠겨 있었다. 빙퇴석 쪽으로 열린 문을 통해 바람이 흘러 들어왔다. 산비탈을 점거했다가 쪼그라든 고대 빙하의 아가리만큼이나 매서운 수직 기류로, 깨어진 돌덩어리들의 퇴적을 진행시키고 있는 바람이었다. 나는 예스에게 말했다. 기다려. 녀석의 목덜미를 어루만지다가 마침내 금속 목걸이의 잠금쇠를 풀 방법을 찾아냈고, 그 모든 것을, 사슬과 속박과 비열한 행위를 반대편 저 끝으로 던져 버렸다. 나는 다시 한번 속삭였다. 기다려. 그러고는 자리에서 일어나, 예스가 일 분 만에 비워 버린 물그릇 외에 접시를 하나 더 준비했다. 예스는 백 살 먹은 개처럼 혹은 어린 강아지처럼 몸을 떨더니, 곧바로 다른

쪽 끝의 문을 향해 걸어갔다. 예스는 달아나고 있었다. 세상에나. 예스의 형체가 가까스로 보였지만 주변이 너무 어두웠다. 주방 반대쪽 바닥을 스치는 발톱 소리가 들렸다. 그러는 동안 개가 발산하는 축축한 눈과 진흙, 늑대 체취가 섞인 진한 냄새는 점차 멀어져 갔다. 뒤따라가고 싶은 마음에 문간에 가서 바깥을 내다보았지만, 밤중이라 개나 사람의 털 끝 하나 보이지 않았고 그림자조차 떠다니지 않았다. 나는 돌이킬 수 없다는 쓸쓸한 마음을 안고 집으로 돌아왔다. 내 손에 여전히 쥐여 있는 나무딸기 줄기가 눈에 들어왔다.

— 이렇게 보내 버리면 안 됐는데. 수의사에게 데려갔어야 했어. — 감염된 곳은 없었잖아. 그리그가 대꾸했다. — 겉으로 보기엔 그랬지. 하지만 누가 알겠어? 나는 이렇게 말한 뒤 불을 켰다.

2

우리가 살고 있는 이 커다란 건물은 12미터 길이의 통으로 된 낡은 복층 구조의 단층집이었다. 그리그와 나, 우리 둘은 삼 년 전 이곳에 정착했다. 예전 집에서 가져와 사용하거나 보관 중인 물건은 거의 없었다. 그곳을 점거하고 있는 물건은 평생 비웃던 것들이었다. 비축 식량, 금속 통, 유리병, 뚜껑이 꼭 맞는 플라스틱 용기 들이 깊숙한 벽의 선반마다 가득 쌓여 있었다. 실제로 우리가 이곳 부아바니에 도착하고 얼마 안 되었을 때 숲에 사는 온갖 종류의 작은 설치 동물들이 우리 주방에 와서 먹을 것을 한 짐씩 싸 들고 갔다. 안경겨울잠쥐는 밤마다 와서 사탕수수로 만든 각설탕을 가져갔고, 들쥐들은 제 몸집만 한 호두를 한 알 한 알 가

저가서 결국 바닥을 냈으며, 생쥐는 코코넛 밀크 팩에 구멍을 뚫어 훔쳐 먹었고, 다락에서 희미하게 바스락거리던 쥐들은 앞발에 빵을 움켜쥐고는 요란한 소리를 내며 자기들의 비밀 기지까지 끌고 갔다. 그런데 등줄쥐만은 지금까지 한 번도 보지 못했다. 살면서 적어도 한번쯤은 코앞에서 등줄쥐를 마주치거나 툭 튀어나온 그 검고 반짝이는 눈을, 물방울처럼 세상의 모습이 거꾸로 비치는 그 눈을 얼핏이라도 본다면 참 좋을 텐데 말이다. 녀석들의 털외투는 회색에 가까울까, 아니면 금빛에 가까울까? 아쉽게도 알 길이 없다. 모든 것을 밀폐 용기에 저장해 음식 부스러기 하나 떨어뜨리지 않게 된 후 우리의 저녁은 근사해졌으며, 내 요리도 무척이나 깔끔해지고 전과 달라졌으나 동물 방문자들 또한 모습을 감추었다. 유감스럽기 그지없는 일이다. 하지만 독을 넣은 미끼는 그만 쓰고 싶었다. 먹이 사슬이 진행되다 보면, 어두운 밤에 우우 우우 투명한 울음소리를 내는 올빼미 가족이 사라질 수도 있었다. 내가 놓은 독 때문에 죽은 동물의 머리가 풍기는 악취도 더 이상 견딜 수 없었다.

빙퇴석 쪽으로 난 문이 식량 창고라는 요새와 그것과 이어진 또 다른 요새, 즉 냄새 나고 그늘진 설치 동물들의 요새를 분리해 주었다. 설치 동물들의 요새란 바로 집 한가운데에 자리 잡은 난로와, 이사 올 때 구매한 유일하게 초현대적인 물건인 그 난로에 넣는 삼 등분한 1미터 길이의 장작 10스테르*였다. 그리고 식탁이 있었다. 기다랗고 존재감 넘치는, 세월이 흐르면서 검은색으로 변한 식탁. 그 식탁은 우리가 이사 왔을 때 이미 이곳에 있었다. 의자들도 있었다. 1인용 안락의자는 없었고, 2인용 소파는 더더욱 없었다. 그밖에도 아무것도 없었다. 잡동사니라곤 전혀 없었다. 어질러진 물건들도 없었다. 창문 아래쪽에는 최소한으로 마련해 놓은 간이 주방이 있었다. 또 다른 구석에는 샤워 시설이 있었다. 전반적으로 다소 금욕적인 분위기였다.

집 밖으로 나가 한 바퀴 둘러보면 숲과 하늘밖에 보이지 않았다. 빛을 발하는 방목장. 언제나 쌍으로 나타나는 커다란 무지개의 강렬한 빛깔들. 여름철이면 이슬이 증발해 보랏빛 안개가 되어 꼭 보스니아에 있는 것 같았다. 겨울이면 눈이 와서 마치 우랄산맥 같았는데, 눈 내리는 날이 점점 줄어드는가 싶더니 이제는 눈을 거의 볼 수가 없다. 무수한 바위들, 한자리에 있지 않고 여기저기 돌아다니는 표석

*   장작을 계량하는 단위.

들. 숲속에 그대로 남아 혼돈의 느낌을, 재앙과 필연성의 위력을 일깨우는 동물의 부서진 사체들. 높은 습도, 수시로 변하는 기분, 짙은 구름, 옅게 낀 안개, 수시로 부는 바람, 크게 들이쉬고 내쉬는 호흡. 그리고 불현듯 뒤늦게야 들려오는, 나무 꼭대기 바로 위를 날아가는 전투기의 무시무시한 훈련 소리.

골짜기에 있는 가장 가까운 슈퍼마켓에 장을 보러 가려면 아찔할 만큼 가파른 비포장도로로 삼십 분, 그리고 지방도로로 삼십 분을 달려야 했다. 주차장에 가까스로 도착하고도 차에서 내릴 수 없는 날들이 이어지자, 더 금욕적으로 살기로 하고 그냥 돌아오는 때가 잦아졌다. 문제를 해결하기 위해 지난달엔 냉동고 두 개를 가득 채웠고, 1미터 높이의 하얀 플라스틱 통들에 식료품을 저장해 두었다. 우리의 방으로 올라가는 나무 계단 아래에 그런 통 여섯 개가 놓여 있었다. 벽을 통조림들로 가득 채운 덕분에 이제 일 년은 평온하게 지낼 수 있었다. 이 힘든 시기를 지나는 세상 모든 사람들처럼 정원 하나만 일굴 수 있다면 충분할 터였다. 하지만 이곳 부아바니에는 정원이 없었다. 큰 변화란 바로 이것이었다. 정원이 없다는 것. 내 손은 할 일을 찾지 못했다.

이미 내 손은 스스로 충격을 받을 정도로 변형이 일어났다. 나는 내 소설 『동물들』을 소개하는 행사 때문에 서점에 갈 때 입으려고 일부러 고른 긴 소매 스웨터에 손을 숨기곤 했다. 『동물들』은 내 최신작으로 야외와 자연에 관한 소설인데, 영미권과 달리 프랑스에서 이런 소설은 변방의 문학이었다. 나는 변방의 소설가였다.

세상을 뜻하는 단어는 숲이다.(The Word for World is Forest.)

여성을 뜻하는 단어는 황무지다.(The Word for Woman is Wilderness.)

세상에서 멀리 떨어져 사는 사람에게 정원이 필요하리라는 건 두말하면 잔소리다. 부아바니가 바로 그런 곳이었다. 이곳에서는 수천 년 전 산에서 굴러 떨어진 퇴석이 평평한 지대의 가장자리에 이르러 정지했고, 그 땅은 오로크스와 사슴, 들소 들의 서식지가 되었다. 좀 더 시간이 흘러 18세기에 사람들은 목초지를 만들기 위해 그곳에서 물을 뺐다. 그 무렵 지은 집 한 채와 채소밭의 흔적이 아직도 남아 있었다. 그런 흔적이 있는데도 나는 정원을 원하지 않았다. 내가 해내지 못하리라는 걸 알고 있었다. 내 몸과의 거리감을 점점 느끼던 시기였다. 내 상황이 샐린저의 단편 소설 「코네티컷의 비칠비칠 아저씨」와 다르지 않음을, 내가 거기 나오는 베트남에서 죽은 그 '망가진 아저씨'가 되어 가는 중임을 체감하고 있었다. 내 경우는 아직 죽음에 이른 것은 아니지만, 아침에 산에 올라 달리기를 하거나 세상을 탐험하려고 할 때마다 몸이 점점 뒤처지는 것을 느꼈으며, 내가 어느 정도 쇠약해졌음을 인정해야 했다.

정원이 없어도 잘해 나갈 수 있음을 나는 알고 있었다. 숲과 기슭과 공터에는 먹을 것들이 가득했다. 그곳들은 작고 둥근 야생 열매, 풀 또는 나무의 고갱이, 수액과 효능 좋은 즙으로 채워진 저장고나 마찬가지였다. 황무지가 천 년 넘는 역사를 지닌 공간이자 지식이 축적된 곳임을 잊지 말기를. 끈적끈적한 나뭇잎에는 단백질이 농축되어 있다. 털이 북실북실한 나뭇잎은 산화 방지의 보고(寶庫)다. 잎이나 뿌리에 독성이 함유된 식물도 있다. 장과, 붉은 열매, 검은 열매 들은 말할 것도 없다. 이런 것들을 혼동했다간 큰일 난다. 근처 작은 골짜기에서 열린 서바이벌 캠프에서 콜키쿰과 산마늘을 착각해 희생자가 나온 적도 있다.

가을에 피는 콜키쿰 꽃봉오리는 콜히친 4밀리그램이 함유된 씨를 품고 있다. 콜히친의 치사량은 50밀리그램이다.

콜키쿰에서 항상 마약 성분이 추출된다면 주변에서 찾아보기 힘들 것이다. 다행히 부아바니에는 그것들이 잔존했다. 나도 그 식물에 흥미가 있었다. 콜키쿰이 가을에 꽃을 피우고 봄에 열매 맺는 것을 눈여겨보았다. 가을이면 목초지에 자라나는 그 가느다랗고 섬세한 보랏빛 꽃, 잎도 없이 무방비로 노출되어 가볍기 그지없고 기체처럼 보이는 그 요정 같은 꽃을 이듬해 봄에 같은 장소에서 중심부에 열매를 품고 돋아나는 잎 다발과 연결 짓기까지는 나도 시간이 걸렸다. 관찰력이 중요한 것이다. 독을 품은 그 부푼 모양의 열매는 겨우내 땅 밑의 민감하고 기다란 보랏빛 관(실제로는 씨방인) 속에서 은밀히 성장한 초록색의 굵은 삭과(蒴果)였다. 숨어 있는 그 무언가의 유일한 기능은 생식이었다. 내가 속한 자연의 다른 모든 것과 마찬가지로 말이다. 아닌 게 아니라 나는 여성인 것이다, 태어날 때부터. 그것은 단순하지 않다. 젠더 문제가 불러일으킨 혼란 앞에서 어떤 입장을 취해야 할지 나는 정확하게 알지 못하고 있었다. 나는 자문했다. 내 성(性)은 무엇인가? 오늘날 여성으로 산다는 것은 무엇인가? 나이 든 여성은? 어쨌든 콜키쿰은 내가 속한 자연에서 살아가는 여성 소설가이자 살아 있는 생명의 관찰자인 나를 전율시켰고, 나는 독성이 있으면서도 가을에 그토록 아름다운 모습을 보여 주는 콜키쿰 앞에서 소스라치지 않을 수 없었다. 나는 더 이상 아이를 가질 수 없는 우리 근처를 서성이는, 외부에 그토록 쉬이 영향받는, 그토록 직관적인 여성성을 보고 있었다. ── 여자는 여자인 것이다. ── 한배에서 나온 포유류 새끼, 새끼 새, 병아리, 아기, 아기 인형, 그냥 인형 들이 뒤죽박죽 섞인 욕망을 은밀하게 품고 다니며 지구를 지배하려는 이 같은 욕망은 언제든 증식할 준비가 되어 있으며, 결국에는 지구를 질식시킬 것이다! 자연과 나, 이 둘은 서로 다른 별개다.

나는 '자연'이라는 단어를 경계한다.

리트레 사전. 자연. 23번 뜻 풀이. 세대를 이어 가는 데 소용되는 부분들.

만일 자연이 불공정하다면 자연을 바꿔라.

3

바깥은 칠흑 같았다. 문을 닫지 않고 연 채로 두었다. 늦은 시간이었다. 우리 둘 다 허기가 졌다. 골반까지 흘러내린 검은 진바지를 입은 그리그가 선 채로 기다리고 있었다. 나는 서둘렀다. 치즈를 넣은 토르텔리니는 일 분 삼십 초면 준비가 된다. 껍질을 벗긴 호두 몇 알을 준비한다. 산마늘 페스토, 훈연 햄과 소시지도. 고기를 먹느냐 먹지 않느냐에 대한 논쟁은 나도 알고 있고, 이것에 대해 우리는 의견이 달랐다. 나는 육식파에 가깝고 그리그는 육식을 혐오하는 쪽에 가깝다. 나는 공장에서 대체육을 만든다는 발상을 좋아하지 않는다. 그러면 그리그는 도축장에 가 보라고 말한다.

그 주제에 대해 우리는 아직도 설전 중이다.

이미 오랫동안 논쟁했으나 합의에 이르지 못했다. 광기 어린 행동들에 대해서만 같은 의견이었다.

식탁을 차지하고 있는 몇 권의 책과 종이 뭉치들, 그릇과 차, 그리고 콜키쿰 꽃다발을 옆으로 민 다음 식탁에 올려두었던 접시들을 꺼냈다. 기다란 꽃대, 푸르스름한 꽃의 눈[目]. 보랏빛. 가을이었다.

그런데 누군가의 빈자리가 느껴졌다.

그리그와 나는 순간적으로 친밀감을 느꼈다. 오래된 고아원 동기 같은 느낌.

지금까지 우리가 개를 몇 마리 키웠지? 그리그가 물었다.

내가 대답했다. 당신도 잘 알면서. 그냥 한 번 더, 다시 한번 말해 달라는 거지? 첫 개는 페를루였어. 스무 살까지 살았지, 인간으로 치면 백마흔 살을 산 거야. 페를루는 1965년 프로방스 콩타두르의 어느 양치기에게 받은 개였어. 당신 어머니 루스가 1930년대에 장 지오노를 만나러 간 그곳이었지.* 68혁명이 일어나기 사십 년 전 말이야. 우리

---

*　　　장 지오노는 1929년 평화주의자들과 함께 프로방스 지방의 마

는 그들이 낸 길 위에 있어. 사람들은 대대손손 세계를 재건하기 위해 부단히 노력했어. 똑같은 생각으로 말이야. 우리가 받은 강아지는 뤼르산(山) 출신이었고 천 년간 양 떼를 통솔하는 개로 이름을 날린 종이었어. 페를루의 선조는 아시아에서 스페인에 이르기까지 암양들을 지켜 왔지. 도시에서 온 애송이 커플이던 우리는 남프랑스 북부에서 암양 목축에 뛰어들고 싶어 했잖아. 다행스럽게도 페를루는 타고난 양치기 개였어. 처음부터 페를루가 대장이었고 당신은 페를루의 견습생이었지. 페를루가 당신을 교육한 거나 마찬가지야. 첫 개 페를루 때부터 당신과 나, 우리의 두 아이, 그리고 양들은 페를루의 영향력 아래에서 같은 삶을 살았어. 복잡하게 얽히는 공간과 역사, 농업의 쇠퇴, 농부들의 대량 이탈, 그 뒤 우리에게 남은 황무지, 지배 세력들의 혼전(混戰), 식물, 동물, 이 모든 걸 공유하면서. 진드기와 파리, 큰곰자리와 생명력 그리고 양 몸뚱이에서 나는 기름 냄새까지.

노스크에서 공동체 생활을 시작했고, 1935년부터는 콩타두르 고원에서 젊은이들과 공동체 생활을 하며 정기적으로 '콩타두르 만남'을 열었다. 거기서 그는 세상의 모든 전쟁에 반대하며 전쟁을 두둔하는 모든 이데올로기를 반대한다는 반전 성명을 여러 차례 발표했다.

페를루 이후 우리를 거쳐 간 다른 개들에 관한 추억이 속속 떠오르다가, 삼 년 전 떠나보낸 바부에까지 이르렀다. 나는 그 개들의 이름을 하나씩 열거했고, 그들의 나이를 댔다. 자, 그리그. 우리 개들의 나이를 다 더해 봐. 아, 그 전에 먼저 이십오 년을, 그리고 마지막으로 삼 년을 더하면 지금 우리 나이가 되는 거야.

우리 늙었구나. 그리그는 확인하듯 이렇게 말하고는, 유령의 출현이라도 기다리는 것처럼 문 쪽으로 계속 시선을 던졌다.

우리가 지나간 시절을 함께 헤아리지 않은 지는 꽤 오래였다. 나는 한 번도 개 키우는 여자, 고양이 키우는 여자인 적이 없었다. 개는 그리그의 소관이었으며, 그 개들은 언제나 책임감 있고 의젓하게 양몰이에 길들어 있었다. 그리고 우리가 목축을 그만둔 뒤에는 일하지 않고 집에 머무는 반려동물이 되었다.

우리 '여성' 작가님이 자기 개를, 인생 마지막 개이자 자기만의 개를 가지길 원했더라면. 그리그가 마법을 깨뜨리려는 듯 말을 이었다.

그는 잠재의식 속의 따옴표를 넣어 '여성' 작가라고 부르기를 즐겼다. 나는 그런 표현을 좋아하지 않았다. 그리그는 그것이 세대 차이라고 확신했다. 이십 대 여성들은 호들 갑스럽지 않게 '여성' 작가라는 단어를 사용한다는 것이다. 나는 그에게 그건 사람들이 점점 책을 안 읽고, 아이들은 책을 읽는 대신 늘 스마트폰에 빠져 있고, 이 시대가 책이 지닌 아우라가 이미 사라진 시대이기 때문일 거라고 대꾸했다. 작가들은 '남성' 작가와 '여성' 작가로 나뉘게 되었다. 둘로 분리된 하위 범주였다.

그리그가 다시 말했다. 음, 자기만의 개를, 그러니까 소피 위징가의 전기를 함께 집필할 비서를 원했던 거 아닌가? 그렇다면 그 개를 만나는 날이 꼭 오늘일 필요는 없지. 개는 지나치게 숭배하고 충성을 바치잖아. 과하게 주인의 허락을 받으려고 하지. 개는 '여성' 작가를 마주한 존재들이 으레 그러듯 냉소적이거나 잔인하게 구는 법을 몰라. 그런 거라면 허세 가득한 종인 고양이 수놈이 더 알맞겠지. 수고양이는 당신 전기 쓰는 걸 아주 좋아할 거야. 책에 이런 제목을 붙일지도 몰라. '당신이 한 번도 읽은 적 없는 우리 여보의 진정한 이야기'. 그러고는 고양이인 자신의 삶을 이야기하는 데 그걸 이용할 거야. 당신 인생에 온갖 소동을 일으키는 이야기로 말이야.

땅바닥에서 개미를 골라내는 딱따구리를 덮칠 때, 고양이는 그 위로 뛰어올라 딱따구리를 포박한 후 발톱으로 움켜쥐고 새의 가슴에 구멍을 뚫고, 여전히 뛰고 있는 심장만 먹어 치운 다음 앞에 두 개, 뒤에 두 개, 총 네 개의 발가락이 달린 딱따구리의 검붉은 발을 먹는다. 완벽을 기하기 위해 머리 꼭대기의 주홍색 장식, 이끼색 깃털, 흰색이 섞인 검은 큰 날개깃에는 눈길도 주지 않는다. 동공이 검은 맑은 눈도, 반짝거리는 단단한 부리도 마찬가지다.

작은 양치기 개였던 것 같지, 아까 그 강아지 말이야. 그리그가 싱크대 앞에서 접시들을 헹구며 확인하듯 말했다. 어떤 비열한 작자의 집에서 도망쳐 나온 건지 궁금하군.

잘 자, 여보. 좋은 밤 보내. 그는 살짝 손을 흔들어 내게 밤 인사를 한 뒤 『두보 시선(杜甫詩選)』, 『대한화사전(大漢和辭典)』, 중국어-프랑스어 사전으로 돌아갔다. 그는 부아바니에 정착한 이후 중국어를 배우기 시작했다. 하지만 밤에는 소설 읽는 걸 즐기기도 한다. 소설 한 권이 아니었다.

하룻밤에 소설 한 권은 그에게 충분치 않았다. 두 권은 읽어야 했다. 한 책에서 다른 책으로 넘어가기 위해 그는 그 책에서 비롯하는 온갖 비밀스러운 지식을 호기심에 차서 연구했다. 예를 들어 장자크 루소와 로베르트 발저를 읽는다고 하자. 그럴 때 그리그는 오십 년간 서재에 꽂혀 있었지만 읽은 적이 없는 표도르 도스토옙스키의 『죄와 벌』을 새벽부터 아침까지 맛보기로 읽은 후 내가 내 책장에서 꺼내 준 에드워드 애비의 『사막의 고독』을 읽었다고 말했다. 나는 그에게 우선 크럼브의 삽화가 들어 있는 『몽키 렌치 갱』부터 시작하라고 말했는데, 그는 그 책을 몰랐다. 싫어. 그는 싫다고 말했다. 왜 싫은데? 갱단은 참을 수 없다고, 알잖아. 내가 생각하는 갱단은 둘이거나 완전히 혼자여야 해.

그리그는 원하는 만큼 주름이 생길 것이며, 내 눈에는 언제까지나 다루기 힘든 늙은 소년으로, 응석받이로 머물러 있을 것이다. 모든 싸움, 어떤 약속에든 전권을 가진 반항아로 머물러 있을 것이다. 그는 종종 말하곤 했다. 어떤 생각, 흐름, 집단, 물결에 자신을 내맡겨선 안 돼! 바로 내빼야 한다고! 아무도 못 쫓아오게!

어느새 그는 자기 방으로 올라갔다. 식사를 해치우고 내빼는 것, 그것이 그가 필요로 하는 전부였다.

언젠가 누가 내게 물었다. 그레구아르 위징가가 당신 오빠예요, 아니면 남편이에요?

우리는 유치원에 다니던 다섯 살 때 만났다. 알자스가 나치에 합병되었다가 전쟁이 끝나고 프랑스가 해방이 된 시기였다. 그때부터 우리는 수시로, 우리만 아는 둘만의 정원으로 통하는 울타리를 넘어, 끊임없이 어린 시절로 돌아갔다. 그리그의 매력은 어린아이 같은 매력, 흠씬 얻어맞고 결국 다리를 절게 된 어린아이의 매력이었다. 어떤 의미에서 그는 어른들의 사회에서 도망치는 데 성공해 오두막에서 나와 함께 어린아이처럼 살아가고 있다. 그는 단 한 번도 직장을 구한 적이 없고, 누군가를 고용한 적도 없다. 나는 그의 어여쁜 이웃이었다. 아주 오래전 우리는 함께 구조되었다. 가출벽이 있는 아이들이 그렇듯, 우리는 서로 마음이 맞았다. 우리 사이에는 무언가를 찾고, 경험하고, 매우 진지한 게임을 즐기는 삶이 있었다. 우리는 측량사들이었다. 한껏 즐기며 사회 주변부를 측량하기를 멈추지 않았다. 우리는 위징가 아이들이라고 불렸다. 우리를 열광시킨 게임은 단하나였다. 흙을 체쳐서 색깔 있는 가루를 얻은 다음 그 근사한 색소 덩어리로 작은 병들을 채우는 것. 특정한 식물을 끓여 글자가 저절로 쓰이는 페이지들을 만들어 내는 것. 그걸 어른들에게, 그러니까 박물관이나 기관 들에 팔았다. 우리는 내내 함께 놀이를 할 것만 같았다. 둘 중 어느 쪽도 상대방을 가르치려 들지 않았다. 하지만 상대방을 놀리는 것은 오케이였다. 첫눈에 사랑에 빠지라고 서로를 격려하는 것도.

열아홉 살의 그리그는 프롤레타리아적인 구석이 있었다. 그는 본능적으로 편하게 대화를 나눌 줄 알았다. 반항기 내내 그런 능력을 습득했고, 당시 가족을 벗어나 밥벌이를 하기 위해 떠돌아다녔다. 『시베리아 횡단 철도에 대한 산문』*이라는 책이 초래한 일이었다. 그런데 그의 이마 위의 그 상처는 어디서 생긴 걸까? 12센티미터의 기다란 흉터 말이다.

부아바니에서 그리그의 방은 도로, 오솔길, 비탈 위로 크게 굽이치는 그늘진 대로(大路)가 있는, 감탄을 불러일으키는 산 중턱에 꿈처럼 매달린 집의 2층에 위치하지만, 그

---

*   블레즈 상드라르의 시집. 광대한 세계를 편력하며 얻은 환혹(幻惑)과 우수를 주마등처럼 바삐 돌아가는 이미지로 표현해 시의 코스모폴리터니즘을 확립했다.

곳도 이제는 그가 돌아다니는 실내 공간에 지나지 않았다. 실제로 나는 그의 방이 어디에 있는지, 어떻게 생겼는지도 잘 몰랐다. 그 방은 비행장인가? 우주 캡슐인가? 그곳은 이미 지상에서 떨어져 나간, 모든 나라의 모순투성이 존재의 유령들이 깃든 곳으로, 창문을 포함해 사방 벽이 책들로 뒤덮여 있고 출입구는 허물어진 책 더미들로 완전히 막혀 있지만, 예전에 실제로 사람들이 살던 곳이었다. 아니, 그들은 여전히 살아 있다. 더할 나위 없이 끔찍한 사람들. 그 중에는 위험한 범죄자들도 있다. 그리그는 이따금 정오경에 기분이 잔뜩 나빠져 창백한 얼굴로 도망치듯 방에서 나왔는데, 악몽 속에서 딱 한 번만 사람을 죽일 수 있는 자기 분신인 연쇄살인마와 밤새 치고받은 것 같은 모습이었다. 종종 그는 나직한 목소리로 나를 자기 방으로 초대했다. 이리로 들어와, 내 마음의 친구. 그런데 우리 둘 중 누가 클레리아이고 누가 파브리스지?*

　그의 인생에서 독서는 내 경우보다 훨씬 더 큰 부분을

*　　클레리아와 파브리스는 스탕달의 소설 『파르마의 수도원』의 주인공들로, "이리로 들어와, 내 마음의 친구.(Entre ici, ami de mon cœur.)"는 소설의 결말 부분에서 클레리아가 파브리스에게 한 말이다.

차지했다. 책을 읽는 것이 그의 삶의 전부였다. 그는 낮에 잠을 자고 밤에는 책을 읽었다. 책 속에서 살아갔고, 문학 덕분에 살아남았다. 반면 나는 거기서 벗어나 바깥으로, 비가 오고 눈이 내리는 바깥으로 나가기를, 전진하며 여기저기 어지럽게 움직이기를 끊임없이 원했다.

그리그, 그는 아니었다. 그는 이제 외출하지 않았고, 책 읽기는 그를 서가로 변모시켜 버렸다.

그에게는 무엇이든 물을 수 있었다. 그는 모르는 게 없었다. ─ 말해 줘, 그리그. 타르콥스키의 영화 중 온통 새하얀, 꽃이 만발한 유년 시절의 메밀 밭이 등장하는 영화 제목이 뭐였지? 기억이 안 나서 그러는데, 그 새하얀 밭에 대해 이야기하는 책이 뭐였더라? 그러면 그는 대답했다. 「거울」이라는 영화야. 그리고 보후밀 흐라발에게 헌정된 안마리 가라의 『지붕의 비탈에서』에서 언급됐고. 내 방으로 와, 찾아 줄게.

그의 방으로 들어가 책 더미와 그 외의 것들을 구별하기까지는 시간이 좀 걸렸다. 그 외의 것들이란 바닥에 엉망으로 쌓인 옷가지, 구멍 난 신발과 역시 구멍 난 양말, 글씨가 빼곡히 적힌 수첩, 열려 있는 바인더와 여기저기 흩어진 파일, 카펫 위에 펼쳐져 있는 국립 지리 연구소에서 펴낸 지도 들이었다. 예컨대 백번은 완독한 니콜라 부비에의 『세상의 용도』를 읽을 때 그는 이란과 아프가니스탄의 지도가 필요했고, 그 지도 주변과 바닥에 0.5밀리미터 수성펜과 포스트잇 들을 잔뜩 널어 놓았다. 파이프 담배들도 여기저기 널려 있었다. 담배 연기가 자욱했다. 먼지는 말할 것도 없었다. 그리그가 방 안을 청소하지 않아 먼지는 양떼구름이 되었다. 이제 그에게는 역시 먼지투성이인 지구본의 보호를 받는 거대한 회색 양 떼가 있었다. 불모의 땅이 된 것처럼 보이는 그 지구본은 실패와 붕괴에 대해서밖에 이야기할 줄 모르는 것처럼 보였다. 하지만 그리그가 지구본 스위치를 켜면 일순간 그것은 흥미로운 의미와 다채로운 색채를 띠었으며, 큰 눈을 굴리고 커다란 입을 벌려 우리를 삼키거나 뱉을 준비가 된 멜리에스의 영화 「달 세계 여행」속 달의 모습 같아졌다.

자러 가기 전, 나는 집 뒤쪽 쪽문을 닫고 대신 예스의 그림자가 어른거렸던, 커다란 유리문을 열어 두었다. 초원은 새하얗고 드넓고 완벽한 원형을 이루고 있어서, 우유가 가득 담긴 커다란 사발처럼 보였다. 달 때문이었다. 달이 사발 안의 우유 속에서 목욕을 하고, 그 빛이 사방으로 퍼지고 있었다. 저 멀리, 저 아래에 빛을 발하는 기다란 리본 같은 고속도로가 눈에 들어왔다. 나는 세 걸음 앞으로 나아갔다. 밤 속으로 걸어 들어갔다. 헤아릴 수 없을 정도로 많은 감각들, 이 감각들의 수렴성을 나는 기억하고 있다. 호수. 개가 멀리 있지 않을 거라는 생각이 들었다. 누가 알겠는가, 예스가 나를 지켜보고 있는지. 나는 휘파람 소리를 내며 작게 손뼉을 쳐 보았다. 예스는 어느 빌라의 차고에 감금되어 있었던 걸까? 아니, 지하실이었을까? 작은 화물차 안이었을까? 오후 내내 고속도로에 주차되어 있던 화물차에서 도망쳐 나온 걸까? 나는 예스가 돌아오기를 바라며 한동안 가만히 서 있었다. 예스가 우리에게 왔던 그 순간을 떠올리면서. 지금껏 그런 식으로 내 눈 깊은 곳을 뚫어져라 바라본 개는 없었다. 나는 이런 존재야, 그런데 당신은 누구지? 자신의 절대성 안에서 내 시선을 탐색하는 시선.

예스는 자기에게 사슬을 채운 소아 성애자의 덫에 오랫동안 걸려 있지는 않았을 것이다. 일주일을 넘기지 않았으리라. 이런, 주의하자. 소아 성애와 동물 성애는 같지 않다. 그런데 왜 나는 이 둘이 같다고 생각할 수 없는 거지? 우리 인간이라는 종이 특별해서? 인간이 다른 종보다 우월한 게 맞나? 아니다. 그냥 다를 뿐이다. 그러므로 그 둘은 같지 않다. 하지만 나는 그날 저녁 왜 그 작은 개가 믿을 수 없을 만큼 대등한 태도로 나를 쳐다보았는지에 관해 생각에 잠겼다. 내가 대등함을 발견한 계기도, 그걸 나에게 상기시켜 준 계기도 바로 그 개의 눈이었다. 그런데 왜 그 개는 우리가 준 음식을 허겁지겁 먹고 바로 떠났을까? 우리와 우정을 나눌 가능성을 허락해 줄 것만 같았는데, 무슨 이유로 거부했을까? 왜 도망쳐야만 했을까?

4

나는 가방 고리를 잠근 다음 파카를 챙기고 신발 상자에서 버팔로화를 꺼냈다. 육 개월 전 파리 동역의 상점에서 구매한 뒤 한 번도 신지 않은 신발이다. 그걸 신으면 마법이 일어날 것만 같았다. 일본 만화에서나 볼 법한 생김새였다. 내일 이걸 신게 될까? 이 신발을 신고 콘크리트 도로를 걷게 될까? 어쨌든 이 신발은 압도적인 구석이 있다. 무슨 일이 있어도 이 버팔로화를 신을 것이다.

일기예보가 궂은 날씨를 알렸다.
나는 궂은 날씨에 개의치 않았다. 비가 오거나 바람이 불거나 눈이 내리는 날을 좋아했다. 그런데 우리 시대에는 사정이 다르다. 좋아할 수 없는 상황의 연속이다. 모든 것이 붕괴하고 있다. 무게를 지탱하던 벽들이 모조리 붕괴해 버린다. 상품 생산, 세계의 붕괴, 파업, 약속, 거짓말, 미친 듯이 쏟아져 나오는 제품들. 폭력. 감시. 기이한 짓거리들. 그 모든 기이한 짓거리들. 그런 일들이 끊임없이 일어나고, 우리가 사는 부아바니까지 다다랐다. 매일같이 새로운 뉴스가 쏟아지는데, 예를 들면 옥수수를 먹는 멧돼지 개체 수가 증가했다는 뉴스가 그랬다. 우리의 모습과 다르지 않았다. 이 은밀한 종족은 어쩌다 이 지경까지 과도하게 증식하게 된 걸까? 세상을 굶주리게 하는 동시에 지나친 영양분을 공급하기 위해 세계 곳곳을 누비는 대형 화물차 역시 마찬가지다. 우리 역시 마찬가지고. 그 비만증에 걸린 멧돼지들을 보는 내 마음은 고통스러웠다. 나는 그런 내 고통이 무슨 소용이 있는지 자문했다. 멧돼지들이 야성을 상실했다는 사실이, 야성적인 뻣뻣한 털과 험상궂은 표정, 기름기라고는 전혀 없는 긴장된 근육, 은자가 걸치는 외투 같은 털, 세상에 통달한 머리가 안타까웠다. 인간이 언어를 습득한 후 잃어버린 것들을 훌륭히 해낼 줄 아는 그 머리는 그래서 우리를 위해 냄새를 맡고, 땅을 파고, 부식토를 헤집고, 거기서 쓴맛 나는 애벌레와 땅속줄기와 뿌리, 도토리와 너도밤나무 열매, 환각을 일으키는 버섯과 그렇지 않은 버섯을 찾고 있다. 나는 허기진 멧돼지들이 안타까웠고, 점점 눈 내리는 날이 드물어지는 것도 안타까웠다. 새들의 멸종도. 자원이 고갈되는 것도.

밝혀진 바로는 작년에 멧돼지 128마리가 도살된 대량 학살에 가까운 사건은 사냥꾼 한 명이 행한 단 한 번의 몰이에 의해 일어났는데, 그것은 국립 야생동물 수렵 사무국에서 정한 대로 이루어진 사냥이었다고 한다. 겨울에 대비해 올가을 두 개 도내에서 3만 5000마리의 멧돼지를 도살할 거라는 소문이 들려왔다. 밤의 성스러운 내장 같은 멧돼지들의 사체가 태양 아래 무더기로 쌓여 있는 광경은 상상만 해도 고통스러웠다. 멧돼지 도살 장면을 찍은 사진을 발견했을 때 나는 가시덤불 속에 숨은 채 모든 장면을 지켜보았을, 학살에서 살아남은 멧돼지처럼 몸을 떨었다.

세계가 느닷없이 우리 앞에 비현실적인 모습을 드러냈다. 우리의 무의식이 활짝 열린 하늘로 터져 나온 것처럼 그야말로 순식간이었다. 최악의 일은 언제든 일어날 수 있었다. 그리고 이미 그런 일은 일어났다. 우리는 돌연 인간 및 동식물의 사체 더미를 상시적으로 마주하는 시대에 살고 있었으며, 이런 현상은 가속화하고 있다. 전 지구적 공포의 시대. 누가 이것으로부터 자유로울 수 있겠는가? 벗어날 수 있는 사람은 없다. 벗어날 수 있으리라 상상하지 말기를.

5

우리 집은 지의류로 뒤덮인 빙퇴석 아래쪽에 있다. 지의식물은 생물 지표*다. 일부 약한 종들은 이미 지구상에서 사라졌다. 그러나 규토질 암석을 덮고 있는 오래된 동물 껍질 같은 것들은 계속 살아남을 것이다.

언어 역시 우리와 함께 살아남을까? 그 이름도 드높은 로고스**는 지구상에 인류가 출현한 숭고한 사건 이후에도

---

*　　　기준이 되는 생물을 이용해 환경 오염 또는 환경을 구성하는 요소들의 상황을 측정하는 지표.

**　　　logos. 사물의 존재를 한정하는 보편적 법칙과 행위를 통해 따라야 할 준칙, 이 법칙과 준칙을 인식하고 이를 따르는 분별과 이

살아남을까? 로고스는 지의류보다 더 강할까?

지금까지 서점들은 어찌어찌 버텨 왔다. 항상 일선에서 활약하는, 젊은 여성들이 운영하는 몇몇 서점들은 손님들의 TGV 티켓 예매나 객실 예약, 기차역으로 마중 나가는 서비스를 제공하기도 한다. 나이가 서른 살 정도인 그 여성들은 어렸을 때부터 디스토피아 소설을 읽으며 자란 세대다. 그들은 전혀 순진하지 않으며, 일어난 일들 앞에서 지나치게 명석하고, 같은 여성의 글을 악착같이 옹호한다. 구원은 그런 온갖 시도들로부터 나온다는 듯이 말이다. 그들은 여러 가지 연구들(젠더, 퀴어, 문화, 후기 식민주의, 비평)에 대해 이야기하고, 그로부터 온갖 반향이 일어난다. 그로부터 온갖 흐름이 형성된다. 여러 차례의 새로운 물결들. 우리는 페미니즘의 세 번째 물결을 경험하고 있다. 그 물결이 한두 차례 내적 폭발을 일으켰기 때문에 나는 우리가 적어도 다섯 번째 물결을 경험하고 있다고 생각한다. 나는 그 물결을 따라가지 못했다. 나는 시대의 첨단을 달리던 어머니, 페미니즘을 몰랐지만 페미니스트였던 어머니, 1920~30년대에

성(理性)을 뜻한다.

살면서 모든 것을 감행하고 모든 것을 정복했으며 자녀인 우리에게 어떤 구속이나 통제, 역할, 양식도 강요하지 않으면서 우리를 방임한 어머니에 의해 양육되었다. 그런 것들과 나는 아무 관련이 없었다. 한참 후인 어느 날, 나는 시대에 뒤처져 있는 자신을 발견했다. 그래서 뭔가 배우고 싶었고, 리옹에서 리브 고슈 서점을 운영하는 네 명의 여성에게 열두 권의 책을 주문했다.

그리그가 빈정거렸다. 난 당신이 그런 연구를 해서 뭘 하려는지 모르겠어. '여성' 작가들 옆에서 뭘 찾으려고? 오필리아의 웃음?

택배 상자를 받으면 거기서 한 권 한 권 책을 꺼냈다. 분석과 개념과 이론 들로 영롱하게 빛나는 책들이었다. 나는 방금 불을 피웠던 손으로 그 책들을 만질 엄두가 안 났지만, 서가에 먼저 꽂혀 있던 책들을 구석으로 민 다음 맨 앞에 새 책들을 꽂았다.

그러고 나면 끝이었다.

새 책들의 존재는 강렬한 섬광을 발해서, 그것들을 보는 것만으로 충분했다. 마치 그 책들을 순식간에 읽었고 전부 알고 있는 것처럼 느껴졌다. 사실이 아니지만. 나직한 목소리가 내게 왔던 곳으로 돌아가라고 충고할 때를 제외하면. 사상, 그것들은 나를 위한 것이 아니다. 사상들 따위는 곧장 치워 버려. 철학하려고 하지 마. 이론을 만드는 건 말할 것도 없고. 그걸 이쪽으로 끌고 오지 말라고. 너는 조류학자가 아니야. 너는 새야. 그러니 노래를 불러. 물론 그걸 요구한 사람은 없지만. 네 가시덤불로 돌아가.

나는 변두리에, 그리고 가시덤불 속에 있을 때만 제대로 감각한다. 왜 늘 나는 가시덤불 쪽으로 도망가야 하는 걸까? 여성 작가들에게 가시덤불이 있다는 건 무슨 의미일까? 바로 이것이 내가 내 취향대로 밤에 창문을 활짝 연 다음 침대에 누우면서 스스로에게 던진 질문이었다.

어떤 작가들은 단 한 줄의 글을 쓰기 전에 자료 수집이라는 벽을 구축하는 데 한 해를 다 보내기도 한다.

내가 소설을 완성한 지는 꽤 오래되었다. 『동물들』의 경우 사 년이 걸렸다. 나를 드러내는 소설이 한 권이라도 있다면 좋을 것이다. 나 자신에게 가까이 가는 길로서. 하지만 진정한 도전은, 책장 맨 앞 줄에 꽂아 놓은 현학적인 책들을 상대로 내가 할 수 있는 최선의 도전은 바로 다음과 같은 질문을 던지는 것이었다. 한창때가 다 지나가 버린 내가 여전히 직접 경험에 뛰어들 수 있을까?

대답이 긍정적이지 않다는 건 알고 있다.

내가 인생의 어느 때보다 약하다는 걸 체감하고 있으니까. 끝까지 달리고 나서 얻은 결론이다. 무기를 반환하고 실패를 받아들여야 한다. 나는 속으로 생각했다. 이제야말로 늙었어. 그래, 늙었어. 몸이 곤두박질친다. 더 이상 숲을 헤치고 다닐 수 없을 것이다. 나도 안다. 그래서 내 상태를 정리해 보려고 애썼다. 엉덩이는 아직 탄탄하다. 발은 굳건하고 심지어 반항적이다. 이렇게 모든 신발의 형태를 변형시킬 만큼 반항적으로 구는 건 처음이었다. 등도 최선의 상태가 아니다. 굳은 어깨 역시 마찬가지다. 무릎은 제 기능을 전혀 하지 못한다. 둔부는 양쪽 다 치료했음에도 예전과 다르다. 이런 몸으로 숲속을 행군할 수 있을까? 아니다. 그러나 내가 가고 싶은 곳은 여전히 숲이다. 그곳에서만 나는 말할 수 있다. 숲에 대해 말하기. 머릿속에서, 가슴속에서, 피부 깊숙이 내가 원하는 건 바로 그것이다. 숲의 이야기, 솜털로 뒤덮인 어두운 숲의 이야기를 들려주는 책을 한 권 더 쓰는 것.

6

아픈 몸을 추슬러야 했던 일이 여러 번 있었다.

나는 관 비슷하게 생긴 초록색 천 안에 결박된 채 누워 있다. 마취과 의사는 내가 『동물들』을 집필할 당시 나를 재워 준 사람이다. 나를 아는 그가 묻는다. 이번에는 누구를 생각할 건가요? 그와 조수, 두 사람이 그 자리에 있다. 그들은 내 혈관에 약물을 주입한 뒤 말을 걸면서 내가 잠드는 걸 지켜본다. 마치 우리가 어스름한 저녁 정원의 안락의자에 함께 앉아 있는 것처럼. 침묵이 우리를 감싼다. 암전이 되기 전에 누구를 생각해야 하는지 나는 알고 있다. 그런데 그 이야기를 꺼내는 것이 불가능하게 느껴진다. 그것은 굉장히 작고 아주 동그랗다. 크게 뜬 그것의 눈에 나를 맡기고 싶다. 그 눈은 유일하게 아주 멀리, 나의 깊은 내면으로, 나의 사고 속으로, 나의 뇌로 뛰어드는 눈이며 그 유일한 시선은 내 쪽에서도 자신을 알아 주기를 열망하지만, 내가 그것을 붙잡으려 하자 겁을 집어먹고 날아가 버린다. 나는 반쯤 감긴 눈으로만 그것을 관찰할 수 있다.

하지만 오늘 아침, 나는 눈을 감은 채 내 잠을 그것에 맡길 수 있으리라는 걸 안다. 그것이 머물 거라는 것도. 내가 따를 수 있으리라는 것도.

그렇게 내가 속한 존재의 더욱 깊은 심연, 그러니까 그 다른 세계의 기이함을 의식하면서 나는 마취과 의사에게 대답한다. 울새요. 우리 집 창가에 개암 가루를 먹으러 오는 울새가 한 마리 있어요. 내가 특별히 마련해 준 식사죠. 녀석은 나를 아주 상세히 알고 있어요. ─ 우리 아이들도 이번 주에 정원에서 울새 한 마리를 봤다고 하더군요. 마취과 의사가 자연스러운 어조로 대답하고, 한순간 그 대답이 모든 정원과 모든 울새와 모든 사랑에 현실감을 부여한다. 이번에는 조수가 나에게 묻는다. 한 마리만 있나요? ─ 아뇨, 두 마리예요. 둘 다 벌레를 아주 잘 잡는 근사한 부리를 갖고 있어요. 똑같이 오렌지색 점이 있고요.

이윽고 관(棺) 깊은 곳에서 내가 숨을 쉬는 것이 느껴진다.

내 몸은 절개되었다. 몸 안의 뭔가가 흡수되고, 무언가가 교체되었다. 몸의 부위들을 봉합하는 데 온종일이 걸렸다. 병원은 고요했고, 긴장이 감돌았다.

산으로 이어지는 길은 어디 있지? 그리그에게 가는? 우리 집으로 가는?

내 방문은 열려 있다.

복도의 빛이 방 안으로 쏟아져 들어와 흰옷을 입은 실루엣을 비춘다. 빛의 검처럼 미광 속에 우뚝 선 그 실루엣이 내 침대로 다가와 말한다. "제가 야간 당직자예요. 필요하면 저를 부르세요." 한 번 더 작게 손짓을 한다. 문이 다시 닫힌다.

새에게 의지할 수 있는가. 나는 이 허구를 언제나 믿고 있다. 새 한 마리를 본다. 그 새에게 전적으로 나를 맡긴다. 가장 미세한 부분까지도. 아니, 특히 가장 미세한 부분을. 분명코 가장 불가해한 부분을. 무게가 8그램도 안 되는 굴뚝새 한 마리에게 나를 맡긴 일이 한 번 이상 있었다.

간호사들에게 의지할 수 있는가. 나는 인생에서 너무 늦게 그걸 발견했다. 그리고 새만큼이나 간호사들 관찰하는 것을 즐기게 되었다.

나는 새들로 만족하지 않을 것이다!

새와 간호사 사이에서 내 자리가 어디인지에 대한 감을 잃어버렸다. 그것은 불안정한 경험이었다. 나는 두 세계 사이에 있었다. 또 하나의 세계는 몸의 기능을 재활시키는 센터였다. 몇 가지 운동 외에는 할 일이 없었으므로, 나는 나를 둘러싼 주변의 일상을 하루 종일 관찰해야 했다. 지루하진 않았다. 메모를 했다. 사람들이 불시에 찾아와 체류권을 박탈하거나 내가 사고를 당한 것으로 위장해 병원을 집필용 레지던스처럼 사용한다고 비난할까 두렵기까지 했다. 나를 쫓아낼까 두려웠다.

병원에서 나는 새들만큼이나 많은 간호사들에게 둘러싸여 잘 지냈다. 여러 색깔의 유니폼을 입은 한 무리의 사람들에게 둘러싸인 채로. 분홍색 유니폼은 간호사 I(infirmières). 연보라색 유니폼은 병원 직원 ASH(agents hospitaliers). 초록색 유니폼은 간병인 AS(aides-soignantes). 그 병원은 대도시 외곽에 설립된 신축 병원으로, 소규모 산간 병원에서 병역을 마친 의료진이 전근 오는 곳이었다. 전부 산간 지역에서 온 그들은 이곳 초원 지역에 와서 적응해야 했다. 사람들은 그들에게 의견을 묻지 않았다. 그중 몇몇은 이미 소진되거나 피로에 절어 있었다.

아침 식사가 담긴 쟁반을 가져온 여자, 나이가 지긋하고 낭랑한 목소리를 가진 친절한 빨간 머리 여자는 창가에 놓인 제라늄 화분 같은 미소를 지었다.

나에게 속내를 털어놓은 여자도 있다. 다행히도 제겐 면허증이 있었어요. 그녀는 반복해서 말했다. 다행히도 제겐 면허증이 있었어요. 그녀는 나를 뚫어져라 바라보았다. 그러고는 심연을 향해 들어갔다. 그녀가 덧붙였다. 남편은 일 년 전에 죽었어요. 동굴에서 들려오는 듯한 목소리. 가시덤불 같은 검은 머리칼. 짓이겨진 오디 빛깔인 그녀의 눈에서 눈물이 흘렀다. 연보라색 유니폼을 입은 땅딸막하고 통통한 그녀는 씻으려고 내 병실에 급히 내려온 터였다.

그리고 입을 꽉 다문 채 아무 말도 하지 않던, 놀랄 만큼 맑은 푸른색 눈을 가진 여자. 그것이 진짜 앞이 보이지 않는 사람의 시선인지, 아니면 지나치게 또렷한 시선인지는 알 수 없었다. 그 눈 주위의 넓은 면적은 거무스레했는데, 너무 검어서 우리가 그걸 슬픔의 그을음이라고 부를 지경이었다.

그리고 연보라색 유니폼의 짧은 소매 아래 드러난 맨팔이 아름다운 여자, 한 팔 전체에 문신을 새긴 여자가 있었다. 그녀는 자신은 옷이나 식당이나 사내 새끼들에는 신경 쓰지 않는다고 설명했다. 자신에겐 몸뚱어리밖에 없다고. 자기 살에 한 점 부끄러움도 없는 몸. 그녀가 웃었다. 포동포동하죠, 오! 그렇죠, 그런데 본능에, 그리고 예수님에게 충실하고 싶었어요. 나는 예수님을 좋아해요. 언제나 예수님 그림을 몸에 지니고 다니고 싶었어요. 그래서 오른팔에 예수님 심장을 그려 달라고 주문했어요. 보세요, 여기 있죠. 그리고 장미들도요. 두개골도 그려 넣고 싶었어요. 죽음, 그걸 잊어서는 안 되니까요. 죽음은 우리 곁에 있어요. 내년에는 다른 쪽 팔, 왼팔에도 문신을 새길 거예요. 왼팔에는 알록달록한 색으로 메리 포핀스, 밤비 같은 월트 디즈니 캐릭터들을 새기려고요, 나는 소녀 적 그대로 살고 있거든요, 뭐 어때요! 늙으면 어떻게 할 거냐고 사람들이 물어요. 나이 들어도 늘 예쁜 옷을 입을 거예요. 예쁜 옷을 입지 않으면 벌거벗고 다니는 기분이 들 거예요. 게다가 환자들도 내 문신을 좋아하는 걸요. 환자들이 내 팔이 진짜 예쁘다고 말해 줄 때면 과거를 돌아봐요. 우리 딸은, 내겐 딸이 하나 있어요, 우리 딸은 문신한 내 팔을 그다지 좋아하지 않아요. 하지만 딸아이에게 무슨 의견을 요구하겠어요?

부르는 사람이 아무도 없다. 밤이니까. 간병인 두 사람이 복도 쪽으로 문이 열린 사무실에서 쉬고 있고, 그곳을 마주 보는 내 병실 문은 닫혀 있다. 한쪽이 다른 쪽에게 속내를 털어놓는 중이다. 그의 목소리에 실린 소문은 보살핌이나 헌신과 거리가 멀다. 그녀는 사랑과 이혼, 아이들과의 소동, 갈기갈기 찢긴 마음, 여러 차례의 폭행, 난투극과 탈진, 저녁마다 자신을 기다리는 개와 이런저런 시끄러운 일들에 관해 이야기한다. 이제 다음 목소리가 먼저 말한 사람에게 답하고, 그들은 함께 울적한 교감으로 밤을 채우고 각자의 삶에 대해 하소연을 늘어놓는다. 그러는 동안 그들의 속삭임은 천천히 몸집을 키우고, 단조로운 노래로 공간을 부풀리고, 풍상에 시달리고 모진 시절을 건너며 망가져 버린 모든 여인들의 청원이 된다. 어슴푸레한 빛 속에서 힘겹게 새로 태어났음을 느끼는 나, 이제 막 새로 태어나 아직 아무것도 알지 못하는 나는 고향에서 들려오는 듯한 그런 인간적인 애가(哀歌)를 자장가 삼아 잠을 청한다.

7

자, 이것이 그날 저녁 내 몸의 패배가 어떻게 다시 얼굴을 들이밀었는지, 이미 몇 년간 겪어 온 불운이 어떻게 다시 들이닥쳤는지에 관한 전모다. 나는 그런 경험을 수차례 했다. 두 번 다시, 두 번 다시는 안 돼, 라고 귓가에 속삭이는 어떤 목소리가 들렸지만 그것은 내 목소리가 아니었다. 창문이 열려 있었다. 누가 열었을까? 삼 년 전 트뤼트 호수를 헤엄쳐서 건넜지만 이제 그런 일은 불가능하다는 걸 나도 알고 있었다. 그 호수는 수면에 모습이 비치는 짙은 전나무보다 더 어둡고, 중심부로 깊이 들어갈수록 얼음장처럼 차가워진다. 섭씨 6도의 그 냉기는 당신을 옥죄다가 결국 집어삼킬 것이다. 심연을 맛보게 하는 호수이자 젊음의 호수. 또

한 이제 다시는 부아바니에서 산 정상까지 흔들림 없이 멈추지 않고 올라갔다가 내려올 수 없으리라는 것을 나는 알았다. 이 년 전 새해를 맞이하던 밤 부아바니에 있는 산 정상에 올라 두 손으로 성냥갑을 쥐고 성냥을 그었던 일, 세찬 바람을 맞으며, 귓가에 쉬이잉 소리를 내는 바람을 맞으며 담배를 피웠던 그런 일이 이제는 불가능하리라는 것을 알았다. 그때는 이런 생각뿐이었다. 이왕 담뱃갑을 가져왔으니 담배를 한 대 피우자. 담배를 끊은 지 오래였지만 담배보다 더 흥미로운, 푸른 소용돌이 같은 연기가 선사할 다채로운 말의 향연을 재현하려는 생각밖에 없었던 것이다. 그렇게 이제 산 정상과는 안녕이었다. 숲들과도 안녕. 새벽에 일어나 커다란 수사슴들을 좇는 것도 안녕. 서리를 머금은 폭풍우와 맞서는 것도 안녕. 늑대와 우연히 마주치길 바라는 마음과도 안녕. 밤새 숨어서 망보는 것도 안녕. 사냥꾼들에게 또다시 도전하는 것도 안녕. 너무 늦었다. 나는 나를 질질 끌며 살아가고 있었다. 나 자신을 끌고 가듯 가까스로 지내 온 지 육 개월이었다. 이제는 너무 늦어 버린 일들이 무수히 많았다. 숨차게 하는 것들. 감정에 복받쳐 얼굴이 달아오르게 하는 것들. 눈물이 차올라 결국 얼굴을 적시게 하는 것들. 녹초가 될 정도로 일하게 하는 것들. 이제야 처음 겪는, 믿을 수 없는 일들. 그리고 마지막으로 겪는 일들. 그런 것들이 하나도 빠짐없이 머릿속에 떠오르고 있었다. 나는 그 기억들을 한껏 껴안았다. 그것들에 작별을 고하며 잠이 들었다.

8

매일 아침 잠에서 깨면 나는 찌뿌둥한 몸으로 침대에 앉아 오른편의 침낭을 두드려 평평하게 만들고 두 다리를 모아 영차, 침대 아래로 던지듯 퍽 수월하게 발을 내려놓는다. 어깨는 축 처지고, 등은 둥글게 굽고, 두 팔은 무릎 사이에서 흔들리는 채로 그렇게 잠시 앉아 있는다. 그러다가 갑자기, 겸손에 아직 동의하지 못하겠다는 듯, 내 몸은 스스로 에너지를 그러모으고, 이륙하듯 앞으로 숙였다가 천천히 무릎을 펴고, 발바닥에 몸무게를 실으며 천천히 일어선다.

밤사이 축 늘어진 육체를 깨우기 위해 몸속으로 차가운 물을 흘려보낸 뒤 손을 뻗어 수분크림 통을 집는 기분이 퍽 묘했다. 그 모든 모호한 인상, 감각의 단편, 단편적인 혼잣말 들. 잠을 제대로 자지 못했다. 피부에는 눌린 자국이 남아 있다. 수분크림 통은 거의 비었다. 데이크림과 나이트크림이 든 금색 통과 자갯빛 통도 거의 비어 있다. 이제 눈 차례다. 어떤 아이펜슬을 쓸까? 청록색? 녹색? 청회색. 다음으로 밝은 밤색 펜슬을 집어 든다. 내 눈썹은 남은 게 별로 없다. 속눈썹도 없다. 언젠가는 이미 사라진 속눈썹에 솔질을 하거나 마스카라 바르는 일도 멈춰야 하겠지. 하지만 입술은 아니다. 입술은 언제나 그 자리에 있다. 오늘 아침에 바를 립스틱은 베이비 돌 키스 프롬 마라케시다. 예전만큼 자주 바르진 않지만, 립스틱 바를 정도의 팔 힘은 남아 있다. 단장을 마치기 위해 머리카락을 두 손으로 대충, 격렬히 매만졌다.

오랫동안 나는 화장을 판타지 채우는 일로 흥미롭게 받아들였다. 이따금 기괴하게 느껴지기도 했다. 내게 마법이 일어나기라도 한 것처럼. 가끔은 일탈 같았다. 하지만 실제로 화장은 저항의 행위였다. — 일상에 맞서는 중대한 저항? — 정확히 그렇다. 이것이 내가 가장 좋아하는 화장의 정의이다.

내가 다시 아스팔트 도로 위를 달리게 될까? 내려가면서 발을 헛디디지 않고, 에스컬레이터에 오를 때 균형을 잃지 않고, 녹색 신호등이 켜진 동안 신속하게 길을 건널 수 있을까? 그리그와 함께 빌린 몽상적인 스타일의 커다란 여행 가방을 어깨에 멘 채 끝없이 펼쳐지는 길을 따라갈 수 있을까? 우리 둘 다 수도사처럼 샌들만 신고, 둘 중 하나는 남자 친구나 여자 친구를 만나러 기차에 오르는 젊은이들처럼 바퀴 달린 가방이 아닌 어깨에 메는 큰 가방을 든 채 말이다. 앞일에 대비해 진통해열제 파라세타몰 1000밀리그램 한 알을 삼켰다. 지갑의 동전 칸에 다른 약 두 알을 밀어 넣었다. 이제 마주할 길은 평소 템포에 맞춰 걷는 그 활기 넘치는 길이 아니었으므로, 탄성 좋은 창이 깔린 마법의 신발을 신었다. 뛸 수 있을 것만 같은 기분, 추진력이 생긴 기분이다. 마지막으로 단순하고 지퍼가 밖으로 보이는 파카를 입었는데, 겉으로 보이지 않는 주머니가 있는 데다 세련된 연미복 느낌도 나는 옷이다.

내 책 『동물들』에 관해 이야기하는 자리에 초대받아 리옹으로 떠났다. 마찬가지로 동물을 옹호하는 소설을 쓴 다른 '남성' 작가 두 명도 참석하는 자리였다.

문이 세 개인 사륜구동 자동차 RAV가 느리게 달렸다. 십팔 년 된 차지만 주행 거리는 얼마 안 되었다. 10만 킬로 미터가 조금 넘었을 뿐이다. 멀리 여행을 떠난 적도, 관광을 간 적도 없다. 그리그와 나는 사 년 전 비포장도로를 걸어 이곳에 도착했고, 그날 숲 한가운데에 펼쳐진 초원과 거기 딸린 집을 발견했다. 6월의 엄청난 햇살이 우리에게 쏟아졌 다. 운이 좋았다고밖에 할 수 없는 일이었다.

9

사 년 전 어느 날, 그리그와 나는 산책을 하던 중 부아
바니라는 곳을 발견했다. 실제로 그곳은 세상으로부터 추
방된 곳, 온갖 서글픈 세상사로부터 멀리 떨어진 장소로 보
였다.* 우리는 고속도로를 벗어나 그때까지 한 번도 가 보
지 않은 계곡으로 들어갔다. 다른 곳들에 비해 세상으로부
터 더 멀리 떨어지고 경사진 곳, 굽이진 도로에 가려진 곳이
었다. 우리는 마지막 마을까지 거슬러 올라갔다. 농사를 짓
는 광활한 초원이 나왔다. 방목장들도 있었다. 우리는 숲속
으로 난 잘 닦인 길을 통해 주차장까지 간 다음, 차량 통행

---

*　　　부아바니(Bois-Bannis)는 프랑스어로 '추방된 숲'이라는 뜻이다.

이 금지된 길부터는 걸어서 들어갔다. 그러자 두 개의 커다란 바위 너머에 활엽수와 침엽수가 섞인 근사한 숲으로 둘러싸인 공터가 나타났다. 잎이 무성한 활엽수, 특히 떡갈나무와 밤나무, 수액이 나오는 수목, 독일가문비나무, 구주소나무 같은 어마어마하게 큰 나무들이 빽빽이 서 있는 탓에 그 나무들이 어떤 종인지 파악하기까지는 시간이 걸렸다. 빛이 쏟아져 들어왔지만, 그곳에 대해 내가 받은 인상은 거칠고 진흙투성이인 할 일 많은 교차로라는 것이었다. 부아바니까지 가는 길은 세 가지다. 첫째는 넓고 잘 닦인 숲속 길로 계속 걸어가는 것이다. 그 길로 가면 오른쪽에 보이는 북쪽 비탈길을 탐험할 수 있다. 둘째는 포석이 깔린 로마식 도로와 연결되는 하이킹 코스 GR 5를 택하는 것이다. 그 길은 굽이진 산속 지형상 매우 가파르게 이어져서 불편을 감수해야 한다. 양옆으로 홈이 패어 있으며 공터를 가로지르는 길이다. 마지막 길은 저절로 생겨난 듯 보이는 길인데, 좌측으로 비밀스럽게 이어진 그 길로 가려면 장밋빛 줄기의 구주소나무들과 가로장처럼 앞을 가로막은 바위들과 고사리, 키 큰 자색습지잔디, 그리고 다양한 참억새들이 자라는 숲을 통과해야 한다. 그 비밀스러운 코스를 묵묵히 따라가면 숲 중앙에 있는 작은 묘지에 다다른다. 그 묘지는 쉽게 넘을 수 있는 나지막한 벽으로 둘러싸여 있다. 거기서 우리는 서른 개 남짓한 묘석이 모여 있는 풍경에 깊은 인상을 받고 멈춰 섰다. 그것들은 올바름의 표본인 양 똑바로 서 있었으나, 쪽빛으로 부푼 페르시키폴리아초롱꽃 아래에 기묘한 모습으로 파묻혀 있었다. 담청색 하얀색 하늘색 짙푸른색 풍선 같은 그 꽃들은 마치 지면을 떠난 몽골피에 열기구처럼 보였고, 바로 그런 이유로 우리는 그 풍경에 마음이 설레어 몹시도 경쾌하게 그 길의 끝까지 이끌려 갔다. 그리고 그곳에, 놀라워라, 그 거대한 회색 빙퇴석 지대 아래편에 사발처럼 둥근 형태의 매혹적이고 눈부신 초원이 펼쳐져 있었다. 빙퇴석은 더 무너져 내리지 않고 그 자리에서 멈춰 있었다. 빙퇴석 더미가 부아바니를 위태롭게 하는지 아니면 보호하는지는 알 수 없었다. 커다란 구주소나무에 못으로 고정해 놓은 팻말에 그곳의 기이한 이름이 적혀 있었다.

그곳을, 팻말에 적힌 장소를 찾아야 했다. 고집스러운 외관을 한 그 기묘한 집은 주변의 역사를 그대로 보존하고 있었다. 높이가 낮고 자그마한 목골 연와조* 건물이었다.

---

*　　　점토를 석회 따위와 반죽해 높은 온도의 불에 구운 벽돌을 연와라

오랫동안 방치된 집이었다. 높이 솟은 화강암 경계석 사이로 채소밭이 딸려 있었다. 채소밭의 흔적이 여전히 엿보였다. 왜 나는 평생 그렇게 방치된 것들에 애정을 느껴 왔을까? 특히 방치된 집들에? 버려진 집을 우연히 마주치는 것은 내 꿈이었다. 그런 집을 발견하면 즉시 안으로 들어가 내부와 계단과 방과 다락을 탐험하고 싶어진다. 마지막으로 마주친 이 집 앞에서는 곧바로 야생벚나무 식탁이 머릿속에 떠올랐는데, 집 안에 들어가 보니 하느님의 아이를 적어도 열한 명은 원했던 가족의 식탁이 버티고 있었다. 왜 '하느님의' 아이들이냐고? 그 예감에 대해서는 나중에 알게 될 터였다. 식탁은 길이가 자그마치 3미터에 달했다. 공동체 생활은 물론이고 가족생활도 거의 해 보지 않은 우리에게는 참으로 기묘해 보이는 식탁이었다. 그 식탁 위에 유리잔이나 물병 같은 반짝거리는 것들이 놓여 있는 모습을 상상해 보았는데, 실제로 유리잔이 많긴 했으나 반짝임을 거의 잃은 상태였다. 그리고 다리가 셋인 무쇠 화덕 위에 바닥이 검은 솥이 올라가 있을 거라 상상했는데, 정말 솥 바닥이 확

고 하며, 이 벽돌을 쌓아 축조한 조적식 구조를 연와조라고 한다.

실한 검은색이었다. 펑크였다. 미래 따윈 없다.* 그리고 나서는 삐걱거리는 나무 계단을 상상했는데, 삐걱거린 것이 계단이었나, 아니면 그리그와 나 우리 둘이었나? 그리고 나서 반쯤 열린 부서진 초록색 문 아래 부서진 침대와 벗겨 내지 않아 세월이 흐르면서 다갈색으로 변한, 완강한 두 육체의 형태를 보존하고 있는 침대 시트를 상상했으나, 우리가 발견한 건 쥐들이 갉아서 찢어 놓은 깃털 이불이었고, 그것조차 깃털들이 마구 날리는 통에 입을 열기조차 힘들었다. 그것은 우리에게 점차 스며들고 있던 멜랑콜리에 관한 냉소적인 논평처럼 느껴졌다. 그리고 그 밀짚모자는 누구의 것이었을까? 손을 대자 가루로 부스러진, 그 작은 꽃무늬 원피스는?

그것은 잊힌 집, 우리가 예전에 살던 어떤 집보다 잊힌 집으로, 하얀 잔해 한복판에 자리 잡고 있었다. 비(非)역사적 순수의 원형이되 조각조각 파편화한 집. 그럼에도 불구하고, 혹은 그 덕분에, 마지막 구원의 부재 안에서도 이루 말할 수 없는 활력이 가득했다. 그것이 우리가 그곳에 그토록 매

* No Future. 1970년대 영국의 펑크록 밴드 섹스 피스톨스의 모토.

혹된 이유였다. 하지만 아래쪽에 펼쳐진 초원에 비하면 집은 아무것도 아니었다.

자본주의가 내팽개친 충적세의 한 조각.

초원에는 꽃들이 만발해 있었다. 무성했다. 생기가 넘쳤다. 비현실적이었다. 방치된 곳으로는 전혀 보이지 않았다. 불현듯 지구가 그 초원보다 더 망가져 보인다는 생각이 들었다. 지구가 원점으로 돌아갈 수 있다면 좋을 텐데. 지구는 돌아갈 수 있을 것이다. 다시금 꽃필 수 있을 것이다. 그다음 날부터 우리는 그곳에 대해 알아보았다. 부아바니의 소유권은 미국으로 이민 간 사람들의 마지막 후손에게 있었다. 아무도 부아바니를 보지 못했으나 부아바니는 언제나 그 자리를 지키고 있었다. 계곡에 사는, 전국 농업조합 연맹에 등록된 한 농부가 인접한 7헥타르 63아르의 초원을 소박하게 관리했다. 그러다가 그 농부가 나이가 들어 사망했다. 이후 그의 아들이 초원을 관리했는데, 역시 나이가 들자 그는 그 집을 귀농한 한 젊은 여자와 그녀의 형제에게 넘겼다. 아무 단체에도 소속되지 않은 그들은 산간 농사의 최전선에서 합리적인 방식을 탐색해 가며 그곳을 일구었다.

그곳에 관한 계보 연구를 다 마친 후 마침내 그리그와 나는 그 집과 초원 63아르를 구입할 수 있었다. 그곳에 붙은 이름이 불러일으키는 예감에는 신경 쓰고 싶지 않았다. 우리는 그 예감을 두 가지 방식으로 받아들였으니, 그리그는 스스로 추방당했다고 느꼈으며 그 사실을 줄곧 좋아했다. 심지어 그 문장의 의미를 음미하기까지 했다. 자신은 죄 많은 세상에서 내쫓긴 거라고 그는 말했다. 즉 우리는 그 의미를 다시 한번 바로잡은 셈이었다. 무구하고 추방당한 우리가 다른 곳에서 다시 태어난다는 의미로.

집의 외양은 전혀 멋있지 않았다. 한눈에 봐도 손상되어 있었다. 아주 심하지는 않았지만 간신히 괜찮은 정도였다. 나를 둘러싼 환경을 바꾸고 싶다는 열망이 생긴 바로 그 순간에 그 집을 발견했다. 두 개의 계곡을 좀 더 멀리까지 보러 가고 싶었다. 그곳에서 덜 돌출되고 덜 드러난 무언가를 찾고 싶었다. 진짜로 숨어 지내고 싶었다. 미리 알리기만 하면 남의 집을 언제든 제집처럼 방문할 수 있다고 믿는 사람들과 그 사람들로 인한 혼란스러운 소동에서 벗어나는 일이 우리에겐 중요했다. 우리는 그저 사람들로부터 조용히 벗어나 있고 싶었다. 그리그는 만사 오케이인 타입이었고, 나는 도망치는 일이 가져다주는 끝없는 쾌락을 다시 한번 맛보고 싶었다. 도망치는 것, 그것은 소설가로서 나의 기저를 이루었다. 이 책에서 저 책으로 나는 여우 꼬리에 매달리듯 도망치는 일에 매달렸다. 고대 프랑스어 guerpir에 접두사 de가 붙은 형태의 단어 déguerpir는 '포기하다'라는 의미이다. 독일어로는 '던지다'라는 의미를 가진 werfen이며, 스웨덴어로는 verpa, 고트어로는 vairpan, 왈롱어로는 diwerpi, 프로방스어로는 degurpir이다. 나는 이 단어 위에 나 자신을 세웠다. 있을 법하지 않은 어떤 공간 때문에 다른 공간을 억지로 포기하는 일. 이번에 그 공간은 부아바니였다. 우리는 책 상자들과 암탕나귀 한 마리와 함께 이듬해 봄에 그곳에 정착했다. 그리고 그곳에 적응했다. 그리그는 곧바로 지붕 아래에 서재를 꾸몄고, 창문은 그의 책들로 완전히 막혀 버렸다. 내 방 창문에서는 지척의 초원이 바라다보였다.

10

현재 그 숲길은 여전히 자동차의 진입이 금지되어 있고, 우리 같은 인근 주민만 출입이 가능하다. 자동차 앞유리창에 빗방울이 떨어졌다. 차창이 열려 있어서 빗방울이 차 안으로 들어왔다. 식물들이 어지러이 얽혀 있는 비탈길이 이어졌다. 습지 식물과 등나무 줄기와 쇠뜨기 들. 비죽 튀어나온 고사리 이파리들이 만들어 내는 불[火] 형상의 탈주. 내가 기대하던 모습은 아니었다. 지금 이 순간 껍질이 장밋빛이고 줄기가 뒤틀린 구주소나무들은 서로 간격을 두고 몸을 우뚝 곧추세운 채 매혹적인 뱀들의 숲을 이루고 있다. 우리는 그 나무들을 지나 먼 곳을 바라본다. 은신처라고는 없다. 어쨌든 차가 달리는 동안 나는 여전히 주변을 탐색한다. 묘지 울타리에서도 나는 여전히 기대했다.

우리 집에서 멀지 않은 그 묘지는 숲속에 숨겨져 있어서 우리 집처럼 잊힌 장소이자 중심에서 벗어나 남몰래 존재하는 아주 작은 묘지였다. 모든 권력의 눈 밖에 나 추방된 부류, 스스로 표본이 되고자 하는 불복종의 묘지, 너무 작아 장례식조차 열리지 않는 묘지였다.

더 안쪽으로 들어가 공터에 다다르자, 나는 차를 천천히 운전하면서 길들이 가로지르는 교차로 주변을 훑어보았다. 지난해 마을에서 그곳을 일종의 주민 건강 산책로로 단장하면서 탁자와 통나무 벤치 들을 조성하고 건강 관련 지침을 적은 안내판도 세워 두었다.

그 공간은 비어 있었다.

더 내려간 곳에 있는 주차장도 비어 있었다.

믿을 수 없는 광경이었다. 나는 전속력으로 차를 몰았다.

다른 사람들을 만나는 일이 내게는 결코 간단한 일이 아니었다. 여행을 하고, TGV를 타고, 풍경 속을 누비고 다니는 건 좋았다. 쉼 없이 움직이고 저도 모르는 사이에 변화하는 것들을 바라보는 일. 하지만 그런 일은 나 역시 다른 누군가로 변화할 것을 요구했다. 타인을 신뢰하는 표정

짓기. 나의 내면 깊은 곳의 여우를 숨기는 일. 여우만이 아니라 숲까지 전부. 전부 잘라 내기. 나뭇가지와 가시덤불과 식물과 구름, 새로 돋아나는 이파리들까지. 그리고 내 파카, 에메랄드색 방수용 새틴으로 된 그 옷을 믿을 것. 그 옷을 꽤 오래 입었다. 앞으로도 더 입을 것이다. 이미 낡아 버렸지만 더 낡을 때까지. 그 옷을 너무 좋아해서, 자아의 허물을 벗는 명상에 쓰는 도구처럼 내 방에 걸어 두었다. 그날 리옹으로 출발하기 전 그 옷을 입기로 했다. 내 모습 그대로를 감히 내보이기 위해서였다. 그럴 필요가 있었다. 숲에서 온 사람, 이곳이 아닌 다른 곳을 이야기하러 온 사람, 이곳 아닌 다른 곳을 옹호하는 사람. 다른 현실과 다른 지식과 다른 외양이 서서히 나를 구축했으니, 그 다른 힘과 다른 감각, 다른 감수성에 대해 말해야 하리라.

　나는 리옹에서 발언할 내용을 머릿속으로 준비하고 있었다. 나무를 대변하리라. 짐승을 대변하리라. 나는 홀로 그곳에 오지 않았다. 숲과 더불어 왔다. 잊지 말아야 할 것은 세 명의 연사가 동물에 대해 이야기하는 방식이 절대적으로 다르리라는 사실이다. 다른 두 소설은 중심부에서 좌절을 경험하는 남성 세계의 이야기 그리고 왕조와 유산과 로고스와 탁월함에 관한 사회적 서사시이다. 반면 내 소설은 한 여성이 목격한 이야기에 가깝다. 그리고 그녀는 중심축을 가장자리로 이동시키는 사람이자, 자신이 무너지기 직전 그 가장자리의 것들을 숨기는 사람이다. 내게는 그렇게 보인다. 이것에 관해 확신할 수는 없지만. 그럼에도 이 차이점이 논쟁을 불러일으킬 것이다.

가엘, 우리 대담의 기획자인 그녀를 나는 만나 본 적이 없었다. 그녀는 폭우에 점령된 리옹파르디외 역에서 우산을 쓴 채 나를 기다리고 있었는데, 밤이어서 우리가 탄 택시 안에서도 그녀의 얼굴은 거의 보이지 않았다. 다만 그녀가 신은 무릎까지 오는 긴 가죽 부츠와 여덟 살 난 아들 노에가 해양 포유류 마니아라서 종합 지적 통신망(UICN)에 올라온 목록을 다 암기한다고 말하던 그녀의 목소리만은 분간할 수 있었다. 우리는 그 목록을 함께 열거했다. 전조등과 얼룩덜룩한 네온사인, 초록색으로 바뀌던 붉은 신호등. 바다표범, 고래, 범고래가 우리를 둘러싼 채 인도하고, 물속에 뛰어들고, 다시 솟아오르는 가운데, 비에 잠긴 리옹의 축축한 밤이 기분 좋게 나를 통과하고 있었다.

우리는 '라 빌라'에 도착했다. 조명 아래에 연단이 보였고, 어둠에 잠긴 방은 마치 심연 같았다. 안락의자가 여러 개 놓여 있었다. 나는 남성 작가 L. J.와 S. M.과도 처음 보는 사이였다. 그들의 얼굴도. 이번 만남을 주도한, 파리에서 온 모리안의 얼굴도.

그곳에 도착하기 조금 전 기차 안에서 나는 곰곰이 생각에 잠겨 있었다. 나에게 중심부란 무엇인가? 주변부는 또 무엇인가? 나의 외부는 무엇이고 내부는 무엇인지 제대로 정의할 필요가 있었다. 문턱은 어디에 있는가? 경계는? 도착하기까지 사십오 분이 남아 있었다. TGV는 날듯이 달렸다. 주변부로 이동하려는 욕망을 나로서도 이해할 수 없다는 점을 덧붙여야겠다. 뭔가 기묘한 느낌이다. 내가 어떤 연유로 주변부에 우선적으로 소속감을 느끼는지 이해할 수 없다. 마치 그것이 내 존재의 비밀스러운 한 부분인 것처럼 말이다. 어떤 연유로 나는 주변부에서 호흡하는 생명들에게 소속감을 느끼는 걸까? 나는 어떤 짐승 — 나는 짐승이라는 단어를 좋아한다. — 을 마주했을 때 철저한 타자성이나 남성들이 말하는 단절, 차이로 인한 심연이나 균열을 느낀 적이 단 한 번도 없었다. 가장 박식하고 지적이며 동물의 세계를 걱정한다는 남성들조차 그에 관해 언급하지만 말이다. 나는 단 한 번도 느낀 적이 없는 것이었다.

동물의 세계를 마주할 때도 똑같이 주변부에 있다는 느낌을 받는다. 그리고 그 사실에 꽤나 안도감이 들기도 한다. 그런 순간 내가 한 인간을 제대로 마주하는 일이, 나를 따르는 개의 눈 속으로 나 자신을 피신시키는 일이 일어나기 때문이다. 어떤 사건이 발생하면 나는 순식간에 그 개와 더불어 도망칠 것이다. 대번에 나 자신에게서 튀어나와 개에게 합류할 것이다. 네 발로 도망갈 것이다. 달아날 것이다. 개와 시선을 마주하고 거기서 곧바로 충성심과 동조하는 마음을, 통찰력과 놀이에 대한 취향을 발견하는 일이 내게 몇 번이나 일어났던가? 그것은 즉각적이고 전적인 연결이었던가? 한편 최상의 경우 개와 함께하는 인간의 표정은 내게 경계심을 일깨워 내 마음 깊은 곳에 기이한 탈주 반응을 일으키고, 다른 세계를 선택하게 했다. 개의 세계 말이다. 그걸 어떻게 설명할 수 있을까? 개 없이 지내던 시절에는 탈주하고 싶다는 참을 수 없는 욕구에 시달리곤 했다. 예컨대 가족들과 식사를 하다가도 호두나무 식기장 깊숙한 곳에 들어 있는, 지평선이 푸르스름하게 물들 무렵 들판을 지나가는 건초 수레들이 그려진 오래된 접시와 수프 그릇 들을 보고 싶다는 기분이 드는 식으로.

나는 낯선 방 안으로 들어가, 그 집에 사는 고양이와 강아지를 눈으로 찾는다. 그게 아니면 무화과나무라도. 탁자 위에 놓인 꽃다발이라도. 아니면 그릇 하나, 오렌지 한 개라도. 혹은 파리 한 마리라도. 이곳에 적어도 파리 한 마리는 있지 않겠는가?

분명 나는 태어날 때부터 이런 사람이었다. 이런 욕망을 가지고 태어난 것이다. 세상을 살아가는 감동과 살아남으려는 감각을 온몸으로 느끼며 원초적이면서도 정열적이고, 진하면서도 미묘하며, 가벼우면서도 과묵한 충실함을 영원히 경험하려는 욕망, 최소한의 타자성도 없이 나를 둘러싼 환희에 찬 것이나 전율하는 것 안에 거하려는 욕망 말이다. 그렇다, 하지만 나를 보았다는 이유로, 내게서 인간의 속성을 발견했다는 이유로 하늘을 향해 날아오르던 새의 날갯짓이 갑자기 분주해지고 빨라지는 것은 뭐라고 묘사하지? 공포? 나는 단번에 둘로 분열되어, 도망가는 동시에 바라보는 존재가 된다.

오랫동안 자신을 하나의 종으로 제대로 태어나지 못한 비정상적인 존재로 느꼈기에 나는 스스로 이렇게 되뇌어야 했다. 그럴 리 없어, 너는 비정상이 아니야. 네가 느끼는 감정은 너 혼자만 느끼는 게 아니야. 분명 다른 어딘가에 너와 같은 생각을 하는 자매가 있을 거야. 실제로 그런 존재가 한 명 있었다. 재닛 프레임이 『또 다른 여름을 향해』── 그녀의 첫 소설이자 『내 책상 위의 천사』의 모태가 된 작품으로, 그녀가 생전에 출간을 원치 않았고 이를 열두 번도 더 확인했기에 그녀 사후에야 발표된 책 ── 에 자신은 인간이라는 존재가 아니며 인간들이 두려워하는 철새라고 쓰지 않았던가? 이 책을 읽고 느낀 충격과 나를 압도한 놀라움과 기쁨이 내 존재 깊은 곳에 있던 소외감을 설명해 주었다.

하지만 얼마나 경이로운 일인가. 내게 인간 존재란 무엇인가 하는 수수께끼가 사라지고, 불현듯 내가 사랑의 전율, 단 하나뿐인 진정한 사랑을 마주하고 있기라도 한 것처럼 인간이라는 존재가 기이하게도 가까이 느껴지는 일이 이따금 일어나기도 했다. 혹은 깊고 비밀스러우며 메아리로 가득한 우정이라는 작은 숲을 마주하거나. 당신도 그걸 기억하는지? 혹은 욕망일까. 어떤 얼굴이 촉발한 그 즉각적인 열망, 내 몸의 나머지 절반을 만나고 싶다는, 아주 강렬하고 활기차며 떨림을 유발해 나를 멈추게 만드는 뭔가를 만나고 싶다는 열망 말이다. 그것 말고는 다른 무엇도 중요하지 않으리라. 그때 나는 내 집으로 돌아오고, 스스로 온전하다고 느낄 테니까.

완전히 컴컴한 홀 안에 조명 빛을 받으며 앉아 있자니, 머릿속에 떠오른 것들이 제대로 입 밖으로 나오지 않았다.

내 발언 시간이 지나가는 걸 알아차리지 못했고, 기회는 그렇게 지나가 버렸다.

이제 모리안은 L. J.에게 말을 하고 있었다. L. J.의 분야는 프랑스 문학의 또 다른 중심 화두인 권력자 및 지배자, 가부장제 같은 것들로, 내가 오랜 시간 피해 온 주제였다.

우리는 몇 차례 의견을 주고받았다. 그러고는 끝이었다. 우리는 자리에서 일어났다. 얼마 전부터 나는 앉았던 자리에서 일어날 때 몸이 비틀거리지 않는지 주의를 기울여야 했다. 그제야 서 있는 자신을 보며 내가 은색 버팔로화를 신고 연단 위에 올라왔음을 깨달았다. 도대체 무슨 생각으로 아침에 이 흉측한 신발을 신은 거지? 가젤의 시선에 대해 이야기하는 자리에 오면서? ― 그렇다. 하지만 일기예보에서 비가 온다고 했고, 내가 신은 신발은 브리지트 퐁텐이 신었던 신발과 같은 것이었다. 지나치게 컬트적인 면이 있는 가수이자 작가, "여성 작가라고 말하는 작자는 다 죽여 버릴 거예요."라고 말한 바 있는 나보다 한 살 많은 그녀 말이다.

그러므로 나는 속으로 생각했다. 잘됐어, 그냥 필요해서 이런 신발을 신은 거야. 이건 경계선을 흐리고 고정된 틀과 정체성을 거부하는 신발, 나처럼 노쇠한 여성이 최대한의 악의를 품고 신을 수 있는 신발, 마초들이 애호하는 신발이니까. 그리고 다시 생각했다. 어쨌든 이 신발의 역할은 나 자신이 이것과 저것, 중심과 주변부, 흐릿한 것과 유동(流動)하는 것, 이상함과 기묘함, 퀴어 등이 섞인 혼종이라고 입증해 주거나 양성적 정신 따위를 표명해 주는 것이 아니라, 다른 사람에게 신경 끄고 내가 먼저 치고 나가야 한다는 걸 상기시켜 주는 거라고. 기실 나는 오늘 아침 가부장적이고 반성적인 대륙 기반에서 말끔히 잘려 나온, 표류하는 두 개의 섬을 착용한 셈이었다. 그것들은 내가 떠나온 곳으로 돌아갈 때 매우 유익하다. 그 섬들이 나를 기다린다.

그 섬들이 나를 기다리고 있었다.

그 자리에 서서 나는 신발과 편안하게 한 몸이 되었다.

그때 내 안에서 무언가 시동이 걸리면서 또렷한 첫 구절이 떠올랐고, 나는 연단에서 내려오며 신발들을 향해 나지막하게 속삭였다. 오! 내 마법의 버팔로화들아, 이제 우리 어디로 갈까?

이후로도 그때만큼 내가 신발과 하나가 된 적은 없었다.

사실 그 신발은 브리지트 퐁텐의 신발과 같지도 않았을뿐더러, 1969년 7월 20일 은색 장화를 신고 최초로 달 위를 걸은 인간 닐 올던 암스트롱의 신발과도 달랐다. 부아바니로 돌아오자마자 나는 지지받는 느낌, 결단력을 갖춘 느낌이 들었다. 이미 익숙한 그곳을 행군할 만반의 준비가 되어 있었다. 암스트롱보다 아주 조금만 더 멀리 갈 작정이었다. 달의 어두운 면으로.(On the dark side of the moon.) 라 빌라의 넓은 회색 화강암 계단에서, 출구까지 이어지는 길고 적막한 복도에서, 공원의 나무들이 떨군 낙엽들 가운데서, 우리가 택시를 기다리던 거리의 시커먼 물웅덩이에서 나는 신발과 나, 우리 둘이 사소하면서도 혁명적인 행위들의 선두에, 직접적인 행동들, 시적(詩的)인 행동들, 인간적인 논의에서 비인간적(non-humain)인 논의까지, 절대적으로 민감한 사안에 이르기까지 그 선두에 서고 싶다는 열망으로 들 끓고 있음을 느꼈다. 그리고 그것이 가능한 영역으로 남아 있음을 느꼈다. 내가 여전히 숲속을 달릴 수 있을 거라는 걸 느꼈다. 예컨대 한 장소에서 야영하는 것만으로 먹이를 훔 쳐 가는 때까치에 빙의하는 일, 그 이야기를 하자. 5월경 초 원을 마주 보다가 결국 강렬한 녹색이 되어 버리는 일, 그 이야기를 하자. 어찌 된 일인지 움직임을 멈춘 울퉁불퉁한 빙퇴석 덩어리가 되는 일도. 아울러 절룩거리기, 그 이야기 를 하자. 무엇이 내 안에서 이 같은 기묘한 과정에 시동을 걸었는지 모르겠다. 회색 코끼리 같은 이 신발 두 짝이 나 를 태우고 얼마나 더 산을 누빌 작정인지 나는 상상할 수 없었다.

11

작정하고 7시에 잠자리에서 일어났다. 아침을 먹는 식당으로 내려가니, 모리안이 반쯤 마신 작은 커피 잔을 앞에 두고 식탁에 혼자 앉아 있었다. 스마트폰을 향해 기울어진 그녀의 얼굴이 이상하게도 작아진 것처럼 보였다. 내가 다가가자 모리안은 알아듣기 힘든 말을 작게 중얼거리더니, 전날 예약한 택시가 와 있다면서 자신이 나를 역에 내려 주면 어떻겠느냐고 제안했다. 서둘러야 했다, 그것도 아주 많이. 그녀는 이미 자리에서 일어나 있었다. 나는 방에서 가방을 가지고 내려왔다. 그녀도 가방을 가져왔다. 우리는 택시 뒷좌석에 올라탔고, 기사는 친절하게도 우리의 요청대로 계기판 태블릿으로 조금이라도 빨리 갈 수 있는 경로와 우리가 탈 기차가 도착하는 플랫폼 번호를 검색했다. 그러는 동안 모리안의 스마트폰에선 쉬지 않고 메시지 알림음이 톡, 톡, 톡 울리고 메시지들이 아래로 쭉쭉 내려가고 있었다. 그리고 그와 별도로 모리안은 웃고 있는 것처럼 보였으니, 모든 일이 제대로 흘러간다는 뜻이었으리라. 교통 체증조차. 리옹에 내리는 비조차. 원래 늘 이렇습니다, 어슴푸레한 빛 속에서 택시 기사가 말을 건넸다. 우리가 김이 천천히 서려 유리창을 뒤덮는 모습을 지켜보며 불타는 불안감에 사로잡히는 걸 알아차린 것 같았다. 기차를 놓치기 일보 직전이었다. 게다가 아무 기차나 탈 수도 없는 상황이었다. 어쨌든 세상 마지막 열차는 아닐 거예요, 금방 도착할 거고요. 그도 이해한 것 같았다. 마침내 역에 도착했고 우리는 달렸다. 뛰어 나갔다고 하는 편이 맞겠다. 가장자리가 붉은색으로 처리된 모리안의 짧은 감색 프록코트, 낭만적인 독일 장교가 입을 법한 사랑스러운 프록코트와 굽 높은 앵클부츠를 전속력으로 뒤쫓고 있는 자신을 발견하고 나는 생각했다. 내가 예전처럼 달리고 있잖아. 내 몸이 젊은 시절의 감각을 되찾을 수 있다니, 미처 몰랐다. 감미로운 순간이었다. 나는 달렸다. 두 다리를 활짝 벌리며, 신발의 성급한 추진력으로, 뒤꿈치에 영혼이라도 깃든 것처럼 미친 듯이 달렸다.

아닌 게 아니라, 나 자신이 맹렬한 기세로 비탈을 내려가는 동물이 된 것처럼 느껴졌다. 동물이 된 것처럼. 주머니 속에는 단도가 들어 있었다. 나는 항상 주머니에 단도 하나와 노루발장도리 모양의 진드기 퇴치용 갈고리, 몰스킨도 아니고 아무 브랜드도 아닌 심플한 작은 수첩과 연필을 넣고 다닌다. 더 뒤져 보면 주머니 속에 다른 것도 있다. 그리그가 피레네산맥에서 오랫동안 광맥을 찾아 헤매다가 내게 가져다준 광석 조각. 만돌라*에 쓰인 진청색이 바로 옆 피레네산맥의 하천에서 모은 그 광석 조각에서 채취한 염료라고 한다. USB가 매달린 열쇠도 하나 들어 있다. 헬리크리섬 오일이 담긴 작은 병도 하나 있다. 납작한 새하얀 자갈도 하나 있는데, 희귀하게도 눈구멍이 뚫린 해골 형태의 돌이다.

병렬 구조에 맛을 들이면, 배열 관계를 명확히 밝히지 않고 문장들을 병치하는 과정이 계속 이어진다. 그럴 땐 이를 악물고 참아야 한다.

---

* 로마와 비잔틴 미술에서 신성한 인물의 몸 전체를 감싸는 아몬드 모양의 후광. 여기서 언급된 그림은 「전능하신 그리스도 (Pantocrator)」이다.

파리행 TGV는 내가 탄 스트라스부르행 TGV가 출발하고 삼 분 뒤에 떠났다. 진짜 마지막으로 출발하는 막차였다. 출발당했다고 하는 게 맞을까. 나에게는 그렇게 보였다. 잠시 동안의 마지막 열차. 나라 전체를 정지시킨 그 야만적인 파업에 대해 우리는 얼마 동안이나 몰랐던 걸까? 그것은 아무도 해법을 알지 못하는 사회적 위기의 시작이었을까? 아니면 종말의 시작이었을까? 그 유명한 종말 말이다. 어쨌든 마지막 열차인 TGV는 미끄러지듯 전원을 가로질렀고, 세상이 기차 뒤로 멀어지며 사라지는 것처럼 느껴졌다. 공포에 몸이 얼어붙은 채 나는 생각했다. 이번에는 나도 내 주머니들 깊숙한 곳에 저항할 수가 없었다고. 그러니까 또 다른 물건들이 있었다. 불 꺼진 피아노 바가 있는 호텔의 하얀 대리석 세면대 위에 비상시를 대비해 놓아둔 자그마한 둥근 비누와 하얀 종이 상자에 든 반짇고리였다. 그 물건들은 아주 작고 섬세하며 유치했지만, 바로 그렇기 때문에 그 물건들에 섬세함과 유치함이 농축된 어마어마한 힘이, 마법이 깃들어 있을지 누가 알겠는가. 그런데 오히려 조롱의 의미로 그것들을 세면대 위에 놓아둔 건 아니었을까?

12

이 이야기의 초반에서 나는 내가 픽션 혹은 논픽션 속에 있는지, 이미 깨어난 꿈 혹은 깊은 꿈속에 있는지, 아니면 실제 삶 속에 있는지 분간할 수 없어서 나 자신을 꼬집어 봐야 했다. 나로서는 어떻게 해도 판단을 내릴 수 없었다. 게다가 자신이 어디쯤 있는지 아는 사람은 없었다. 믿기지 않는다는 감정이 압도적이었다. 자주 비현실적이었다. 명백하게 비현실적인 일들이 우리에게 일어나고 있었다.

스트라스부르 역 주차장은 여느 때처럼 초만원이었고, 내 자동차는 그곳에서 미동도 없이 조용히 자리를 지키고 있었다. 자동차 계기판이 꽃가루에 덮여 있고, 차 안 바닥에 깔린 매트에는 솔잎과 주차 티켓, 도로의 모래들이 뒤죽박죽 널려 있었다. 저 멀리 보이는 산들 역시 고요히, 미동도 없이 회색 구름 아래 반쯤 숨겨져 있었다. 그 풍경을 보니 전에 본 한 무리의 해삼이 떠올랐다. 도로는 조용한 편이었으나, 집으로 향하면서 세상을 내 뒤에 남겨 두고 가는 느낌이었다. 그러면 인간은? 너는 그걸로 뭘 하고 있지? 그 대답으로 나는 아무 의미 없는 문장 하나를 스스로에게 들려주었다. 인간의 몸이 가로 세로 길이가 같은 정사각형에 기록된다는 걸 아는가?

도착해야 할 시간이 지났잖아, 집 앞에서 나를 기다리던 그리그가 투덜댔다. 그는 행색이 초췌하고 언제나처럼 기분이 별로였다. 그런데 그 뒤로 그리그 못지않게 덥수룩한 재투성이의 회색 누더기가 따라오더니, 그의 발밑에 멈춰 서서 내게 뛰어오를 준비를 하는 게 아닌가. 세상에나. 그 작은 개였다. 나는 소리를 질렀다. 예스! 그러자 개가 뛰어올랐다. 예스는 마치 우리가 칠십 년 만에 재회한 어린 시절의 친구인 것처럼 격하게 나를 환영했다. 녀석은 기쁨에 들떠 커다란 원을 그리며 내 주변을 달리더니, 환희에 찬 몸짓으로 달아났다가 다시 돌아왔다가 점점 더 격렬하게 기

뺨을 표출했다. 나는 예스를 안고 풀숲을 굴렀고, 예스의 귀에 대고 속삭였다. 아가야, 나를 떠난 게 아니었구나.

그리그는 그 자리에 꼼짝 않고 선 채 평상시와는 다른, 다소 불편한, 언제나처럼 유아적인 반항기가 섞인 표정을 하고 그 비이성적인 유혹의 프로그램이 끝나기를, 내가 팔을 들어 자신을 안아 주기를 기다리고 있었다.

나는 곧바로 팔을 들어 그렇게 했다.

전에 없이 세게.

숨이 막힐 정도로.

내가 리옹으로 떠난 지 백 년은 지난 기분이었다. 나는 그리그를 계속 껴안고 있었다. 그가 얼마나 짓눌리고 우울하고 바싹 말라 보였는지, 몹시 마르고 굽은 데다 허약한 그를 안아 줄 수밖에 없었다. 내 두 팔로 말이다. 문득 어린 시절 한배에서 나온 새끼 강아지들을 으스러질 정도로 꼭 안아 주었던 일이 떠올랐다. 하지만 그리그가 사랑하는 건 나와 함께하는 단 하나의 삶, 우리의 만남부터 죽음까지 이어질 유일한 선 하나, 내가 그를 숨 막히게 만든 그 하나의 삶이었다. 그렇다, 그는 그걸 사랑했다. 그는 여전히 그 삶을 사랑했고, 그 삶에서 내게 못되게 굴거나 빈정거렸지만, 나도 그게 좋았다. 그래서 나는 더욱 힘을 주어 그를 으스러지게 안아 주었다.

도착해야 할 시간이 지났잖아. 아무것도 모르는 그리그가 아까 한 말을 반복했다. 나는 모리안의 스마트폰에서 본 문자와 내가 TGV 막차에 겨우 올라탄 얘기를 해 주었다. 그리그가 말했다. 결국 저 아래에서도 사정이 나빠지고 있군. 그러고 나서 한 걸음 뒤로 물러서서 의혹 어린 눈으로 나를 관찰했다. 당신 꼭 술 마신 것처럼 눈이 반짝거리는데. 조심하라고, 이제 예전 몸이 아니니까.

우리 둘 다 그랬다. 의심의 여지가 없었다. 아이 하나를 품고 있는 이상한 노인들. 할망구와 영감탱이. 나는 이 단어를 무척 좋아한다. 아직 우리 안에 남아 있는 어린아이가 느낄 대책없는 당황스러움 때문이다.

나는 그리그에게 물었다. 말해 봐, 이 개가 언제 돌아온 거야? ― 당신이 도착하기 이 분 전에. 당신을 기다린 모양이야, 나처럼. 당신이 늑장을 부렸잖아.

예스는 나와 그리그가 대화 나누는 걸 지켜보며 잠잠히 기다렸다. 대걸레 같은 긴 회색 털이 얼굴을 포근히 감싸고 있었다. 예스의 긴 털이 바람에 나부꼈다. 우리 집 앞은 바람 잘 날이 없었다.

사람은 자신과 닮은 개들에게 선택받는다고 하던데. 그리그가 내 시선을 중간에서 가로채며 말했다. 빈정거리는 말인지 아닌지 알 수 없었다.

예스는 큼직하고 튼튼하고 엄청나게 복슬복슬한 앞발 두 개를 몸 앞쪽으로 뻗은 스핑크스 자세로 가만히 엎드려 있었다. 두 눈에 열의를 담고, 양쪽 귀는 작은 소리도 놓치지 않겠다는 듯 쫑긋 세우고, 조그마한 까만 코로는 바람을 느끼며 분홍빛 혀를 작게 빼 문 채 미동도 없이, 작은 몸짓에도 뛰어오를 만반의 준비를 하고 온몸의 근육을 긴장시킨 채 우리를 쳐다보고 있었다. 비굴한 구석이라고는 없었다. 열렬히 주의를 기울이고 있을 뿐. 무구한 장난꾸러기 아이의 눈. 끔찍한 일을 겪은 작은 개. 그럼에도 더없이 즐거워 보였다. 확실히 선수였다. 예스는 해럴드와 닮은 구석이 있었다. 그렇다면 나는 모드가 되는 것이다.* 이렇게 한 팀이 되는 건가? 양치기 개야, 그리그가 같은 말을 반복했다.

*　　　영화「해럴드와 모드」의 내용에 빗댄 표현.「해럴드와 모드」는 부잣집 도련님 해럴드와 할머니 모드가 나누는 교감에 관한 이야기이다.

어마어마한 에너지를 품은 폭탄인 거지.

수레국화와 당아욱꽃, 전날 내린 거센 비에 살아남은 데이지로 뒤덮인 초원은 그 자리에서 쉬지 않고 흔들리며 다양한 빛깔로 물결치고 있었다.

예스는 벌써부터 나를 신경 썼다. 벌써부터 내가 자신의 시야에서 사라지는 걸 견디지 못했다. 나는 예스에게 말했다. 우선 널 좀 치료해 줘야겠다. 기다려 봐.

나는 성긴 빗 — 마지막으로 키운 개 바부의 털을 빗겨 줄 때 쓰던 — 과 화이트 식초와 잼이 들어 있던 공병을 가지고 돌아왔다.

서 있던 예스가 갑자기 불안한지 헐떡거렸다. 나는 예스 위로 몸을 기울였다. 그리고 팔로 예스를 안았다. 무게가 전혀 느껴지지 않는 작은 봇짐 같았다. 거대한 털외투 아래에 깡마른 강아지가 있었다. 예스를 바닥에 뉘었다. 동요하는 예스의 몸이 털을 빗겨 주는 나에게 바싹 붙어 나를 따르는 동안 빗질은 온 세상의 잔인함을 날려 보냈고, 온갖 종속과 사악함과 유기(遺棄)는 흐릿한 작은 구름으로 변해 이제 초원 위를 경쾌하게 떠다니고 있었다. 예스에게 말했다. 자,

이제 네 몸을 치료할 거야. 누워 보렴. 예스가 바닥에 등을 대고 벌러덩 누워 네 다리를 벌리자, 흉곽과 배 부분이 드러났다. 오후의 햇빛을 받은 피부에 피하 출혈로 인한 붉은 반점들이 보이고 진드기들이 점점이 박혀 있었다. 진드기가 있을 거라고 짐작은 했지만 공포가 몰려왔다. 자연이 자연을 게걸스럽게 먹고 있었다.

진드기 한 마리 한 마리에 식초를 붓는 일부터 시작했다. 일부는 이미 죽어 있었고, 물어 뜯겨 터지고 찌부러진 것들도 있었다. 구역질이 났다. 나는 아직 살아 있는 진드기들, 어떤 방해도 받지 않고 집중해서 피를 빠는 달관한 단세포 동물의 통통한 배 아래로 갈고리를 슬쩍 밀어 넣었다. 그냥 뒀다가는 진드기가 독을 배출할지도 몰랐다. 그런 이야기를 읽은 적이 있다. 나는 톱가오리 주둥이처럼 뾰족하게 튀어나온 진드기의 주둥이 둘레에, 더듬이다리 두 개가 양쪽에서 감싸고 있는 그곳에 갈고리를 갖다 댔다. 주둥이와 더듬이다리는 숙주의 살 속 깊숙이 박혀 있었고, 나는 갈고리를 재빨리 잡아당겼다. 명상에 잠겨 있던 진드기가 화들짝 놀라며 잡혔다. 그렇게 잡은 진드기를 공병 안에 떨어뜨렸다. 병이 점차 진드기들로, 배가 불룩하고 회색 물결무늬가 있는 진주 같은 진드기들로 우글거렸다.(이건 단순과거 시제로 기술해야 한다.) 그런 식이다. 다른 방식으로는 설명할 수 없다. 나는 무엇이 되었든 그 최소한의 현실성에 서정적으로 동조한다. 이제 막 병에 넣은 진드기 몇 마리는 아직 붉그스름한 색이 남아 있었고, 등의 오렌지색 순판(楯板) 덕분에 무리에서 쉽게 구별되었다.

진드기의 검은 다리 네 쌍이 요동치는 모습은 크기가 작아도 엄청난 공포를 불러일으켰다. 각각의 진드기가 나에게 나예요라고 말하고 있었다. 새벽을 채우는 개똥지빠귀 울음소리가 말하는 나예요, 5월의 백단풍나무 가지가 나뭇잎 아래에 매달린 무수히 많은 작은 금빛 꽃송이들을 보이지 않게 부풀리며 말하는 나예요와 동일한 방식이었다. 혹은 땅 위에서 튀어 올라 허공으로 날아오른 노루의 몸이 말하는 나예요와도 같았다. 어떤 나예요는 다른 것들에 비해 상대적으로 받아들이기 힘들다. 공포를 불러일으키는 것들도 있으므로 당연한 일이다. 우리는 낙원에 살지 않는다. 우리는 지구라는 행성에 살고 있고, 그건 명백히 매우 흥미로운 일이다. 이곳에서 우리는 나머지 생물들보다 우위에 있는 걸까? 아니면 구토를 유발하지만 다른 생물들만큼이나 필요한 생물까지 포함해 서로 뒤얽힌 채 상호 의존하고 있는 걸까? 진드기들도 나의 자매였다. 자연은 우리에게 감탄만 자아내지 않는다. 우리에게 공포를 불러일으키는 존재도 제 나름의 의미가 있다.

예스는 내가 할 일을 마치기를 침착하게 기다리고 있었다.

그래서 나는 개의 귀와 목, 겨드랑이와 눈 주위, 부어오른 배와 학대당한 작은 성기를 감싸고 있는 엉덩이와 사타구니를 유심히 살펴보았다. 내가 말했다. 잠시만 기다려, 예스. 개는 여전히 등을 바닥에 대고 누운 채 움직이지 않고 내게 자신을 맡겼다. 나는 미지근한 물을 담은 대야와 마르세유 비누, 연고와 리넨 천을 가지고 돌아왔다. 그것들을 이용해 말라붙은 피와 여러 가지 액체를 부드럽게 닦아 냈다. 예스를 씻기는 동안 어두운 분노가 내 안에 차올랐다.

내가 말했다. 끝났어.

예스가 자리에서 일어났다. 그러더니 꼬리를 흔들어 댔다. 좋아 죽겠다는 듯 껑충껑충 뛰었다. 그러고는 다시 내 발아래로 오더니, 앞발 두 개를 앞으로 나란히 뻗은 채 나를 마주 보고 스핑크스 자세로 앉았다. 예스는 작은 브리아드* 종

---

*   프랑스 원산의 목양견으로, 용감하고 청각이 예민하다. 털이 길기 때문에 반드시 빗질을 해 주어야 한다.

개였다. 누더기가 된 옆구리 털은 빗질을 해도 여전했다. 축 처진 기다란 귀는 시작 부분이 둥글게 접혀 있었고, 검은색 털이 실크처럼 부드러웠다. 꽃무 꽃 색, 다시 말해 금갈색을 띤 커다란 눈이 치렁치렁 늘어진 털 사이로 나를 관찰했다. 검고 축축하고 반짝거리는 얼굴 끝부분은 커다랗고 살짝 윤기가 도는 콧수염에 둘러싸여 있었다. 그 적갈색 복슬강아지가 이루는 완벽한 삼각형의 초상을 완성하는 것은 바로 입술 없는 입, 더없이 진지한 활 모양의 입이었다. 눈 코 입이 있는 찌푸린 표정의 그 근엄하고 작은 얼굴이, 완고한 나머지 압제적으로 보이기까지 하며 제 역할의 최대치를 알고 있는 그 얼굴이 불평 없이 내게 말했다. 나는 수백 년 동안 양치기 개로 사람들에게 길들여졌고 그것이 내 '정수 (精髓)'가 되었어요. 당신도 내가 인도해 줄게요. 내가 지켜 줄게요. 나는 우리 둘 사이에 유대가 생겼음을 느꼈고, 그러 자 눈앞이 흐려졌다. 그래, 예스. 그렇게 너는 이곳까지 왔 구나. 이제 여기 머무를 거지? 너는 내 아기야. 나는 오래도 록 예스에게 속삭였고, 예스는 온몸으로 내게 그렇다고 대 답했다. 나는 그걸 알 수 있었다.

　　치료가 다 끝났다는 걸 느꼈는지 예스가 다시 한번 원 을 그리며 뛰기 시작했다. 나를 꼼짝 못하게 가운데에 두고 전속력으로 세 바퀴를 뛰면서, 사랑하는 상대를 정복했을 때 기쁨에 겨워 소리 지르듯이 수염을 나부끼며 짖어 댔다. 예스는 두 살을 넘지 않은 것 같았다. 틀림없었다.

나는 깨진 도자기의 날카로운 단면 같은 헤드라이트 불빛이 어둠을 가르던 날 밤을 다시 떠올렸다. 지구상에는 어리고 어여쁜 소녀를 찾는 자들, 소녀들을 추격하는 어두운 쾌락에 중독된 자들, 그들을 공포에 떨게 하거나 죽이는 데서 쾌감을 느끼는 약탈자들이 존재한다. 작고 귀여운 개들을 추격하는 놈들도 있다. 오늘 밤 나는 이 작은 개가 필요하다. 그것은 같은 의미는 아니지만 같은 일이기도 하다.

그렇게 결정되었다. 나에게 찾아온 그 아이를 내가 보살피기로.

나는 예스를 돌보았다. 펫 얼러트*에 글을 올리지는 않았다. 예스의 피부에 전자칩이 내장되어 있는지 — 그러지

---

*   Pet Alert. 개나 고양이 등 유기 동물 관련 정보가 올라오는 인터
        넷 사이트.

않으리라는 법도 없다. ─ 알아보지도 않았다. 이 작은 개는 자신이 미친놈에게서 도망쳤음을 알고 스스로를 방어한다. 어떻게 사슬을 끊었을까? 이것이 의문으로 남았다. 사슬이 싸구려였겠지, 그리그는 이렇게 말했다. 아니면 너무 많이 써서 닳았든지. 그가 덧붙인 이 한마디에 나는 경악하고 말았다.

초원에서 '공동체'는 극도로 침울하고 윤리적이며 고뇌에 차 있다. 그들에겐 약간의 광기가 필요하리라.

13

그날 오후, 아래층의 커다란 식탁에 앉아 하루에 네 번 있는 티타임을 가지면서 그리그가 말했다.(내가 돌아온 후 그는 걱정이 있는 것처럼 보였다.) 함께 자자고, 앞으로 같은 침대에서 자는 게 어떻겠느냐고. 지금껏 우리는 늘 각방을 썼고 각자 자기 방에 자기만의 침대, 은둔자의 침대가 있었다. 다른 집에 살지는 않더라도 각자의 독립성을 완강하게 지켜 온 것이다. 그런데 내가 돌아온 날 오후 그리그의 얼굴에는 수심이 가득해 보였다. 그는 사회적 갈등을 좋아하지 않았다. 야만은 멀리 있지 않아, 바로 피부 밑에 도사리고 있지. 그리그가 다시 말했다. 앞으로는 함께 자는 게 어때? 내가 대꾸했다. 함께 자자고? 그리고 덧붙여 물었다. 침대

하나에서 둘이 같이? 그때 불현듯 흥미로운 아이디어가 머릿속에 떠올랐고, 나는 가로세로 200센티미터인 킹사이즈 침대 밑판을 만들겠다고 했다. 손을 주머니에 찔러 넣은 채 신이 난 표정을 한 그리그가 보고 있는 가운데 나는 바로 작업에 착수했다.

— 동향 아니면 서향, 당신은 어느 쪽이 좋아?

그가 대답했다. 당신이 원하는 대로 해.

나는 네 개의 널판에 못을 박아 고정한 단순한 틀을 바닥에 깔아 놓은 뒤, 삼 년 넘은 신문들을 40센티미터 높이로 묶어 그 안에 차곡차곡 채워 넣기 시작했다. 삼 년간 날마다 들려오던 우울한 소식들이군, 그리그가 말했다. 당신이 왜 《르 몽드》를 구독하는지 이해를 못 했지. 언젠가부터 그 신문을 읽지도 않았잖아. 나는 대답했다. 당신 말이 맞아, 온라인 구독으로 충분할 거야.

틀 안을 다 채울 만큼 신문이 충분히 남아 있기를 바라며 계속 신문을 채워 넣었다. 신문은 가로 25센티미터, 세로 33센티미터였으므로, 총 여덟 개의 더미를 여섯 줄로 늘어놓아야 했다. 그렇게 가로 198센티미터, 세로 200센티미터의 신문 더미가 만들어졌다. 그걸 끈으로 묶으려면 시간이 필요했다. 나는 '르 몽드'라는 제호가 맨 위쪽에 위치하도록 주의를 기울였다. 제호는 눈에 잘 띄도록 고딕체로 인쇄되고 파란 밑줄로 강조되어 백면에 커다랗게 인쇄되어 있었다. 신문 더미는 같은 방향으로 배치했는데, 그걸 묶기 위해 암탕나귀 리타니에게 건초 더미를 갖다줄 때마다 쓰고 남은 끈 뭉치를 가져왔다. 우리는 부아바니에 정착할 때 리타니도 함께 데려왔고, 매일 아침 그 끈 뭉치를 집 안으로 가져와 현관의 못에 걸어 두었다. 그렇게 나는 신문 더미를 충분히 만들었다. 끈에서는 아직도 마른 풀 냄새가 났다. 그러자 그해 여름이, 건초 창고들이, 그리그와 함께 운전을 해서 달리던 오래전 일이 떠올랐다.

그리그와 나 둘이 아니었다.

침대를 만들기 위해 신문 더미를 배치하다 보니, 문득 유령들이 우리 곁을 배회하고 있는 건 아닐까 하는 의혹이 들었다.

전설로 남은 1970년대, 우리가 도를 벗어난 광기에 취해 살 수 있었던 그 시기는 무척이나 자유로웠다. 우리 역시 그러했다. 침낭 그리고 새벽마다 그 안에서 새어 나오던 웃음소리들이 너무 자연스럽게 떠올랐다. 티베트산 카펫도 기억났다. 유서 깊은 사저(私邸)의 붉은 카펫이 깔린 계단들도, 나무를 자르는 작업대도 떠올랐다. 우리 주변에 흩어져 있던 나무들의 모습은 한바탕 전투가 벌어지고 난 후의 장면 같았다. 신문 기사들을 스크랩해서 만든 푸르스름한 페이지도 생각난다. 그 속에는 과거의 위대한 전투들이 검은색 수성펜으로 강조되어 있었다. 잠시 후, 여전히 신문 더미를 끈으로 묶는 동안, 모든 것이 허용되던 초원들이 떠올랐다. 그 초원들 한가운데에서 작고 검은 눈[目] 같은 버찌가 물방울무늬처럼 열려 있는 야생벚나무를 다시 본 그때는 7월 말이었다. 나무를 유심히 볼수록 검은 점들이 우글거리는 것처럼 보였다. 그 나무에 열린 야생 버찌에서는 결코 단맛이 나지 않았다. 그리고 귀뚜라미들이 그렇게 울어 댄 적이 또 있었는지. 우리가 본 별들은 또 얼마나 반짝거렸는지! 이본 성좌는 마치 혜성의 꼬리처럼 보였다. 우리는 초원을 달리면서 줄지어 피어 있는 꽃들을 망가뜨렸다. 잔잔한 바람이 우리에게 불어오려 했다. 어디서 불어오는 바람이었을까? 그런 바람이라니, 믿기지 않았다. 그 바람은 여름 내내 불어왔고, 나는 우리가 누비고 다닌 초원과 덤불숲과 가시덤불과 물웅덩이와 진창을 다시 한번 떠올렸다.

하지만 침대에 있던 순간은 전혀 떠오르지 않았다.

내 기억 속에는 침대가 없었다. 그러나 침대가 머릿속에 떠오른 것은, 내 연인이 나와 함께 자겠다고, 형제처럼, 순진한 아이처럼, 작은 개처럼 나와 함께 자겠다고 찾아왔기 때문이었다.

내겐 딱 알맞은 양의 신문이 남아 있었다.

그래서 나는 그리그에게, 나를 바라보며 계속 파이프 담배를 피우고 있는 그에게 물었다. 가난한 예술가가 만든 그 책장, 기억나?

그: 당신은 말뚝 여덟 개와 침대 시트 두 장으로 바깥을 차단했던 그 대단한 안마당을 기억해?

나: 말뚝 세 개와 노끈 두 개, 침대 시트 한 장으로 만들어 바람이 숭숭 들어오던 그 집은 또 어떻고?

그: 초원을 향해 구불구불 흐르던 개울 위쪽에 설치했던 침대도 기억나? 합판 네 장, 말뚝 네 개, 우리 위로 펼쳐진 침대 시트 한 장이 우리를 태양으로부터 지켜 줬잖아.

우리는 추억 여행에 빠져들었다. 이런 유의 몽상이 이제는 거의 불가능했다. 우리는 옛날처럼 꿈을 꿀 수 없었다, 주변 세상에 완전히 귀 막고 눈 가리지 않는 한. 우리가 속해 있지 않은 세상 말이다. 사람은 자기만의 시간을 살고 있고, 거기서 벗어나더라도 그 시간은 언제나 당신을 따라잡는다. 우리 역시 시간에 따라잡혔다.

— 매트리스는? 매트리스로 쓸 만한 물건은 찾았어? 그리그가 뒷짐을 진 채 물었다. 거의 흥분한 기색이었다. 고사리 잎, 이번에도 그걸 쓸 거야?

— 아니.

— 우리 매트리스는 나란히 붙일 거야?

— 응.

우리는 갑자기 늙어 버린 기분이었다. 어쨌든.

다시 어쨌든, 그날 우리는 유쾌한 오후를 보냈다. 뭐랄까, 합리주의적 관습이나 산업 사회라는 개념 따위는 시원하게 창고에 처넣어 버렸던 그 시절의 기류를 소환한 기분이었다. 그때 우리는 스물다섯 살이었고, 산속으로 들어가 살겠다고 결심했다. 산속에서 자연과 물리적 관계를 맺고 우리의 방식대로, 즉 시적인 방식으로 '직접적인 행동'을 하며 세계의 실질, 다시 말해 뇌우와 춘분, 눈, 무리를 이룬 짐승들, 양, 덥수룩한 털, 기름기, 허브, 목초, 건초, 샘, 목재 계량기, 활엽수, 수액이 나오는 수목, 불과 마주하겠다고 마음먹었다.

현재는 우리를 강력하게, 조직적으로, 논쟁적으로, 다채롭게 이끌어 간다. 사건들, 사건들, 오직 사건들. 행위들. 우리는, 고갈된다.

마찬가지로 광적이고 어린아이 같으며 무분별하고 우주를 헤매는 우리, 다시 말해 밤마다 집 위로 펼쳐지는 풍경 속을 수천 년간 헤매는 우리. 우리는, 매혹당한다. 광대함에.

부부 침대는 근사하게 완성되었고, 엄청난 크기에 보는 사람이 당황할 정도였다. 그것은 1층, 장작을 쌓아 놓은 곳과 식료품 저장고 사이에 놓였다. 그리고 줄곧 그 자리를 지켰다. 우리는 날마다 바닥을 치는 세상의 뉴스들, 그다음 날이면 대체되는 새로운 뉴스들 위에서 잠들었다. 그 위에 몸을 뉘었고, 그것들을 경멸했다. 오! 세상은 엉망진창이었다. 신문 구독은 세상이 나락에 빠졌음을 알려 주는 기능밖에 없었으나 계속할 가치가 있었다. 바로 그렇게 그리그는 나와 몸을 맞대고 잠을 자기 시작했고, 예스도 내가 집에 돌아온 바로 그날 저녁 우리가 뭐라고 할 새도 없이 그리그를 따라 침대 위로 뛰어 올라왔다. 예상 외였다. 예스에 대해, 우리에 대해 하는 이야기들은 오히려 위안이 되었다. 공간이 좁아 몸을 꼭 붙여야 하고 썩 위생적이지 않았지만.

무장 해제된 몸으로 서로 가까이 있게 되자 우리 둘은 겁이 났다. 한 침대에서 서로 몸을 맞대고 자는 것이 무엇인지 잊은 지 오래였던 것이다. 애정을 주고받는 것도 그렇게 잊고 지냈다. 우리는 다른 부부들처럼 잠에서 깨자마자 서로 입을 맞추는 타입도 아니었고, 각자 방이 따로 있었다. 내가 여행을 떠나거나 여행에서 돌아왔을 때도 포옹하며 맞아 주는 일은 없었다. 우리는 사소한 순간에만 포옹을 했다. 예의를 차리지도 않았다. 그런데 한번 시도해 보자 또 다른 시도가 이어졌다. 나보다는 그리그 쪽에서 더 자주, 지나가면서 나를 슬쩍 만지거나 "내 사랑."이라고 속삭이며 내 눈 또는 목에 입을 맞추었다. 오랫동안 팔을 어루만지거나, 낮잠을 자고 있는 내 곁에 와서 눕기도 했다. 그럴 때면 나는 그리그가 잠이 들 때까지 머리칼을 쓸어 주었다. 그가 식탁에 팔을 얹은 채 머리를 묻고 잘 때도 그랬다. 그럼에도 우리도 하이에나에 맞서 문을 걸어 잠근 두 명의 생존자처럼 미친 듯이 키스할 때가 있었다.

그리그와 예스 사이에서 보낸 첫날 밤, 나는 잠을 이루지 못했다. 무엇보다 내 몸 왼쪽에서 그동안 잊고 지내 온 그리그의 몸을 발견하고 감정이 북받쳤다. 그는 이상한 고집을 부려 왔다. 결혼 생활의 길들임에서 도망쳤고, 자기 나름의 꿈에 젖어 "싫어!"라고 소리 지르며 돌발적으로 거부의 말을 내뱉었다. 또 나는 오른쪽에서 따뜻하고 부드러운 예스의 몸을 발견하고 감격했다. 예스는 이쪽저쪽을 향해 희미하게 짖는 소리를 내면서, 이미 도망쳐 온 그곳에서 다시 뛰쳐나오기라도 하는 듯 허공에서 네 발을 빠르게 움직였다. 나는 둘 사이에 누운 채 상식적이지 않은 그 상황에 대해, 종 사이의 경계에 대해 생각하며 홀로 웃고 있었다. 왼손이 닿는 곳에 어린 시절의 친구이며 이제는 기진한 노인, 쇠약해진 나의 형제이자 동지의 몸이 있다는 건 경이로운 일이었다. 오른손이 닿는 곳에 위험에서 구조되어 우리 식구가 된, 넘치는 기운에 감전될 것만 같은, 털로 뒤덮인 인간 아닌 존재가 있다는 것도 그러했다.

그러니 잠을 이룰 수 있을 리가.

잠을 이룰 수가 없었다.

우리 인간은 다른 동물들과 결코 같을 수 없다는 사실을 망각하는 중이며 그로 인해 인간의 존엄성을 잃어버리고 '동물적 미개함'으로 이끌리고 있다는 주장은 퍽 흥미로웠다. 나는 이 이야기를 신문의 인본주의 철학 코너에서 읽었다. 나는 왼손으로 그리그의 낡은 털외투를, 오른손으로는 예스의 젊은 털외투를 어루만졌다. 그러자 생각은 아카데미 프랑세즈 회원들과 장군 및 추기경 들의 제복으로 흘러갔다. 하나같이 실크로 장식하고 안에 하얀 담비 털을 댄 그 화려한 제복들은 경건함으로 상대보다 우위에 서려고 했으나 실은 인간의 비열함을 더욱 숭배하기 위한 것으로 보인다. 생각이 여기까지, 인간의 존엄보다 훨씬 더한 인간의 비열함에까지 이르자 나는 그 생각을 굴리는 쾌락에 잠시 머물렀다. 우리는 얼마나 비열한가! 우리는 얼마나 건방진가! 다행스럽게도 이 생각이 순식간에 나를 다른 방향으로 몰고 가더니, 본론에서 미세하게 벗어난 오솔길로 데려가 톨스토이의 작업복을 떠올리게 했다. 나는 그 작업복에 대해 잘 알고 있었다. 그 옷이 찍힌 사진을 갖고 있었으니까. 그 작업복은 면사와 염색하지 않은 리넨 실로 짠 모직물로 지은 아무 무늬 없는 수수한 러시아 농민 옷이다. 그 옷에는 어떤 거만함도 결여되어 있다. 그 작업복을 관찰해 보면, 톨스토이가 작품 속 인물인 나타샤나 별이 빛나는 하늘 아래 죽어 가는 인물, 인간의 정체성을 상실하고 자신을 사슴과 동일시하다가 결국 사슴이 된 젊은 러시아 기병 장교 등 무수한 인물들을 마치 그렇게 직접 살아 본 것처럼 그려 낼 수 있었던 이유를 알게 된다. 그리고 자본주의가 막 시카고에 도입한 흉악한 도살장의 동물들과 자신을 동일시한 이유도 알게 된다. 아직 살아 있다면 그는 강과 산림, 초원을 지켰을 것이다. 인간의 명에 아래에서 죽어 가는, 자본의 기진맥진한 노예가 된 무수한 사람들처럼 말이다.

그러나 톨스토이의 털외투, 어떤 훈장도 없는 검은 늑대털 외투를 누가 알아보겠는가?

야스나야 폴랴나에 있는 톨스토이의 무덤을 누가 식별하겠는가? 초원과 거의 구별되지 않는, 풀로 뒤덮인 땅을. 거기에는 비문조차 없다.

나는 그 무덤을 보았고, 무덤 사진도 갖고 있다. 그것은 다른 것들과 함께 내 뇌리에 또렷이 새겨졌다. 그래서 그날 밤, 믿을 수 없는 그날 밤에 나는 톨스토이의 영혼이 무덤에서 빠져나가는 것을 보았다. 때는 겨울이었다. ── 늑대들은 바람을 먹으며 산다. 나는 그걸 목격했다. 소스라칠 정도로 떨리는 일이었다. 나는 갈망으로 반짝이는 눈, 늑대의 허기가 깃든 눈에서 그 늑대의 영혼을 보았다. 그 영혼은 자기 영지에서 농노제를 폐지하고 강과 숲의 소유권을 포기할 준비는 되었으나, 자신이 아내 소피아를 평생 속박했다는 사실은 결코 알아차리지 못했다. 자녀가 열세 명이라니. 모든 원고를 손으로 필사하게 하다니. 톨스토이에게 본받을 점이 많지 않다고 생각할 수 있다. 나도 안다. 하지만 달리 어쩔 것인가? 톨스토이는 자기 안에 굶주린 늑대를 키웠다. 톨스토이의 눈은 성적(性的)인 불로 이글거리고 활활 타올랐다. 과거부터 지금까지 그 눈은 여전히 우리를 파고든다. 백색의 잉걸불. 그렇다고 톨스토이를 몰아내지는 않을 것이다. 소설가가 우리에게 우리 안의 심연에 대해 들려주려면 늑대와 진지한 유사성을 가져야 한다. 그 늑대는 그를 무수한 전투들로 이끌면서 죽음으로 내몰거나 광인이 될 때까지 내버려 둔다.

그날 밤 내가 어떻게 부아바니로 돌아왔는지, 끝없는 눈밭 위를 비행한 것만 같은 그 느낌으로부터 어떻게 돌아왔는지 모르겠다. 침대에서 눈을 떠 보니 왼쪽에 예스가, 오른쪽에 그리그가 잠들어 있었다. 주위는 엉망이 된 시트와, 사람 머리칼과 동물의 털이 뒤섞여 벌어진 난장판, 암스테르담 담배 냄새와 선사시대에서 온 듯한 체취가 알 수 없게 뒤섞여 있었다. 그리그는 회색 스웨터 차림이었다. 예스도 그랬다. 하지만 그리그는 양말을 신지 않아 담요 밖으로 맨발이 비죽 나와 있었다. 길고 뚜렷한 힘줄이 드러난 발은 폭이 좁고 앙상하며 차가웠다. 그가 뭐라고 주장하든, 아니, 뭐라고 주장했든, 그것은 가난뱅이의 발, 탈주자이자 지상의 위대한 신비주의자의 발이었다.

창문이 열려 있었다.

우리 이웃에는 사람이 살지 않았다.

압도적인 침묵.

드넓은 밤.

나의 귀가와 예스의 귀환이 우연히 맞아떨어진 그 하루가 끝나 갈 무렵, 잠이 들기 전, 내가 무엇보다 사랑하는 것이 무엇인지 생각해 보았다. 헤아려 보았다.
자유.
그리그.
예스.

버팔로화.

혼돈 속 우리의 피난처.

14

좁은 공간에 끼여 잔 데다 기쁨으로 잠을 설친 탓에 나는 평소 기상 시간보다 일찍, 동이 트기도 전에 참지 못하고 일어났다. 낯선 곳에 여행을 가서 첫날 아침 일찍 일어난 기분이었다. 나는 손을 뻗어 왼편을 더듬었고, 마찬가지로 오른편도 만져 보았다. 모두 실제 상황이었다. 나는 생각했다. 우리 당나귀 리타니를 보러 가야지. 초원을 한 바퀴 도는 코스로 갈 것이다. 예스와 리타니의 첫 만남이 차분히 진행되기를 바라면서. 예스는 퇴석 위쪽에서 왔으니 리타니의 존재를 이미 알고 있을 것 같다는 확신이 들었다. 당나귀 냄새가 산 전체에 연민의 마음을 불어넣었으리라. 예스는 그 호의 어린 냄새를 맡았을 테고, 그런 연유로 우리 집 방향으로 걸어왔을 것이다. 당나귀 냄새는 관대하다. ─아니, 그건 아니야. ─관용이 넘친다. ─아니, 그것도 아니야. ─책임감이 있지. ─좋아, 하지만 다른 표현을 더 찾아보자. ─예감을 불러일으킨다. ─좋아, 뭔가 살짝 부족하지만. ─치명적이다? ─좋아. 그 냄새는 오랫동안 고민한 뒤 재앙처럼 슬그머니 다가와서 귀에 속삭인다. 바람에 몸을 맡겨, 풀밭에 자신을 풀어놔, 전부 놓아줘, 너무 늦었어, 귀염둥이, 그렇게 많은 걸 시도하기엔 너무 늦었어, 생각을 멈춰, 이곳에 있는 것들의 감미로움을 들이마셔.

잠시 후 바깥에서 예스는 길게 뻗은 주둥이와 연결된 까맣고 반짝거리고 영리한 코로 바닥을 훑기 시작했다. 개도 자기만의 사고방식이 있다.

나는 그날 부아바니에서 리타니를 다시 만났다. 당나귀는 홀로 있었다. 아직 멀리 있어서 작은 실루엣만 보인다. 결국 리타니도 늙고 털이 빠져서 우리보다 나을 것이 없는 형편이다. 녀석은 연신, 온종일 풀을 뜯는다. 그리그가 독서를 멈추지 못하는 것처럼 풀 뜯기를 멈추지 못한다. 얼마나 모르는 구석 없이 참을성 있고 조용하게 풀을 뜯는지, 풀에 대해서라면 모르는 것이 없다. 감광성이 있는 고추나물의 시든/까다롭게 다뤄야 하는 꽃이나 디기탈리스의 털로 덮인/상처 치료에 효과가 있는 잎은 절대 먹지 않는다. 그늘진 가장자리에 피는 매끈매끈한 은방울꽃 잎도 먹지 않는다. 전부 콜히친 성분이 많이 함유되어 있어, 산에 높이 오를수록 맥박이 너무 빠르게 혹은 너무 느리게 뛰어 목숨이 위태로워지는 것처럼 심장에 치명적이다.

그렇게 나는 리타니에게 예스를 소개해 주었다.

돌아와서 예스는 생명의 폭발이 어떤 것인지 내게 몸소 보여 주었다. 녀석은 부부 침대로 곧장 돌진해서 그걸 해체한 다음, 널판 위로 뛰어올랐다가, 다시 침대 위로 올라갔다가, 창고를 개조한 방 안을 달리다가, 1층 전체를 가로지른 뒤 이슬람교 수도승처럼 빙글빙글 돌면서 짖었다. 기쁨에 겨워 울부짖는다고 말하는 편이 정확할 것이다. 예스는 자기에게 딱 맞는 집을 찾은 것이었다. 예스가 살 집을 찾아다니던 과정에서 우리를 만난 건지, 아니면 우리가 예스를 찾아 내려고 노력한 건지 생각해 보았다. 예스를 학대한 자도 열성적으로 희생양을 찾아다녔을 것이다. 예스가 오기 전날 내 방을 살살이 훑던 하얀 칼날 같던 헤드라이트 불빛, 도자기로 된 날 같던 그것이 다시 떠올랐다. 절대 주의를 게을리하지 않으리라. 세상이 암흑으로 변해 버렸으니.

최상의 시력/내면의 시력

황조롱이매의 시력은 인간인 나보다 8~10배 더 좋다. 시야 역시 우리보다 2.5배 넓다. 현미경과 망원경의 시력을 가진 셈이다. 아마 빛도 더 잘 증폭되고 선명도도 더 높을 것이다. 땅거미가 질 때면 나는 야행성 맹금류의 시력과 내 정신을 융합하려고 애쓰면서 머릿속으로 우리의 공간을 비행한다.

15

세상 가장자리 어디쯤에 놓여 있다고 생각하기는 하지만, 부아바니의 대기 곳곳에는 죽음의 냄새가 배어 있다. 계곡 깊은 곳에서 불어오는 바람에 거대하고 유독한 물결들이 실려 오기 때문이다.

16

메모: 오늘은 검은목두루미들이 아침 내내 우리 위의 상공을 맴돌며 비행한 다음 라인강이 있는 동쪽을 향해 천천히 사라졌다. 그 삼각형 대형의 뾰족한 부분이 자성(磁性)을 띤 물체처럼 대형을 만들었다가 우아하게 해체되곤 했다.

메모: 오늘 아침 초원이 바라다보이는 문을 열어 둔 채로 있다가 코앞에서 작은 암소 한 마리를 맞닥뜨렸다. 검은 바탕에 흰 얼룩점이 박힌 암소는 어딘가로부터 도망치는 것처럼 보였다. 갈색 눈이 꿈을 꾸거나 뭔가에 완전히 몰입할 때처럼 검은색으로 변해 있었다. 두툼한 혓바닥, 우렁찬

숨소리가 풀밭을 술렁이게 만들었다. 우유로 부푼 젖은 보이지 않았다. 암송아지다. 녀석은 꼬리를 흔들어 파리를 쫓으며, 느릿느릿한 희생을 감수하며, 자신이 던져진 세상을 전혀 이해하지도 알지도 못한 채 사람들이 묻지도 않고 가라고 한 길을 따라 가축의 탈주를 계속하고 있었다. 예스는 그렇게 완벽할 수 없었다. 꼼짝도 하지 않고 자리를 지켰다. 내 옆에 찰싹 붙어 있으면서 자신이 좋아하는 암양을 지키고 있었다.

17

아직 10월을 지나고 있을 때 흰 구름들이 당도했다. 구름은 얼핏 보면 우리 뇌의 분비물처럼 보이는데, 그 안에 우리를 떠나지 않는 이미지가 보인다. 둥글고 단단하며 풍성한 백운 무리는 높이 쌓아 올린 뼈 더미에서 만조일에 떨어져 나온 두개골 같기도 했다. 푸른 하늘을 표류하던 조각구름들이 내 눈앞에서 녹기 시작하더니 한 떼의 양들로 변모했다. 그러나 그것들은 양모가 없는 양들로, 털외투가 벗어진 양의 맨살은 림프액의 진주모빛으로 빛나는 자개구름이 되었으며, 그러는 동안 하늘은 강처럼 흐르며 죽은 양들을, 빛으로 변형된 양들을 운반했고, 떠다니던 양들은 강물에 휩쓸려 갔다. 양 떼 뒤의 하늘은 푸른빛으로 텅 비어 있었는데, 이제 그것은 지금까지의 용도를 잃어버린 도살장을 엄청난 물로 씻어 낸 듯한 모습이었다. 피를 씻어 낸 모습. 언젠가 그리그가 말한 적이 있다. 랑부이예의 국립 양 농장을 방문했을 때 그곳 사람들이 알려 줄 게 있다면서 라 비예트로 우리를 데려가더라고. 피가 흐르는 개울을 다리를 크게 벌려 건너야 했지. 우리 모두를 한 방 먹인 사건이었어. 그런데 랑부이예에서 그들이 알려 주지 않은 게 하나 있었어. 손수 양을 죽이는 것. 모퉁이를 도니 양이 우리를 기다리고 있더라고. 현실은 언제나 길 모퉁이에서 기다리는 법이지. 나는 농부에게 직접 시범을 보여 달라고 요청했어.

그러자 그는 털이 복슬복슬한 양 가죽 벗기는 일을 내게 시켰고, 나는 아무 질문도 하지 못한 채 그 일을 했어. 세상을 배운 거지. 먼저 양의 흉곽 부위의 피부를 갈라. 그리고 심장을 꺼내 그걸 접시 위에 올려 둬. 그런 다음 진한 색깔의 간엽을 하나 제거하고, 그 안에서 작은 담즙 주머니를 찾아내야 해. 녹색이 섞인 그 무지갯빛 주머니는 주름 사이에 숨어 있어. 그걸 조심스럽게 떼어 내는 거지. 나는 손가락으로 담즙 주머니를 집어 빛이 비치는 쪽으로 뒤집었어. 그 작은 증류 장치에는 세상의 비밀이 숨겨진 쓰디쓴 지식의 정수가 담겨 있었지.

그 기이한 가을 그리고 바람과 더불어 우리 눈앞에서 뭔가가 시작된 것만 같았다. 우리 모두가 쫓기는 듯한, 어떤 움직임. 누군가 우리를 쫓고 있는 것 같았다.

신성한 깃털 장식 위쪽에 씨앗이 맺힌 디기탈리스는 동시에 같은 방향으로 몸을 기울이더니 모조리 죽어 버렸다.

그러던 어느 날 아침 일어나 보니 텔레비전, 라디오 등 모든 연결이 끊겨 있었다. 세계가 한순간에 무구해졌다. 지워졌다. 전부 삭제되었다. 전과 기록 없음. 그럼에도 불 꺼진 벌판을 상상하는 것이 고통스러웠다. 누가 독을 탄 걸까? 아니면 마취제를? 생물학전에서 전멸한 걸까? 대(對)테러전인가? 나는 스스로에게 말했다. 무슨 일이 일어났는지 눈을 부릅뜨고 지켜봐. 귀를 쫑긋 세워. 콧방울을 크게 벌리고. 세상의 종말이 시작된 거라면 나는 분명 반겼을 것이다. 죽음의 천사가 된 내 모습을 기꺼이 볼 것이었다. 하지만 그런 상황은 오래 지속되지 않았다. 그저 잠시 정전이 된 거였다. 냉동고 두 개에 든 식품들이 채 녹기도 전이었다.

며칠 후 완연한 가을이 우리 위로 내려앉았고, 비와 바람이 초록색 노란색 빨간색 진홍색 낙엽들을 우리 위로 떨어뜨렸다. 물론 세상의 종말은 아니었다. 게다가 종말이라는 그 화살은 매분 매초 당도해 진동하며 열심히 날아가지만 결코 목표물을 맞히지 못한다. 엘레아 학파의 제논의 역설*을 다시금 참고하자. 종말은 마지막 산딸기를 남기며 우리 머리 위로 지나가고 있었다. 어마어마하게 많은, 입술처럼 아름다운 산딸기를 남기며.

그러고 나서의 일이다. 정오의 태양을 즐기려고 나는 샤워기 앞이 아닌 샘가에서 옷을 벗고 가축용 물통에서 몸을 씻고 있었다. 그때 흰색과 회색 얼룩점이 있는 회색 구름 같은 말 한 마리가 어딘지 모를 곳에서 도망쳐 나와 그곳에 도착했다. 물을 마시러 온 것 같았다. 말은 나를 바라보며 그 자리에 멈춰 서 있었다. 우리는 몇 초 동안 서로 마주 본 채로 가만히 있었다. 세계의 위계 속에서 같은 상황에 처해 있었다. 동물의 완벽함을 마주한 최후의 심판 속 나체의 인간. 그 동물은 달아났다.

*　　　고대 그리스의 철학자 제논이 말한, "움직이는 것은 사실 정지해 있는 것과 같다."라는 수수께끼 같은 주장.

리옹에서 작은 영감을 받았음에도 나는 별로 외출을 하지 않고 있었다. 나가서 걷지도 않았다. 조금 멀리 나간다고 해 봐야 리타니에게 건초를 주러 가는 정도였다. 다시 길을 나설 엄두가 나지 않았다. 몇 가지 메모를 끼적이는 것, 거기까지였다. 왜일까. 올가을 들어 어느 저녁엔 이런 생각이 들기도 했다. 나는 나이 드는 걸 받아들이고 있어. 아무렴, 나는 노화를 겪고 있고 그 여파로 몸이 망가졌지. 하지만 노화에 어울리는 미지의 영역도 내 것이 되었잖아! 나는 그걸 놓치고 있었다. 미지의 영역을 잊어선 안 돼. 나는 내 앞에 놓인 미지의 영역에 대해 오래오래 생각했고, 이제 노화는 일종의 미지의 영역을 탐험하는 일로 다가왔다. 그런 식으로 나는 노화를 받아들인 것이다. 이 탐험에 관한 책을 써야겠다고 생각했다. 탐험이라는 단어를 내뱉자 디기탈리스가 내 앞에 등장했다. 눈[目] 모양의 반점이 박힌 입을 벌린 수많은 디기탈리스. 각자가 하나의 은신처인 하나의 세계. 손닿는 거리에 있는 정글! 불현듯 나는 디기탈리스색 책 한 권이 보였다. 자줏빛 표지의 책. 심장을 강화하는* 책. 그러

***

*　　　디기탈리스 잎에는 심장 쇠약, 심장 기능 부전에 쓰이는 대표적인 강심제 성분이 들어 있다.

자 산에 왔던 한 소녀가, 뒤집힌 우산 모양의 꽃잎 위로 씨앗을 맺은 디기탈리스 꽃대를 흔들던 소녀가 떠올랐다. 소녀는 디기탈리스 꽃대를 약국 조제실로 가져갔다. 그것은 심장을 치료하는 데 쓰였다. 심장을 뛰게 하는 책을 쓰리라. 이것이 내가 한 생각이다. 우선은 내 심장이 뛰게 해야지. 오늘 내 흥미를 끄는 유일한 것은 그것이다. 내 심장이 여전히 뛰고 있음을 느끼는 것. 나는 벌써부터 그걸 그만둘 생각은 없다. 그러기엔 너무 이르다. 앞으로 집필할 자줏빛 책을 맞이하려는 내 망가진 몸을 운반하기에 내 새 신발이 충분치 않으리라는 것만 빼면. 그렇게 나는 욕망을 머릿속에 떠올렸다. 여전히 거기에 있는가, 욕망이? 물론 그것은 거기에 있다. 언제나 그 자리에 있다.

아침마다 여전히 침대에서 나를 꺼내 주는 건 누구인가?
아주 멀리는 아니지만 내 몸을 밖으로 끌어내는 건?
그곳에서 나를 부르는 건?
바로 그것, 욕망이다.
나는 여전히 터무니없는 방식으로 바깥세상을 욕망한다.
그러므로 나를 위한 욕망은 아직 남아 있다.
초원 아래쪽에 있는 진흙탕이 떠올랐다. 나는 부드러운 벨벳 같은 진흙의 검은 내음을 맡고 싶을 때만 늘 살짝 젖어 있는 그 진흙탕에 가곤 했다. 진흙의 일렁임. 그 향기를 들이마실 때 새로운 단어들이 떠오를 거라는 것, 이것이 내가 한 생각이었다. 내 앞에 도달해야 할 무언가가 아직 있고, 나는 마음 깊이 그 사실을 알고 있으며, 여전히 아침에 눈을 뜨는 순간 심장 박동이 빨라지고, 나는 열렬히 기뻐하며 그 사실을 감지한다. 그것은 나를 저편으로, 좀 더 먼 곳으로, 가까운 끄트머리로 끌어당긴다. 그렇다, 그것. 다른 것은 없다. 마음 내키는 대로 새로운 모험에 나선다. 나의 몸과 함께. 내 몸에 남은 것과 함께. 숲에 남은 것과 함께. 내 몸과 숲. 닳아 버리고 구멍 난 우리의 몸들. 누더기가 된 것들. 찢기고 없어진 것들 사이에 작은 우주가 남아 있다.

의심의 여지 없이 나는 숲과 그것의 오감과 나무들의 정수에 힘입어 마침내 글을 쓰게 될 것이다. 그러지 않고는 곧바로 죽을 수밖에 없으니까.

그리고 예스가 있었다. 예스를 잊지 말 것. 이미 우리는 함께 질주를 시작하지 않았는가, 아주 멀리는 아니더라도 바깥세상에 덥석 붙잡혀, 바깥을 열렬히 사랑하면서, 허구의 이야기에 파묻힌 그리그를 집 안에 남겨 두고서.

18

예스는 잘 길들여진 개가 아니었다. 애교가 없었다. 약한 구석도 없었다. 그야말로 천둥벌거숭이 같았다. 폭탄이었다. 지옥에서 온 작은 폭탄. 예스는 순수한 에너지 그 자체였다. 나도 애교라고는 없는 사람이었다. 내 몸은 균형 감각을 잃고 흔들리는 늙은 나무를 깎아 만든 것 같았으나 상상력과 에너지만은 여전했다. 예스와 나는 퍽 잘 맞았다.

인간의 오만에 진절머리가 났고 서열 경쟁에 끼고 싶지 않았으므로, 나는 예스와 한 몸이 되어 바닥을 뒹굴며 예스의 관점을 받아들여 세상을 보기 시작했다. 특히 삶에 대한 예스의 열렬한 사랑을 받아들였다. 예스가 보여주는 엄청난 긍정도. 예스의 열정도. 우리 둘이서 지내는 매일매일이 얼마나 행복했는지 모른다. 즉시 2인조가 결성되었다. 삶 그리고 예스. 나머지는 신경도 안 쓰였다. 우리는 그런 것은 안중에도 없었다. 늘 반려견으로 암캐를 키우고 싶었다. 암 컷인 개 말이다. 누가 면전에 대고 암캐라고 말할 때 그것은 부정적인 의미이다. 마침 잘됐지 뭔가. 여자와 암캐가 숲속을 함께 달리는 꿈을 꾸고 있으니. 헤카테* 여신은 여전히 은밀하게 배회 중이다. 헤카테 여신, 그리고 그녀가 불러일으키는 공포. 그러므로 나는 암캐라는 단어에 애착을 느꼈다. 그것은 강력한 용어다. 긍정적이고, 신성하다.

이제 아침마다 내 앞에는 먼저 잠을 깬 예스가 기다리고 있었다. 녀석은 내가 움직이거나 눈을 뜨기만을 기다리는데, 금방이라도 내 쪽으로 올라와 몸을 기울이고 뽀뽀를 할 기세다. 예스의 혀, 커다란 장밋빛 혀에 대해 들려줄 말이 있다. 그 혀는 예스의 언어이기도 한데, 이 두 가지는 동시에 하나의 기능만을 한다. 게다가 프랑스어를 비롯

* 그리스 신화에 나오는 마법과 주술의 여신. 달·대지·지하 등 세 여신이 한 몸이 된 신으로, 중세 시대에는 마녀에게 힘을 주는 악마로 여겨졌다.

한 몇몇 언어에서는 '언어'와 '혀'를 뜻하는 단어로 '랑그 (langue)'라는 하나의 단어를 사용하는데, 그것은 입안의 혀가 그렇듯 언어 역시 수시로 핥고 미끄러지고 움직여서 붙잡는 것이 불가능하기 때문이 아닐까? 그래서, 예스는 자기만의 방식으로 혀를 사용해 내게 말했다. 예스는 내게 말을 걸고, 말을 건네고, 말을 했는데, 마치 이렇게 말하는 것 같았다. 내 혀로 너를 명명하노라. 예스는 자기 혀로 내 얼굴 전체를 명명했다. 눈, 콧구멍, 입. 특히 입을 열렬히 좋아했지만, 나는 입속까지는 허락하지 않았다. 녀석은 왜 그렇게나 내 입을 좋아했을까? 내게 속한 혀를 자기 안으로 맞아들인 걸까, 자신의 궁전에 다른 혀를 받아들인 걸까? 자신의 어법 안으로 다른 언어를? 녀석은 내 직업이 글 쓰는 작가임을 간파한 걸까, 내가 글을 쓰지 못하고 있는데도? 내 입은 매일 아침 녀석을 흥분시키는 첫 번째 대상이었다. 예스는 문 앞에서 흥분으로 몸을 떨어 댔다. 인간들이 만들어 놓은 궁전으로 들어오고 싶어서. 나는 허락해 주지 않았다. 예스에게 말했다. 안 돼, 그건. 그러면 예스는 내 뺨과 목, 이마를 핥는 것으로 만족했다.

그리그가 말했다. 이 강아지는 당신보다 인생을 더 잘

아는군. 나는 말도 안 되는 소리라고 답하고, 옛날처럼 그리 그에게 키스했다. 그러면 그리그도 좋아서 몸을 부르르 떨었다.

예스는 내 얼굴과 눈, 콧구멍과 귀, 입에만 관심이 있었다. 다행스럽게도 내 가슴과 배, 생식기와 엉덩이 등 나머지 부위는 예스의 흥미를 끌지 못했다. 예스와 나의 사이는 경쾌했다. 어린아이처럼 유치하고, 들떠 있고, 신성했다. 경쾌한 것은 모두 신성하다.

그리그는 내가 자기 앞을 지나갈 때면 온갖 시시콜콜한 이야기를 전부 쏟아 내고 싶은 마음을 억누르지 못했는데, 나는 그게 싫지 않았다.

내가 외출하려는 낌새를 알아채면 예스는 내 신발이 있는 곳으로 쏜살같이 달려가서는, 신발 두 짝을 산토끼라도 되는 양 입에 물고 흔들어 대다가 말도 안 되게 멀리 던져 버렸다. 녀석의 넘치는 사랑 덕분에 신발은 갈기갈기 물어 뜯기고 찢겨서 이미 사망한 뒤였다. 내가 외투를 입거나 손에 등산용 스틱을 쥐기라도 하면 예스의 기쁨은 유쾌한 광란으로 변했다. 예스의 기상천외한 모습에 나 역시 흥분하곤 했다. 우울한 날씨에 맞서는 면에서 예스는 나보다 한 수 위였다. 예스의 도취한 모습에 나도 기분이 들떴고, 안전이 일상화된 세계에 내 쪽에서 질서와 안전을 더하려고 전전긍긍하지 않아도 되었다. 세상에 즐거움을 한 스푼 더한다고 생각하니 가슴 한구석이 일렁였다. 건방짐을 더하자. 오류도. 괴상함도. 별남도. 미친 짓도.

예스는 새벽에 밖으로 나가 늑대도 소음도 없는 거대한 침묵 속을 조용히 걷다 오는 습관을 내게 선물했다. 나는 예스와 함께 걸었다. 은색 버팔로화를 신고. 외출이 반복될수록 신발은 길이 들어 유연해지고 가벼워졌다. 그 신발이 나를 사회의 중심부로부터 멀어지게 할수록 내 발목은 더 편안해졌다. 예스와 나는 예전에 가지 않았던 후미진 곳들이나 구석진 곳들을 누볐다. 나는 앞으로 나아가는 중이었다. 왕복 3킬로미터, 5킬로미터, 7킬로미터. 나는 다이어리에 기록을 해 두었다. 이것은 시작에 불과했다. 벅찬 시작. 두 시간에 몇 보나 걸을 수 있는지 알아보려고 주머니에 휴대폰을 넣고 다녔다. 몇 킬로미터나 걸을 수 있는지 궁금했다. 어느 날인가는 하루 종일 왕복 13킬로미터를 걸었다. 하루가 꼬박 걸렸다. 그 정도가 내가 걸을 수 있는 최대치라는 느낌이 들었다. 그래서 반지름이 대략 7킬로미터인 섬의 윤곽을 머릿속에 그려 두었다. 반짝이는 섬. 그것은 우리의 섬이었다. 산 속에 존재하는 섬. 우리는 빨리 가거나 멀리 가지 않고도 그 섬을 체험할 수 있었다. 우리 가까이에 있는 것을 탐험해야 했다.

온갖 종류의 만남과 모험의 기쁨에 도취되어 걸을 때면 무척이나 행복했다. 예스는 누구보다 열성을 보였다. 예스는 나의 주인이었다. 집 지키는 개는 집 안을 지키려고 문턱에서 짖는다면, 양치기 개는 바깥에서 짖었다. 자기 기준으로 내가 너무 낙오된다 싶으면, 예스는 내 뒤에 붙어서 신발 위로 드러난 발목을 물려고 했다. 가야 할 길로 몰이를 할 때, 예를 들면 양을 집으로 인도할 때 양의 다리를 무는 것처럼. 예스는 내가 야생 상태로 돌아가 제멋대로 구는 걸 좋아하지 않았다. 내가 경계 밖으로 나가는 것도 용납하지 않았다. 그야말로 아담의 정신을 이어받은 짐승처럼 굴었다. 이브가 아니라 말이다. 여우 르나르*의 현신(現身)을 보는

---

*　　　중세 프랑스의 동물 우화 『여우 이야기』에 나오는 꾀 많고 모험심 강한 주인공.

듯했다. 예스는 경계로부터 돌아오라고 나를 독려했다. 집으로 돌아가자고. 도무스*로. 예스는 오랫동안 우리와 함께하며 불 옆에서 밤을 새워 가며 늑대로부터 우리를 보호해 주었다. 그것이 녀석의 역할이었고, 녀석은 그걸 굉장히 진지하게 받아들였다. 내가 던져 준 나무 막대기를 가져오는 게임은 예스에게 큰 의미가 없었다. 사슴 꽁무니를 따라다니는 건 말할 것도 없다. 예스는 특히 이끼를 좋아했다. 이끼를 잘근잘근 씹어 해체할 때면 마치 하이에나라도 된 듯어떻게 하는지 내게 보여 주려고 하는 것 같았다. 그러고 나서는 이끼 위에서 신나게 뒹굴며 살아남은 기쁨을 능가하는 파괴의 기쁨을 누렸다. 나보다 세상에 더 밀착해 있었다. 육체적으로도 그쪽에 더 가까울 터였다.

우리는 분비물로 가득 찬 늪을 건너고 있었다.

털북숭이 숲들을 가로질렀다. 숲은 비에 꺾인 고사리, 꺼칠꺼칠한 히스, 수많은 종류의 이끼에 뒤덮여 상상할 수 없을 정도로 수북했다. 바위 하나가 네 종류의 이끼에 덮여

*   domus. '집'을 뜻하는 라틴어.

있는 경우도 있었다. 이끼는 대형 소파와 안락의자, 베개뿐
아니라 남성의 수염과 가슴 털, 여성의 치모와 겨드랑이 털
등 닮은 모양도 제각각이었다.

　음부(陰部)와 숲은 면도의 대상이 아니다.

　내 방 서가에는 작은 에코페미니스트 슬로건과 샤를로
트 페리앙*의 사진이 핀으로 고정되어 있었다. 사진 속 그
녀는 등산 바지와 몸에 달라붙는 하얀 민소매 블라우스 차
림에 큼직한 등산화를 신고 암벽 사이에 누워 햇빛을 받으
며 양팔을 교차해 머리를 받치고 있다. 담비 같고 너도밤나
무 열매 같은 겨드랑이를 가진 나의 여자.** 그녀, 샤를로트,
쇠족제비. 조그만 근육질의 쇠족제비는 아무리 매력적이라
해도 유럽의 족제비과 동물 중 가장 작은 16센티미터이고,
흰담비보다도 작다. 또한 몸이 좀 더 구불구불하고 호리호
리하며, 응당 그래야 할 곳, 필요에 의해 이끌리는 곳을 누

---

*　　　　　Charlotte Perriand(1903~1999). 프랑스의 건축가이자 디자이
　　　　　너. 일상을 변형할 수 있는 공간을 창조하고자 했으며, 디자인을
　　　　　장소와 맥락에 따라 변화하는 삶의 방식으로 보았다.

**　　　　앙드레 브르통의 시 「자유로운 결합」에 나오는 구절.

비는 데만 관심이 있다. 목과 배가 하얗고, 등은 갈색이다. 순진하게 내민 주둥이는 방금 따뜻한 피를 마시고 왔다. 눈 동자는 검으며, 귀는 둥글고 자그마하다. 눈[雪]과 숲의 족 제비인 쇠족제비(Mustela nivalis)는 주행성인 동시에 야행성 이며, 또한 고집이 세고 확신에 차 있으며 순수하다. 필요하 다면 녀석은 당신을 찾아내 날카로운 이빨로 당신의 경정 맥을 있는 힘껏 끊어 놓을 수 있다. 긴장을 늦추지 말기를. 그날 그녀는 산 암벽 사이에 누워 햇빛을 쬐며, 욕망의 입자 가 반짝거리고 사나운 의지가 들끓는 분위기 속에서 무슨 생각을 했을까? 보랏빛 목재로 만든 가구를 생각했을까? 장의자 제작에 대해 생각했을까? 아니면 곡선의 필요성에 대해? 가죽의 기능에 대해? 강철의 유용함에 대해? 아마 아 무 생각도 안 했을 것이다. 거기 자신이 존재한다는 사실을 알았을 뿐, 절대적으로 현재에 존재했을 것이다. 그녀는 바 로 그런 방식으로 힘을, 아마도 자유를 비축하고 있었을 것 이다. 검은담비의 방식으로.

갑자기 커브길이 나타난다. 길에서 이탈한다. 일탈.

아찔한 현기증.

본론에서 벗어난 기발한 이야기.

예스가 앞장서서 길을 인도하고 그 뒤로 등산용 스틱을 든 내가 엉성하게 따라가고 있었다. 지면이 울퉁불퉁 기복이 심하고 진홍색 독버섯들로 가득하다는 걸 예측해야 한다. 한번은 그걸 모른 채 지나가다가 온통 독버섯 천지여서 다리가 걸려 곤두박질칠 뻔했다. 물론 나는 둘러댔다. 이게 다 버섯 때문이라고. 곤궁의 시대에는 버섯이 시인만큼이나 중요하다는 것을 나는 알고 있었다. 아마도 버섯은 우리의 시인들이었을 테고, 시인들은 우리를 구원할 준비를 갖춘 버섯 속으로 몸을 피했으리라. 나는 버섯이 결정적 역할을 한다는 걸 익히 알고 있었다. 내 책장에 인류학자 애나 칭의 『세계 끝의 버섯: 자본주의의 폐허에서 삶의 가능성에 대하여』라는 책이 있었기 때문이다. 내가 매우 신봉하는 그 책에서 나는 그 유명한 송이버섯, 마법의 버섯을, 절망적인 세상 속의 낙관주의적 교훈을, 예측할 수 없는 경이로움을 발견했다. 나는 생물학자 멀린 셸드레이크의 책 『작은 것들이 만든 거대한 세계: 균이 만드는 지구 생태계의 경이로움』까지 읽지는 않았으나 — 이 책은 내 서가에 없었다. — 버섯이 중요하다는 것은 알고 있었다.

예스와 나는 함께 걸었다. 예스와 나는 멈추지 않고 계속 걸었다. 엄청나게 굽이진 길들을 지나 집으로 돌아왔다. 버팔로화를 신어도 몸은 매번 고되었다. 한번은 비틀거리다가 그만 앞으로 나동그라져서 땅바닥에 자빠지기도 했다. 예스의 인내심 강한 눈길을 받으며 어설픈 내 몸을 겨우 일으키려면 팔꿈치로 지탱한 채 몸을 굴리는 수밖에 없었다. 늦지 않게 전환점을 돌기 위해서는 언제나 몸을 생각할 필요가 있었다. 앞일을 미리 생각하기. 현재 나이를 의식하기. 그리고 나 스스로를 돕기.

이 커다랗기만 하고 어설프기 짝이 없는 몸뚱어리에서 나는 무엇을 찾고 있었을까?

예스가 여전히 열정적으로 방목장을 되짚어 돌아가는 동안, 나는 숨이 가빠 그 자리에 멈추곤 했다. 그럴 때 나는 히스 덤불에 몸을 뉘었고, 갉아먹는 듯한 소리를 속삭이는 자줏빛 감각에 몸을 내맡겼다. 예스도 재빨리 합류해 바닥에 납작 엎드려 턱으로 내 배를 두세 번 눌러 보고서 머리를 올려 둘 최적의 자리를 찾았다. 내 호흡이 가빠졌다. 우리는, 그러니까 히스와 예스와 나는 마치 하나의 유일한 물질인 것처럼 함께 누워 호흡했다, 그저 내가 여자이고 예스가 암컷이었기에, 그 사실 하나만으로도 서로의 소수성과 완벽한 합의를 발견한 것이다.

예스와 교감을 시작한 후, 녀석이 평평한 방목장을 질주하거나 앞 못 보는 개처럼 코끝으로 제멋대로 사방을 헤집고 다니는 동안, 나 역시 이곳저곳 킁킁대며 냄새를 맡고 입으로 호흡을 했다. 마치 냄새라는 점자를 읽는 것 같았다. 예스 뒤에서 걸으며 나는 연신 코를 킁킁거렸다. 그러나 예스를 흥분시킨 거의 모든 냄새를 나는 포착할 수가 없었다. 우리 인간과 나머지 종들이 공포의 시대에 들어섰음을 너무나 잘 아는 나는 내 방식대로, 즉 걱정 섞인 처참하고 인간적인 방식으로 냄새를 맡았다. 그러면서 생각했다. 솔잎 내음이 아직 남아 있을까? 아니었다. 올여름 가뭄으로 소나무 숲의 주요 부분이 황갈색으로 변하더니 소나무들이 선 채로 죽어 버렸다. 구주소나무들도 마찬가지로 고사했다. 눈 냄새를 아직 맡을 수 있을까? 이젠 거의 드문 일이었다. 스라소니 냄새는? 그것도 다 사라져 버렸다.

멧돼지들이 우리 초원 일대를 파헤쳐 땅 밑에서 엄청난 체취와 악취가 뿜어져 나온 일이 있다. 나는 어느 날 그 체취를 처음으로 감지했는데, 동물도 아닌 내가 어떻게 그럴 수 있었는지 모르겠으나 어쨌든 그 냄새를 맡았다. 그러면서 그 땅의 역사를 거슬러 올라가 아주 오래전 사람들의 존재를, 18세기 소작인 등 농장의 수많은 소작인들의 존재를 감지했다. 그들은 암소들을 부를 때 소리를 목구멍 깊숙한 곳에서 끌어올려 마치 발성 연습을 하듯 불렀다. 입의 움직임은 겉으로 전혀 보이지 않았다. 하지만 그 소작인들은 이미 죽었다, 그들의 체취는 여전히 남아 있지만. 나는 성큼성큼 걸어 그곳을 떠났다.

이따금 숲속에서 갑자기 썩은내 나는 바람이 불어와 고통스럽게 내 목을 조일 때가 있다. 어딘가에 짐승의 사체가 있는 걸까? 그러나 그걸 찾은 적은 없었다.

19

예스와 나는 저녁마다 둘이서 침대로 올라가 대화를 나누었다. 그러는 동안 그리그는 여전히 2층 자기 방에서 책을 읽었다. 나는 예스가 지닌 동물성을 제거하려고 애쓴 적이 한 번도 없다. 오히려 예스 쪽에서 내 인간성을 부러워했다. 우리는 길고긴 대화를 나누곤 했다. 예스는 내가 그리그에게 말할 때처럼 목구멍 안쪽에서 나오는 단조로운 노래 같은 목소리로 말을 걸면 무척이나 좋아했다. 그건 내가 언어를 사용할 때 보이는 인간적인 면모였다. 예스는 내가 그리그와 대화할 때 인간끼리 사용하는 언어의 선율을, 자신에게는 없는 그 선율을 순식간에 알아차렸던 것 같다. 내가 그리그에게 하듯 억양에 변화를 주고 머뭇거리거나 반복하기도 하면서 말을 걸면, 인간의 음악인 그것으로 말을 건네면 예스는 감개무량한 듯 침을 삼켰다. 어떤 때는 눈에 눈물이 그렁그렁해지기도 했다. 예스는 우리가 키운 암캐들 중에서도 단연 나라는 사람이 대표하는 인간성을 가장 숭배한 개였다. 수간(獸姦)과 폭행을 겪었는데도 예스는 뼛속 깊이 인간주의적인 개였다. 소위 우리를 구별 짓는 그것, 인간의 말을 무척이나 좋아한다는 점에서. 그러니까 예스는 로고스에 극도로 민감한 개였다. 예스는 우리 두 사람과 교감하며 자기 존재를 발견한 것 같았고, 자신이 지닌 힘을 즐기는 듯했다.

물론 그 모든 것보다 예스의 마음을 사로잡은 것은 내가 침대로 가져온 사과를 잘 깎아서 슬쩍 한입 먹게 해 주는 것이었다.

그리그는 새벽 3시쯤 우리가 있는 침대로 왔다. 그의 방문이 조용히, 최대한 부드럽게 열리는 소리가 들렸다. 한밤에 나는 문소리는 매번 겁먹은 말 울음소리처럼 들릴 수밖에 없긴 하다. 이윽고 그리그가 나무 계단을 한 단씩 조심스럽게 내려오는 소리가 들렸고, 그 소리는 한동안 들썩거리다가 암흑 속을 더듬거리며 내게로 와서 지쳐 쓰러졌다. 나는 그 순간을 가장 사랑했다. 그런 순간이면 우리 셋이 같은 배낭 안에 담긴 기분을 느꼈다. 배낭 또는 운명이라고 해도 좋다, 어차피 마찬가지다. 둘 다 지구상에서 우리를 하나로 묶어 준다는 점에서, 그리고 종국에 우리를 기다리는 건 모든 혼합된 종(種)이라는 점에서.

사방에 동일하게 흩뜨려진 우리의 입자들. 거기엔 위계가 없다.

20

그렇게 평범한 날들이 하루, 또 하루 더해졌다.

내 무릎은 좀처럼 편할 날이 없었다.

그리그는 완전히 소진된 늙은 나무 같은 얼굴로 아직 단잠에 빠져 있었고, 나는 함께 새로운 하루를 시작하려고 예스의 몸을 성큼 넘어서고 있었다. 내가 화장실에서 단장을 하는 동안, 예스는 내가 잘라 준, 이마 아래로 늘어진 털로도 숨길 수 없는 금갈색 눈으로 나를 탐색했다. 나는 개의 그런 눈을 바라보는 걸 좋아한다. 내가 시간이 어느 정도 필요한 신발 신기를 마치자, 녀석은 튀어오르듯 자리에서 일

어났다. 물론 예스는 이미 신발을 신은 채였다. 녀석은 태어
날 때부터 밖으로 나갈 준비가 되어 있다.

그즈음 나는 전화를 받지 않았다. 사람들이 남긴 음성
메시지가 자동응답기에 가득 찰 정도로 내버려 두었다. 예
스와 나는 모든 것이 손끝에 만져지는 바깥으로 달려 나갔
다. 그곳에선 모든 것이 완전했다. 왜 그런지는 모르겠지만
나는 구체적인 것들에 강하게 끌렸다. 내 손에 만져지는 구
체적인 것들에 나를 데려다 놓아야 했다. 온 신경을 기울여,
열렬하게. 우선 나의 몸, 그러니까 머리가 아닌 몸을 만나야
했다. 맹목적이고 숨이 막힐 듯한 날것과의 만남이 주는 충
격으로 돌아가야 했다. 나는 인식하고 실험하고 더듬어 가
는 방식을 갈구했다. 어떤 이론도 내게는 무용했다.

물론 지식은 필요하다. 바깥에서 돌아오면 나는 국립
자연사 박물관에서 사온 가이드북을 펼쳤다. 그런 다음 사
물들이 가진 원래의 이름을 찾아 주었다. 그것은 미지의 구
역을 탐험가의 시선으로 바라본다는 점에서 노화 대책 프
로젝트와 크게 다르지 않았다. 초점은 더 당기고, 시선은 더
정확하게.

물컹거리는 반투명한 웅덩이, 고독하게 반짝거리는 그 반점들은 하룻밤 사이에 우리의 섬 가장자리보다 더 낮은 곳에 위치한 드뱅 연못 가장자리에 등장했다. 정체를 알 수 없는 그 물질은 무엇일까?

두꺼비 분비물?

외계인의 토사물?

사슴 혹은 연못의 정액일까?

개인적으로는 거기서 하루 치 수분을 공급하는 정밀한 안티에이징 효과를 가진 순수한 젤 표본을 발견했다면, 대기를 통해 퍼진 아름다움의 산물을 발견했더라면 더 좋았을 것이다. 그것으로 얼굴에 윤기를 더할 수 있을 테니.

피에르 가스카르의 『식물의 지배』를 읽고 나서야 — 이 책에 대해 아는 사람이 없었지만 그리그의 책장에 꽂혀 있었다. — 그것이 지구상에서 가장 오래된 물질인 동시에 가장 미래 지향적인 물질인 청록색 남조식물*임을 알게 되었다. 남조식물은 빅뱅으로부터 탄생했는데, 방사선도 견디며 질소와 탄산가스, 비와 어두운 날씨를 양분으로 삼는 특

---

*　　핵이나 다른 세포 소기관을 갖고 있지 않은 조류. 세균성 엽록체가 아닌 고등 식물의 엽록체를 가지고 있어서 광합성을 한다.

징 때문에 내게는 종말론적으로 느껴진다. 그것은 인간보다 먼저 존재했다. 그리고 인간보다 오래 살아남을 것이다.

남조식물, 즉 지상에 존재하는 유일한 해조류는 비가 세차게 내린 날이면 하룻밤 만에 젤라틴질 웅덩이로 조용히 자신을 드러냈다. 그렇게 여기저기 더 많이 모습을 나타냈다. 그것의 비밀은 폐쇄된 연못에 있었다. 폭포수처럼 연못으로 쏟아져 내리는 비 소리가 멀리서 들려오고 있었다.

21

부아바니에서 우리는 열린 창문 너머로 가축용 물통에 샘물이 흘러 들어가는 소리를 들었다. 밤마다 나는 멀리서 열리는 축제와 경주, 노래와 포옹과 향기의 파장에 쉽사리 마음이 젖어들곤 했다. 라디오로 중계방송되는 그 축제는 무척 흥미로워 보였고, 지름길로 가면 합류할 수도 있을 것 같았다. 그런데 우리가 실제로 그 축제에 합류할 수 있을까? 단지 추억 덕분에?

기억하건대 처음으로 그 끝도 없는 열광적인 키스와 미친 듯한 사랑의 소리들을, 샘물이 발신해 준 소리가 어디에서 나는지 탐지했을 때 나는 가슴을 최대한 부풀리고 스스로에게 말했다. 숨 크게 쉬세요, 숨 크게 쉬세요/이제 멈춰요. 그리고 영원히 기억하기 위해 그 순간이 내 안에 새겨지도록 했으며, 가능한 한 오래 폐 속에 숨을 불어넣은 후 크게 내뱉었다. 그러고는 잠에 빠져들었다. 조금 후 일어나 보니 물은 여전히 흐르고 있었다. 축제는 끝나지 않았다. 여전히 한창 진행 중이었고, 끝날 줄 모르고 계속되고 있었다. 멀리서 열리는 축제지만 얼마나 환희에 찬 순간이었는지!

그 축제 소리를 다시 듣고 싶었던 걸까. 나는 밤에 자주 깼다. 어떤 때는 동이 아직 트기도 전에 눈을 뜨고는, 바깥에 나가 다시 그 소리를 듣고 싶어 안달이 나기도 했다. 예전에 비해 그 소리가 더 느리게 들리고 그리 멀리서 들리지도 않았는데도 말이다. 파라세타몰 때문이었다.

22

　11월이었을 것이다. 챙 달린 모자에 선글라스를 쓰고 배낭을 메고 등산용 스틱을 든, 일터를 떠나 휴가 중이라는 분위기를 마음껏 발산하는 등산객 무리가 집 앞을 지나갔다. 예스는 그들을 쫓아내려고 계속 짖으면서 하이킹 코스 GR 5의 경계까지 따라갔다. 퍼뜩 그들이 예스를 기억하거나 주목하면 위험할 거라는 생각이 들었다. 누군가 예스를 수색 중일지도 모른다는 두려움이 다시 밀려들었다. 이 말에 그리그는 코웃음을 쳤다. 사람은 결코 자기 반려동물을 그런 식으로 버리지 않아. 널린 게 반려동물이고, 동물 보호소는 개와 고양이들, 입양되었다가 파양당한 아이들로 넘쳐난다. 포화 상태다. 세상은 갈 데까지 갔다. 그런 건 더 이상 세상이라고도 할 수 없다.

하지만 나는 서서히 밀려드는 어떤 기묘한 예감에 매일 저녁 두려워졌다. 예스를 잊지 않은 옛 주인이 끈질기게 집착하며 찾아다닐 거라는 예감. 예스, 다른 개도 아닌 바로 예스를 다시 잡으려고 수색 중일 거라는. 이제 나는 우리가 피난 온 이 공간의 이상한 이름을 부적처럼 믿고 있었다. 사회로부터 격리된 곳, 발견하기 어려운 곳이라는 의미를.

23

숲 가장자리로 난 오솔길을 따라가면 예전에 말한 수프 그릇처럼 둥근 초원을 한 바퀴 돌게 된다. 그것은 약간의 물이 고인 거대한 손바닥처럼 보일 수도 있고, 아니면 은총, 신의 은총으로 보일 수도 있으리라. 종교에 대한 야유의 의미 없이, 아이들에게 역사를 일러 주는 이야기꾼들이 부아바니의 옛 선조들을 위해 배려를 곁들여 말하는 바로는 그렇다. 아미시파* 혹은 재세례파** 교도들이 그 초원을 개간

* 기독교 재세례파 계통의 한 분파. 현대 문명과 단절한 채 자신들만의 전통을 유지하며 생활한다.

** 16세기 유럽 하층민들 사이에 생겨난 급진적인 기독교 분파. 유아 세례를 받은 자도 다시 세례를 받아야 한다고 주장하고 종교

했다고 전해 오기 때문이다. 혹은 메노파* 교도들일 수도 있다. 모든 것이 킹콩의 손안에 있는 것처럼 하느님의 손안에 있었다. 기독교 분파들 간의 부차적 차이는 루터의 종교개혁 이후 기독교 성직자들이 취한 상반된 두 가지 태도 ─ 솜 외투를 입고 물질적 안락을 누리는 뚱뚱한 성직자와 칼뱅이 주장한 피골이 상접할 정도의 급진적 금욕주의 ─ 에 기인한다. 나는 이 차이를 잘 알지 못했다. 조금만 노력해 몇 번 찾아보면 쉽게 알 수 있을 텐데, 인터넷은 그러라고 있는 것인데 말이다. 메노파든 재세례파든 아미시파든, 내게는 잘 맞았다. 나는 반항하는 자들이 이 공간을 세웠다는 사실을 흥미롭게 받아들였다. 세상 가장자리에서 살아간 작은 집단들. 고국에서 박해받은 존재. 투옥되거나 고문당하거나 처형되거나 사다리에 결박된 채 화염 속에서 화형당한 사람들을 판화에서 본 적이 있다. 혹은 추방당한 자들도 있었다. 스위스에서 법의 보호를 받지 못한 그들은 온 가족이 박해를 피해 떠돌아다니다가 가까운 알자스 계곡으로 이주했다. 이 추방자들이

에 대한 국가의 간섭을 완강히 반대했다. 이로 인해 박해를 받아 북아메리카로 이주했다.

*   네덜란드 재세례파의 지도자 메노 시몬스(Menno Simons, 1496~1561)의 정신을 계승한 재세례파의 한 분파.

따르는 이단은 무엇이었는가? 그들은 성인이 된 후에, 명료한 의식을 가진 상태에서 세례를 받아야 한다고 주장했다. 비폭력적일 것을, 비세속적일 것을 주장했다. 그들은 당대의 첨단 농업 지식을 보유한 산간 지역의 뛰어난 농부이기도 했다.

그 집의 기원은 18세기 중반까지 거슬러 올라갔다. 집 주변의 초원도 마찬가지였다. 그 초원을 처음 일군 가족은 1712년 낭트 칙령이 프랑스에서 아미시파를 이단으로 규정하자* 수십 년 후 이 숲으로 피신한 것으로 추정된다. 낭트 칙령에 의해 그들은 가장 깊숙한 계곡에서 흩어져 불법 체류자로 살아야 했다. 굉장한 이야기였다. 나는 숲속에 숨어 산 불법 체류자들의 역사에 매료되었다. 하지만 그들이 피난한 곳은 더 관대하고 호의적이기까지 한 작은 영지에 속한, 당시에는 프랑스령이 아니었던, 계곡 깊은 곳 부아바니와 같은 영토였다.

그런데 무슨 연유로 그 개척자들은 그들을 위해 신이 마련해 둔 것 같은 이 산간 벽지를 두고 대서양을 건너 더

---

*　　역사적 사실에 대한 저자의 착각으로 보인다. 낭트 칙령은 1598년 앙리 4세가 공포했으며, 1685년 루이 14세가 폐지했다.

먼 곳으로 이주한 걸까. 교양 있는 실업가가 될 수 있을 거라 믿은 걸까. 자비로운 신의 손길 아래 인간에 의한 지구의 개발이라는 관점에서 일과 과학, 진보를 종교로 믿었던 걸까? 반대로 1914년에 그들이 아이오와로 이주를 결심한 것은, 폭력과 세상과 성장에 대한 거부와 재앙이 만연한 지구에서 필수 불가결하게 여겨지는 것들에 대한 거부를 기반으로 세운 소규모 공동체 속에 더욱더 칩거하기 위해서가 아니었던가?

내가 절실히 바란 것은 살아남으려는 본능, 즉 두 알의 모래에 불과한 그리그와 나에게 남은 거부의 힘이 여기 부아바니에서 모든 이상주의에 대한 고집 센 균열을 발견하도록 우리를 이끌어 주는 것이었다. 모든 시스템에 대한 고집 센 균열을. 그리고, 모든 지상주의에 대한 고집 센 균열을. 모든 권력에 대한에 대한 고집 센 균열을. 생태학을 포함한 모든 보편주의에 대한 고집 센 균열도.

24

우리가 신의 눈길 아래 지어진 부아바니에 정착한 그해
여름, 모든 것이 잘못되기 시작했다는 뚜렷한 징조가 나타
났다. 부아바니에서의 첫 여름날, 특히 그날 아침에 작은 말
벌 한 마리가 나타났던 것을 생생히 기억한다. 나처럼 새벽
6시에 일어난 그 벌은 서재의 열린 창문에 불쑥 나타나서는
장식판 뒤쪽에 비밀스럽게 뭔가를 만드는 모양인지 그곳으
로 분주히 사라졌다 나왔다 했다. 말벌과 나 사이를 구분해
주는 것은 진화의 경미한 차이뿐이었다. 말벌은 생명의 본
능에 따라 모터 소음을 내는 중이었다. 끈질김의 표본을 보
여 주는구나, 나는 생각했다. 그날 아침 날씨가 더없이 좋
은 것도, 말벌이 그토록 끈질길 수 있다는 것도 믿기지 않았

다. 놀랍게도 그날은 때마침 6월 20일이었다. 6월의 이 시기는 태양이 빛과 그림자 사이에, 하늘 가장 높은 곳에 꼼짝 않고 떠 있는 하지가 있는 시기이다. 하지(夏至, solstice)의 어원은 '태양'을 뜻하는 sol과 '꼼짝 않고 서 있다'라는 의미의 statum이 합쳐진 것이다. 모든 것이 어쩌면 그리도 놀랍도록 적절한지! 바로 얼마 전인 4월 말에는 빙퇴석 위쪽, 숲으로 덮인 고원에 블루베리나무가 조그만 장밋빛 방울 모양의 꽃을 피웠으며, 그 안에서 수많은 꿀벌들이 윙윙거렸다. 이제 꿀벌들은 더 아래쪽 초원으로 몰려왔고, 꽃이 만발한 그곳 하늘은 꿀벌들의 웅성거림으로 가득 찼다. 하늘은 투명한 파란색이었다. 소나무들이 맹렬한 꽃가루 폭격을 쏟아내자 위협적인 연기에 돌연 시야가 가로막혔다. 전에 없던 일이었다. 그렇다, 이미 위협적이었다. 어딘가에 화재가 일어난 건 아닌지 자문할 정도로. 세계가 불타고 있었으니까. 이걸 잊지 말아야 했다. 그런데 오래전 나는 이상한 점 몇 가지를 알아챘다. 동지가 암흑의 심장부를 대담하게 드러내는 것과 마찬가지로, 하지는 빛의 한복판에 음산함이 스미는 듯한 날이었다. 일 년 중 낮이 가장 긴 그날, 뭔가가 터져 나오더니 천천히 스며드는 방식으로 다가오는 것이 감지되었다. 그것은 꽃이 만발한 초원에 고요히 끼어들었다. 몸을 일으켜 문을 두드렸다. 한여름 야외에 서서 푸른 하늘에서 흘러 들어온 장엄함의 세례를 받으면서도 나는 일종의 공포와 한기를 느꼈다. 태양의 그 강력한 고요함은 무엇도 우리 것이 아니라고 속삭이는 듯했다. 빛이 드는 방도, 탁자 위의 찻주전자도. 우리의 부드러운 피부도. 아무것도. 그리고 어둠이 번져 갈 거라고 말하는 듯했다. 돌연 끼어드는 비극처럼.

나는 기억한다. 내 곁 깨끗한 물이 담긴 항아리에 처음 딴 매발톱꽃이, 보호 구역인 습지대의 초원 깊숙한 곳에서 전날 따 온 그 길쭉한 꽃대들이 꽂혀 있던 것을. 습지대를 보호합시다. 꽃대에 매달린 각각의 암청색 꽃을 원뿔 모양의 꽃받침 다섯 개가 감싸고 있다. 매달려 있고 감싸여 있고 암청색이면서도 나는 여전히 아무것도 알지 못했다. 산속에 매달린 내 방 역시 감싸인 채로 잠들어 있다. 바깥에는 흐릿한 구름들이 떠 있고, 여전히 멜랑콜리가 어렴풋이 떠돌고 있다.

그해 6월 20일에도 사태가 그 정도로 심각하다는 걸 모르고 있었다. 신문 1면에 나오지 않았기 때문이다. 다음 날 정오에 집배원이 가져다준 증보판 《플라네트 뒤 몽드》에서 그 기사를 발견했다. 제6차 대멸종 진행 중. 스탠퍼드, 프린스턴, 버클리 등 미국 명문 대학교의 전문가들에 따르면, 지구상의 동물 종들이 경악할 만한 속도로 빠르게 사라지고 있다고 한다. 기사에는 '타잔'이라는 이름의 카멜레온 사진이 실려 있었는데, 그 녀석은 연녹색과 선녹색 사이를, 고리 모양 넝쿨과 멸종의 결정적 위험 사이를 흔들리며 오가고 있었다. 나는 비탄에 잠긴 웃음을 작게 터뜨리며 타잔을 생각했다. 오, 타잔, 나의 타잔. 안 돼, 너만은!

그다음 날 정오가 되어 빛이 절정에 다다랐을 때 한순간 세계가 암울해진 데는 사정이 있었던 것이다. 세계가 오는 12월 20일까지, 모든 것이 다른 방향으로 다시 이동하게 될 그날까지 매일매일 시시각각 빛이 사라질 뿐만 아니라, 빛나는 새까만 박쥐들과 오렌지색 털을 한 긴팔원숭이, 바다수달이 멸종되는 방식으로 스스로 하중을 줄일 거라는 사실을 알게 된 것이다. 결코 이전으로 돌아갈 수 없다는 사실도. 학자들이 말하기를, 우리는 이미 인류세라는 시대에 들어섰다고 한다. 그 재앙의 시대에 관해 예견된 것을 우리는 확인하게 될 것이다. 일순간에. 그렇다, 세상은 암울해져 버렸다. 세계는 타격을 입고 말았다. 철학자들 역시. 늙고 까다로워졌다. 세계의 새로움을 연구하는 물리학자들과 파르메니데스, 헤라클레이토스, 엠페도클레스, 데모크리토스 같은 자연을 연구한 사상가들과는 무관한 이야기다.

나는 늙었고, 철학자도 아니었다. 그러나 아이들의 편이었다. 잡히게 두지 말 것. 이 생각이 나 자신보다 훨씬 강력했다. 저항할 수 없을 정도였다. 내 안의 아이가 어린아이들의 입장에 서라고 내게 소리쳤다.

다행히도 이미 상황을 간파한 아이들이 있다. 아직 자신을 부정한 적이 없는 아이들. 용이 지키고 있는 관문 같은 나쁜 소식들을 마주하길 두려워하지 않는 아이들. 그들은 질문하는 아이들이다. 그 아이들은 이름들이 적힌 목록을 작성하고, 정확한 명칭과 과학 용어를 문의한다. 과학적이고 정확한, 단어를 좋아하는 아이들이다. 그 단어들은 그들의 상상력을 자극하고 시야를 날카롭게 벼려 준다. 어디엔가 애정을 쏟아붓고 싶은 그들의 허기를 파고든다. 그 아이들은 곰과 늑대, 버섯을 광적으로 좋아한다. 그 애정에는 일종의 불안과 열광 어린 면이 있다. 그들은 수달을 사랑하는 아이들이다. 수달을 본 적 없으면서도 범고래가 헤엄치는 바다에 대해 이야기하곤 하는 아이들. 그 아이들은 동물에 관한 꿈을 꾸고 그들을 진심으로 걱정한다. 열세 살인 팀은 자신이 숲과 강물에 연결되어 있다고 느낀다. 산 정상에 수원(水源)을 전달하는 유도(誘導)라는 물리적 현상이나 바닥을 드러낸 지하수층에 대해 나에게 이야기하곤 한다. 이제 우리는 어떻게 해야 해요? 아이들은 엄청나게 걱정하고 엄청나게 슬퍼한다. 그리고 엄청나게 분개한다. 열두 살 뤼시는 놀랄 만큼 끈질긴 자세로 어떤 나비들의 흔적을 추적했다. 직접 손을 내밀어 그 나비들을 붙잡거나 날개라도 스쳐 보았다면 좋았을 것이다. 하지만 그 나비들은 이미 희귀종이 되었기에 아이는 스마트폰에 이름으로만 검색해 볼 수 있다. 그래도 뤼시는 긴 금발을 늘어뜨린 채 눈을 가늘게 뜨고 집중하는 표정으로, 화본과 식물의 줄기만큼이나 가는 팔을 들어 태블릿에서 세계자연보전연맹(IUCN)이 만든 목록 — 그 아이가 태어나기도 전인 2000년 2월 채택된 적색 목록 — 을 찾아보고 있었다.

절멸(EX)

야생 절멸(EW)

절멸 위급(CR)

절멸 위기(EN)

취약(VU)

준위협(NT)

최소 관심(LC)

정보 부족(DD)

여덟 살 노에의 엄마인 가엘은 몇 년 후 리옹의 택시 안에서 나에게 이야기한다. 자기 아이가 고래류의 목록을 모았고 그것을 외울 수 있다고. 고래류: 고래, 돌고래, 쇠돌고래, 향유고래, 범고래, 흰고래, 일각돌고래. 기각류: 바다표범, 물개, 바다코끼리, 레오파드바다표범, 코끼리바다물범. 해우류: 해우, 듀공.

요즘 아이들은 동물과 접촉하지 않고도 동물을 친밀한 존재로 받아들인다. 꿈이 손상되지 않은 것이다. 아이들은 궁극의 인류애를 가진 이들처럼 여전히 꿈을 갖고 있다. 물고기들과 함께 있을 때는 스스로를 물고기로 느끼고, 새들과 함께 있을 때는 스스로 새라고 느낀다. 잠시 머무는 자. 길을 잃은 자. 위협받는 자. 분류가 결정된 자. 아이들은 자신이 다른 곳에 속한 존재임을 알고 있는 것이다. 자신들이 어른이 아니라는 것을 그들은 알고 있었다. 그 아이들이 큰 규모의 모임을 열었을 때, 우리는 클레르 타부레*의 그림 「파수꾼들」 앞에 있는 기분을 느꼈다. 서른네 명의 아이들이 엄숙하게 서서 우리에게 시선을 고정한 채 뚫어지게 바라본다. 냉정하고 명철한 고발자인 그들은 각자 빛나는 검으로 무장하고 있고, 무엇도 그 검이 발하는 빛을 사라지게 하지 못한다.

그렇다면 우리 셋은, 존재할 법하지 않은 이 기이한 곳에 곧장 숨어든 우리는 어디에 자리잡고 있어야 하나? 종말이 바로 앞에 다가온다면?

밤마다 부아바니의 창문 앞을 지나간 사람이 있었다면 우리가 꿈꾼 모든 걸 들을 수 있었으리라. 우리 셋은, 그리그와 예스 그리고 나는 더불어 각자의 방식대로 꿈을 꾸었다. 각자 뚜렷이 구별되는 자신의 세계가 있었다.

---

*　　　　Claire Tabouret(1981~). 미국 로스엔젤레스를 기반으로 활동하는 프랑스 화가.

잠에서 깨면 내가 자주 반복해서 되뇌는 말이 있다. 너는 다른 세계로 통하는 문 앞에 선 보초병이야. 바깥에 있는 그 세계로 통하는. 맞아, 그게 네 역할이야. 어느 때보다 더욱. 나는 어둠 속에서 빛나는 눈과 자기방어를 위한 발톱, 날카로운 이빨, 얇은 천이나 벨벳으로 된, 혹은 견고하고 반짝거리는 검은 깃털로 된 날개를 간절히 바라게 되었다. 선택의 여지가 있었다. 또 적외선을 투과하고 인간의 눈으로는 볼 수 없는 것까지 볼 수 있는 시각을 가지기를 열망했다. 꿀벌이 붕붕대는 소리와 박쥐의 초음파까지 들을 수 있는 청각도. 또한 다가오는 위험을 애벌레가 털끝으로 알아채듯 민감하게 느끼기를, 그토록 예민하게 날이 선 촉각을 가지기를 간절히 원했다.

그러나 내가 가진 유일한 것은 연필이었다.

두 세계를, 가장자리의 세계와 중심부의 세계를 연결할 만한 것이 그것밖에 없었다. 내가 연필을 가졌다는 사실은 여전히 기쁘다. 만약 연필이 없었다면 나는 결정적으로 가장자리에 잡아먹히고 만 정신 나간 사람이 되었을 테니까. 이따금 너무 과도할 때가 있다. 그럴 때면 나를 집 안쪽에 유폐했다. 내 서재에. 하루 종일. 외출도 하지 않았다. 나를 통과한 것들을 기록하고, 너무 강력한 외부에 잡아먹히지 않는 방식으로 약간 거리를 두려고 노력했다. 연필은 여전히 나를 인간들과 이어 주는 매개체였다.

바로 이런 과정을 거쳐, 나는 여기저기 휘갈겨 쓴 메모들을 바탕으로 새 책을 써야겠다고 머릿속으로 구상하기 시작했다.

25

부아바니. 이름마저 음울한, 망각 속으로 사라져 버린 이 집에 정착하면서 우리는 의식하지 못한 사이 무엇을 물려받았을까? 이 질문의 답을 생각하는 동안 나는 일에서 벗어나 책들에 시선을 고정했다. 그 책들은 내가 시간을 들여 고르고 간직한 책들이자 어머니와 할아버지, 심지어 증조할아버지에게서 물려받은 것들로, 나는 『트레부 사전』*이나 되는 것처럼 그 책들에 의지했다. 그 책들은 한 권도 빠짐없이 우리를 따라 이 집에 도착해 1층의 땔감 요새와 비축 식량 요새와 더불어 부아바니에 또 다른 두 개의 성벽이

---

* 18세기에 예수회의 주도 하에 집필된 사전.

되어 주었다. 우리 방에 각각 하나씩 세워진 그 중요한 성벽은 그 자체로 '사회'로부터 우리를 지켜 주는 데 쓰였다.

우리는 늑대로부터 자신을 지키려고 부아바니에 온 것이 아니었다!

그렇게 어느 날 나는 『지의류 가이드』라는 책을 꺼냈고, 책에 실린 삽화들 앞에서 내 모습 그대로의 나와 그의 모습 그대로의 그리그를 보았다. 기이한 우리 두 존재는 균류와 똑같지는 않았지만 그리 다르지도 않았다. 나는 우리가 물컹거리는 질감에도 불구하고 조류(藻類)는 아닌 존재, 그러니까 조류와 균류 사이에 위치한 두 존재, 바로 지의류라고 생각했다. 지의류는 독특한 유기체로, 극도로 예민하고 취약해 대기의 질을 감시하는 보초이자 오염 정도를 알려 주는 지표생물이기도 하고, 절대 파괴되지 않아 가장 오래 살아남는 종이기도 하다.

— 당신 생각도 그래, 그리그? 우린 지의류를 닮았잖아. 부서지고 깨어지기 쉬운 취약한 존재인 동시에, 지의류처럼 천 년은 산 것 같은 얼굴을 하고 있으니까.

— 그것도 틀린 말은 아니네. 그렇게 생각하자고.

우리는 예전부터 지의류에 관해 알고 있었다. 그것으로 양털을 염색했던 것이다. 우리가 서른 살도 되기 전이었다. 지의류에 관심을 갖기 전, 우리는 그것들을 이루는 것이 젤라틴인지 인도고무나무인지 아니면 덤불을 이룬 뿔인지, 좀비의 피부 조각인지 혹은 광물 껍질인지, 수염이나 덥수룩한 치모인지 혹은 귓불이나 혀 모양의 규소 암석인지, 장미인지 아니면 장미꽃 문양인지 아니면 덤불 모양 장미 장식인지, 화강암 속 물때 낀 반점들인지, 혹은 전문가를 위한 은밀하기 그지없는 섬들의 무수한 지도인지 알지 못했다. 우리는 지의류를 더듬더듬 조금씩 모으기 시작하면서 양털을 제법 화려하게 물들일 수 있는 유일한 지의류가 엽상지의(葉狀地衣)이며, 엽상지의에 속하는 파르멜리아 삭사틸리스(parmelia saxatilis), 옴파로데스(omphalodes), 페를라툼(perlatum), 이 세 가지가 전부 우리 주변의 바위에 기생한다는 걸 알게 되었다. 산으로 옮겨 산 지 얼마 안 되었을 때부터 우리는 이미 바위와 커다란 돌멩이들, 거기서 떨어지는 흙덩어리들이 만들어 내는 빙퇴석 한가운데에서 살고 있던 것이다. 하지만 당시에는 빙퇴석의 비밀을 알 길이 없었고, 그곳에서 일어나는 대혼돈에 대해서도 모르고 있었다. 우리는 자세히 파고들지 않았다. 화강암 무더기에 대해서는 더더욱 알지 못했다. 그때 나는 커다란 마대와 장화와 헝겊 모자는 챙기고 장갑은 잊은 채 맨손으로 그곳에 갔는데, 작업을 진행할수록 돌을 긁어 내는 손에서 피가 났던 것이 지금도 기억난다. 나는 마대가 내 배[腹]인 것처럼, 지의류를 뜯어먹기라도 하듯 조용히 마대를 채웠다. 엽상지의를 찾기 위해 고독한 장소들을 누비고 다녔고 황량한 공간을 탐험했다. 비가 와도 그곳에 갔고 비나 눈이 내린 후에도 갔다. 당시 습도가 높았던 게 분명하다. 지의류들은 공기 중에 부풀어 올라 있어 쉽게 떨어졌다. 그것들을 마음껏 모아 담았다. 일종의 도취 상태에서. 정말 거저 주어진 것이나 마찬가지였다. 나는 빙퇴석을 따라갔고, 어깨에 멘 거대한 마대 때문에 등을 잔뜩 구부린 채 야생동물이 다니는 오솔길과 비포장도로를 걸어서 돌아왔는데, 당시에는 지의류가 자라려면 시간이 필요하다는 것, 그것이 결국 시간의 분비물이라는 것, 어떤 지의류는 수천 년이나 되었다는 것을 알지 못했다. 그리그는 그것들을 냄비에 넣고 끓여 향이 나는 다갈색, 적갈색, 밝고 진한 다갈색을 얻어 냈고, 그것으로 우리 양들의 털을 물들였다. 양들은 호시탐탐 동물들을 노리는 여우 같은 색깔이 되었다.

이후 우리는 절제를 배웠다. 식료품이 동나서 기근이 다가오는 상황에 대처하는 법을 배웠다. 우리는 변했다. 물자가 남아돌던 예전과 같지 않았다. 우리는 발아래에서 빙퇴석이 움직이는 것을 제대로 느꼈다. 거대한 바위들이 움직이고, 지구가 흔들리고, 인류가 동요하고, 현기증을 일으킬 정도로 엄청난 집단적 변화의 시대에 접어든 것을 체감했다. 숲이 불탔다. 바다가 죽어 가고 있었다. 영구 동토층이 녹았으며, 수많은 좀비들이 퍼져 나가듯 아주 오래된 바이러스들이 마음껏 활개를 치며 퍼져 나갔다. 도시들은 거대하게 몸집을 불리고 새롭게 확장을 거듭했으나, 그것과는 무관하게 다시는 이전으로 돌아갈 수 없다는 것이 자명해졌다. 거대한 도시 우한이 봉쇄되어 사람들이 칩거에 들어갔고, 전쟁을 일삼던 왕국 시대의 유물을 전시하는 그곳의 박물관은 문을 닫았다. 우리는 증후을묘*에서 출토된 기원전 5세기의 편종들을 보며 대화를 나눈 적이 있었다. 당신 봤어, 그리그? 저 거대한 빌딩, 고속도로, 길 들을? 인구 1100만의 도시를 가로지르는, 양쯔강과 한수이강보다 큰

---

*　　후베이성(湖北省) 쑤이저우시(随州市)에 있는 고분으로 유명한 고고학적 유적지.

입체 교차로들을? 그 주민들이 연결되고 감시받고 통제되는 것도 봤어? 그곳의 철도 지선들과 각종 네트워크, 교대 근무는? 순간 우리는 이 모든 것이 우한 때문이 아님을 알게 된다. 무엇도 이러한 변화의 흐름을 멈출 수 없었다. 인류는 청결한 천국에 적응할 것이며, 더 이상 존재하지 않을 세상과 단절된 채 모니터 화면의 보호 아래 살게 될 것이었다.

하지만 그리그는 아니었다. 그는 전혀 적응하지 못할 것이었다. 더없이 까다롭고 신랄하고 무뚝뚝하며, 천성적으로 실패에 이끌리는 그는 말하곤 했다. 나는 생명과 오물로 가득 찬 살아 있는 천국을, 실낙원 쪽이 더 마음에 든다고.

그는 말하곤 했다. 내가 죽은 다음에 일어날 일 따위는 상관없어.

26

한번은 정오가 다 되었는데 여전히 그리그가 침대에 있
는 것이 보였다. 옷은 다 입은 채여서, 꼭 체류증 없는 범죄
자 같았다. 그는 스웨터와 신발조차 벗지 않은 채 누워 있었
고, 나는 일어나고 나서야 그가 그러고 있는 걸 알아차렸다.
내가 말했다. 안 돼, 우울증으로 제 발로 걸어 들어가는 건
절대 반대라고. 우린 한번이라도 예외적으로 행동했다간
그대로 굳어지기 쉬운 환경에 살고 있잖아. 그러자 그리그
는 앞으로도 계속 옷을 입고 잘 거라면서, 자신은 스웨터와
바지를 보관하는 더 간단한 방법을 발견한 것뿐이라고 덧
붙였다. 오케이, 하지만 신발은 안 돼, 신발은 안 된다고. 그
것만 양보할 거야. 안 그러면 다 내 마음대로 할 거야. 내가

응수했다. 날 안 만났으면 당신은 아마 부랑자가 됐을 거야. 그러자 그가 평소처럼 빈정거리는 말투로 대꾸했다. 난 이미 부랑자야. 자, 봐, 나 부랑자 맞잖아. 그러니 날 그냥 내버려 둬. 어떤지 나도 다 알고 있으니까. 미친 게 아니야. 옷을 입고 자는 게 더 좋을 뿐이야. 알겠어?

방금 그가 한 말을 빨리 적어 둬야겠다는 생각이 퍼뜩 들어 봉투 끝에 적고 있는데 그리그가 말했다. 지금 뭐 하는 짓이야! 당신 아직도 내가 한 말들을 가져다 쓰는 거야? 서로 합의가 돼야지. 이 여자, 믿을 수가 없네. 내가 자기한테 말하고 있는데 그걸 갖다 쓰다니. 게다가 또 얼마나 고심해서 선택하는지 내가 보기엔 귀여운 장난질처럼 재미있어. 그런데 항상 올바른 선택을 하는 것도 아니야! 괴상한 글을 쓰느라 최대한 모든 걸 갖다 쓰는 사기꾼이라니까. 하지만 사람들은 당신이 쓰는 글이 거짓말인지 진실인지 전혀 모르지. 이제 모든 게 망하는 중이고 출판사도 서점도 책도 자취를 감추게 될 텐데, 당신은 누구를 위해 글을 쓰는 거야? 우리 '여성' 작가 선생은 왜 그런 수고를 하는 건데? 모두 추락하는 중인데 무엇 때문에 여전히 글을 쓰는 거야? 전부 다 잃은 상황에서도 왜 글을 쓰냐고? 누구를 위해? 그냥 넘길 줄도 알아야지. 왜 그냥 넘기지 못해, 소피? 여전히 글쓰기를 믿고 있는 거야, 피피?

　나 자신에게 물어보았다. 나는 여전히 글쓰기를 믿는가?

　적절한 질문이었다. 다른 모든 질문 중에서도. 하지만 내 안에서 일고 있는 희망을 꺾을 수 없었기에 속으로 몇 초 동안 생각했다. 노화에 잠식된 우울하고 언짢은 그리그 앞에서 나는 생각했다. 이 늙은 구두쇠 영감에게 휘둘리지 마. 최선을 다해 그에게 저항해야 해. 정신이 혼미해지는 상황 속에 스스로를 내버려 두어선 안 돼. 귀를 열고 눈을 뜨고 계속해서 글을 써 나가. 세상의 대혼란에 대해 이야기해. 현재 네가 어디쯤에 있는지 가늠해 봐. 네가 본 걸 쓰고, 살아 있는 모든 것의 죽음에 대해 써. 목재 공장으로 변한 숲에 대해 써. 허브 공장으로 변한 초원에 대해 써. 토지의 고갈에 대해, 그것의 황폐화에 대해 목소리를 내. 서둘러. "이제 얼마 남지 않았다." 나는 소리 높여 이 말을 하지 못했다. 속으로 읊조리는 데 그쳤다. 모든 걸 소리 높여 말하지 않는 법을 터득한 것이다. 내가 그의 침울한 방향으로 기울어지려고 하면 그리그는 날카롭게 나왔다. 그는 내가 자신에게 저항하기를, 세상에 존재하는 나만의 방식을 포기하지 않

175

기를 원하는 것이다. 아마도 죽음에 이끌리는 충동으로부터 자신을 붙들어 달라고 나를 도발한 것이리라. 이번에 그는 내가 부정의 늪으로 빠져들까 봐 두려워했다.

그리그, 그는 뜻하지 않은 기쁨 앞에서도 펄쩍 뛸 줄 모르는 사람이었다.

나는 우리 자신의 존재를 느끼게 해 주는 것이 세상에 거의 없다는 사실을 절망에 가까운 심정으로 경험하는 중이었다. 기쁨을 감각하는 것. 나는 예스에게 엄청난 빚을 지고 있었다. 예스가 바로 기쁨이었으니까.

기쁨이란 무엇인가? 그것은 우리 위로 떨어지는 섬광이다. 아무런 대가 없이 오는 것이다. 전적으로 과분한 것. 그 섬광은 최악의 순간일지라도 예외가 없다. 예를 들어, 진흙탕 같은 전투 중에도 불현듯 살아 있음을 느끼지 않는가.

혹은, 시골길을 걷다가 자그마한 노란색 섬광과 얼굴을 마주하는 것. 인식의 섬광은 주체와 객체 사이의 거리를 일순간에 지워 버린다. 잠시 후, 저 깊숙한 곳에 붉은 점 다섯 개가 찍힌 황금색 나팔 모양의 꽃 위로 몸을 숙여 들여다보다가 이게 작게 무리 지어 피는 노란앵초의 꽃받침이라는 생각이 드는 것이다. 섬광보다 중요한 것은 없다. 무엇도 섬광을 대체하지 못한다. 지식은 기쁨의 섬광을 대신해 주지 못한다. 지식의 화살. 그 날카로운 화살촉.

풀밭 걷기. 축축하고 미끈거리는 짙은 빛깔의 싱싱한 존재와 살짝 스치기. 부르르 몸을 떨면서 그건 분명 물뱀이었다고 떠올리기도 전에, 기쁨이 먼저 찾아온다.

어두컴컴한 숲속을 휘적휘적 걷다가 길을 잃었다고 생각하기. 손 아래에서 피어오르는 축축한 냄새를 맡고 이끼로구나, 라고만 생각하기.

스카프로, 그것도 아주 가벼운 모슬린 스카프로 팔딱거리는 커다란 녹색 메뚜기 잡기. 중베짱이(tettigonia viridissima)라고 불리는 그것은 여섯 달 후 내 서재로 들어오게 된다. 녀석은 긴 더듬이와 긴 다리 때문에 내 책들에 부딪치고 있었다. 나는 창문으로 가서 스카프를 흔든다. 녀석의 창백하고 커다란 녹색 날개가 날갯짓하며 파닥거리는 소리가 들린다. 그럴 때 나는 나 자신이 누구인지, 그 녀석은 무엇인지 잊고, 날갯짓하는 그 소리가 되어 버린다.

물론 누가 나와 마주친다면 스웨터 차림에 큼직한 신발을 신고 작은 개와 조깅하는 여자라고 생각할 것이다. 작은 개와 함께 다니는 여자. 프랑스인 소설가와 반려동물. 그런데 우선 내가 누군가와 마주치는 일은 일어나지 않았으며, 설사 집 밖으로 나간다 해도 내가 자주 만나는 것은 식물과 나무 등 다양한 수종(樹種)과 새, 다양한 빛깔, 향기, 부름, 울음소리와 노랫소리, 곤충과 구름, 온갖 형태의 구름들, 구름들을 모아 상영하는 홈 시네마였다. 그 밖에 더 추가한다면 별들이 박힌 하늘과 비와 뇌우와 기쁨의 섬광 정도가 있다. 이곳에는 내리 세 페이지 분량으로 소개할 만한 섬광들이 존재한다. 그 기쁨의 섬광들은 유쾌한 쉼표가 되었고, 그 결과 직경 13킬로미터인 섬이자 나의 공간인 이곳을 거의 떠나지 않고도 내 몸은 두 가지 의미에서 내가 가까이 지내 온 모든 것과 앞서 열거한 모든 것으로 가득 차게 되었다. 이제 나 역시 들끓기 시작하더니, 자연에서 내면으로 서서히 움직였다. 나는 그저 한 명의 여자가 아니라 자연에 속해 있었다. 자연과 나, 우리는 그저 한 몸이었다. 내 몸을 엑스선

검사대에 통과시킨다면 ——숨 크게 쉬세요, 숨 크게 쉬세요/ 이제 멈춰요. ——그 안에서 무엇을 보게 될지 알 수 없다.

거기에는 개의 코, 가시덤불 머리카락, 짓이겨진 나무 딸기 눈, 지의류로 이루어진 뺨, 새의 목소리가 혼합된 존재가 있지 않을까. ——그러면 내면은? ——오! 내면! 무수한 존재들의 집합체, 사방 모든 존재들이 깃들인 하나의 개미집! ——그렇다면 그 개미집의 중심에는? ——그 안에서 무언가가 글을 쓰고 있을 것이다. 혹은 글이 쓰이고 있으리라. 우리가 원하는 대로. 휘갈겨 쓴 글들이 있는 내면에서는 가볍게 들썩이는 소리가 들릴 것이다. 종이 위 흑연 광산의 분주한 소리.

현재 나는 책 읽는 걸 그만두었다. 대신 쉬지 않고 외부세계를 살고 있다. 바깥세상을 책처럼 읽어 나간다. 끊임없이 바깥을 탐구하고 경험하는 가운데, 나 자신을 인식하는 방식도 변화했다. 다시 말해 어느 때보다도 나 자신을 자연으로부터 분리된 존재라고 덜 느낀다. 내게 연필 한 자루만 남을 임종 직전이 아니라면 말이다. 그렇게 나는 이해하게 되었다. 인간이 우리 종(種) 안에 격리된 존재, 즉 다른 종들과 분리된 존재가 아님을. 우리는 그들과 다르긴 하지만 분리되어 있지 않으며, 우리가 인간에 속한다는 것은 세상에 존재하는 지극히 제한된 방식에 지나지 않는다는 것을. 우리는 그보다 훨씬 광대한 존재다.

27

한번은 밤중에 인상적인 일이 있었다. 발 구르는 둔탁한 소리가 연속적으로 들리는 바람에 잠에서 깬 것이다. 그 진동에 집이 울렸고 나까지 흔들렸다. 내가 알고 있는 암사슴 무리의 발굽 소리가 아니었다. 이번에 부아바니에서 우리가 마주한 것은 수사슴 무리가 아닌, 영리하고 지혜로우며 더 이상 새끼를 낳지 못하는 늙은 암사슴이 이끄는 무리였다. 그런데 그때 내 귀에 들린 것은 동물 무리(harde)의 발소리가 아니었다. 그것은 부랑자 무리(horde)의 소음이었다. 두 단어는 전혀 관련이 없다. 전자는 동물이며 완전하다. 후자인 인간은 태어날 때부터 불완전해 보이는 종이다. 그런데도 이 세상에 복잡성을 가져왔고 결과적으로 세상을 흥미롭게 만들었다. 나는 이 세상의 인간을 찬성한다. 다시 한번 모순된 말을 하는 것 같지만, 인간은 누구나 자가당착에 빠진다. 모순은 세상의 법칙이며, 그로부터 그 두 단어를 탐험하는 것은 흥미로운 일이다. 다시 말하지만 나는 인간에 찬성한다. 인간을 다루는 일은 지루하지 않다. 지구라는 소설에서 인간은 가장 중요한 등장인물이니까. 긍정적인 영웅이라니, 그건 안 될 소리다. 절대, 절대 등장시켜선 안 된다. 그런 건 사람들이 읽다가 집어치울 것이다. 멋진 악당이 낫다. 그가 처형당할까? 궁지에서 빠져나올까? 출구를 찾을까? 아니면 스스로 목숨을 끊을까? 무엇보다도, 특히 결말을 노출해서는 안 된다. 게다가 결말을 아는 인간은 없다. 그를, 인간을 의지하지 말 것. 인간은 의지할 대상이 못 된다. 인간을 경계하라. 이것들은 전부 내가 종종 생각하는 주제다.

28

앞으로 쓸 책(livre)에 대한 아이디어는 내 눈앞에서 점점 선명해지지만 산토끼(lièvre)처럼 순식간에 내게서 빠져나갔다.

아래쪽 초원에서는 손바닥 뒤집히듯 날씨가 변덕을 부렸어도 그나마 우리 동네는 그런 변화가 덜한 편이었다. 그리그는 아래층으로 내려오려 하지 않았고, 자기 딴에는 표정 관리를 한다고 확신했겠지만 감방에서 탈출한 듯한 표정을 하고 있었다. 그는 내게 대신 장을 봐 오라고 했다. 여전히 쌓여 있지만 그가 늘 부족하게 느끼는 물건들을 사오라고. 11월의 어느 아침, 나는 그리그의 제안에 따라 외출

준비를 마쳤고(그리그는 이제 운전을 하지 않았다. 다른 모든 일들처럼 운전도 고통스러워했으므로 운전대를 잡는 건 언제나 나였다.), 겨울이 오기 전 절단기를 수리하러 마을로 내려갔다. 그리그의 말대로라면 세상이 진짜로 폭발하기 전에 빨리 점검을 마쳐야 했다. 휘발유도 다섯 통 채워 와야 해. 그리그가 내려와 차에 타려는 나를 가로막았을 때, 나는 이미 차문에 손을 올려 둔 상태였다. 그는 챙모자와 선글라스를 반드시 써야 한다며 강경하게 나왔다. 한 달 전 내가 지역 신문에 초원에 분뇨 사용하는 것을 반대하는 칼럼을 실어 세상을 들쑤셔 놨기 때문이었다. 칼럼이 게재된 후 대형 트랙터를 가구처럼 판매하는 영업 사원들이 내 머리채를 잡을 기세로 내가 이 지역 농업을 파탄 낼 거라고 비난했었다. 엄혹한 시대에는 우리 목전에서 야만 행위가 일어나는 법이야, 그리그가 말했다. 그리그는 나에 관한 일이라면 늘 두려움을 떨쳐 내지 못했고 그 두려움을 말로 표현한다는 걸 말해 두어야겠다. 반면 자기 자신에 대해서는 두려움이 덜했다. 언제나 내가 먼저였다. 하지만 나는 신경 쓸 필요가 없다고 생각했다. 나로 말하면 챙모자도 선글라스도 없이 큰 헛간에 가는 걸 좋아했고, 양손에 절단기를 하나씩 들고 가볍게 다루는 여장부이니까. 한쪽엔 스틸 사(社)의 대형 전기톱을, 다른 쪽엔 작은 허스크바나 사의 톱을 든 채, "도와 드릴까요, 부인?" 하고 묻는 목소리에 "아뇨."라고 대답하는 편이었다.

심지어 나는 절단기 사용법을 배운 적도 없었다.

절단기는 다루기가 매우 까다로웠다. 그리그는 날을 날카롭게 갈기 위해 절단기의 체인을 벗길 줄 알았다. 날을 정기적으로 갈아야 하며 올바른 방향으로 정확하게 각을 맞춰야 했다. 그리그는 짐짓 남자다운 표정을 지으며 한껏 날카로워진 금속 날을 손가락으로 쓸어 보는 걸 즐겼다. 내게 남자다운 표정을 보이는 것이 기분 좋은 모양이었다. 명분 없는 영웅의 표정. 그는 절단기용 특수 오일을 칠한 다음 체인을 다시 제대로 돌려놓는 법도 알았다. 체인을 팽팽히 당긴 채장착해야지, 안 그랬다간 사람 쪽으로 튀어올라 불구로 만들수도 있었다. 나는 언제나 그 일을 그리그에게 맡겼다. 그가엔진용 오일 에센스를 배합한 후 깔때기를 통해 그걸 절단기안에 부으면 성능이 부쩍 좋아지곤 했다. 일을 마치고 나면그는 나무가 있는 방향으로 갔다. 일주일 동안은 그에게서그 오일 에센스 냄새가 가시지 않았다.

— 그 상황에 대해 아랫마을에선 뭐라고 해? 내가 절단

기들이 있는 헛간에 불쑥 들어가자 그리그가 내게 물었다.

— 기다려야 한대.

그리그는 내가 가져다 둔 피셔 브랜드 수납장 선반에서 맥주를 한 병 꺼냈고, 나는 잔 두 개를 준비했으며, 우리는 건배를 외치며 마셨다. 그리그는 내가 석 달은 떠나 있었던 것처럼 나를 머리부터 발끝까지 집어삼킬 듯이 보더니, 여전히 웃을 듯 말 듯한 얼굴을 한 채 진지하고 엄격한 척 말했다. 이런 깡패 같으니!

그는 엄격하면서도 다정했다. 과하게 우스꽝스럽기도 했지만, 웃음을 터뜨리거나 상황을 가볍게 넘기기에는 냉소적이었다.

29

나는 황무지나 변두리 쪽으로는 잘 다니지 않았다. 음식에 산화 방지제를 조금 가미하듯 미리 마음을 먹은 다음 그렇게 했다. 때는 겨울이었다. 나는 윤리적으로 허용되지 않는 강탈 행위를 하며 쓰라린 쾌감을 느끼는 상상에 종종 빠지곤 했다. 예를 들면 이런 것이다. 나는 굉장히 날카롭고 긴 손톱을 가질 것이다. 발톱도. 그래서 피리새와 콩새, 방울새를 잡아서 악의 없이 오랫동안 가지고 논 다음 골과 심장과 내장을 먹고 속이 텅 빈 얼룩덜룩한 '새의 가죽'을 그 자리에 버릴 것이다. 또한 내가 태곳적 지식을 가진 슬로베니아 곰의 몸속에 들어갔다고 상상했다. 그러면 나는 그 인간을, 사냥을 즐기는 그 변호사를 등 뒤에서 덮칠 것이다.

마찬가지로 또 다른 인간, 사냥협회장도 등 뒤에서 공격할
작정인데, 소송을 피하기 위해 그의 이름은 말하지 않겠다.
나는 그 둘을 산 채로 삼켜 버릴 것이다. 나는 노획품을 먹
는 걸 좋아하니까. 그것도 조제프 델테이* ― 아무도 그를
모르고 그의 책을 읽지도 않았지만! ― 의 구석기적 방법으
로. 가장 구역질 나고 가장 지독하며 가장 무식한 방식으로
삼킬 거다. 나는 내 책 속에서 충분히 용감한 사람이 될 수 있
음을 인정한다. 그 말인즉 실제 삶에서보다 책 속에서 훨씬
무모해진다는 말이다.

식료품을 사러 마을 슈퍼마켓에 다시 내려갈 일이 생겼
다. 최악의 상황이 하나 더 있었다. 그래도 그건 예스를 위
한 일이었다. 예스는 체질에 무해한, 성분의 60퍼센트가 동
물성이라는 민망한 문구가 적힌 크레이브 사료와 온갖 종
류의 달콤한 간식, 예를 들면 페디그리 사(社)의 씹어 먹기
좋은 뼈가 든 점본 작은 봉지, 아니면 테이스티 미니 시리즈의
'칭찬' 같은 간식을 먹을 권리가 있었다. 도중에 건강 용품
코너에 들러 내 베개에 뿌릴 스프레이도 샀다. 나는 잠자리

---

*   Joseph Delteil(1909~1979). 프랑스의 동굴 탐험가.

에 들기 전 진통 효과가 있는 그 에센스를 뿌리곤 했다. 요즘은 재세례파 교도들의 묘비처럼 꼿꼿하게 서 있기가 힘들어졌다. 내 몸은 굽었다. 후들거린다. 비틀거리기도 한다. 조금도 모범적이라 할 수 없는 식생활 탓도 있을 것이다. 그런데 모범이 다 무슨 소용인가. 어디 다친 환자를 위한 식사도 아닌데.

식생활 문제가 윤리의 영역에 편입된 것도 이상하기 그지없다. 세그루아(Segrois), 이 지명은 비밀이라는 의미의 'secretum'에서 온 단어인데, 아마도 내 비밀은 그곳에서 시작되었을 것이다. 어린 시절 내가 긴긴 방학을 보낸 그 저택은 뉘생조르주 뒤쪽 어딘가에 있었다. 세그루아에서 나와 내 형제자매들은 어떤 일이 일어나면 그냥 겪을 수밖에 없는 그 세계를 너무 일찍 알게 되었다. 만일 그 일들이 우리에게 일어나지 않고 그냥 지나갔다면 어땠을까. 식사를 하는 일도 그랬다. 부모님은 나름대로 최선을 다했겠지만, 여름에 우리를 그 집에 방치해 두고 이렇게 말했다. 너희끼리 해결하렴.

그 시점에 우리의 빅토르 할아버지가 돌아가셨다.

할아버지는 포마르, 그다음엔 퓔리니몽라셰에서 교사

로 일했으며, 코르통 숲에 은방울꽃을 채집하러 다녔고, 이름이 모음으로 시작하는 자음들을 여성형으로 분류했다. 다시 말해 윈 에프(une f), 윈 아슈(une h), 윈 엘(une l), 윈 엠(une m), 윈 에르(une r), 윈 에스(une s)라고 말했다. 그래서 우리가 헷갈리거나 하지 않았지만.

그 채소밭은 방치되어 있었다. 우리는 거기에 무슨 씨를 심을 생각조차 못 했다. 그때 우리가 뭘 먹고 지냈지? 아예 먹지 못했거나 아니면 당시에 관한 기억이 없는 것이리라. 그건 전혀 중요하지 않았다. 그럼 무엇이 중요했지? 자유. 거기에는 자유, 또 자유, 소중한 자유가 있었다. 황무지, 독사, 화석, 해골박각시나방, 소쩍새, 시(詩), 유럽할미꽃, 그리고 여름. 아이들과 여름. 우리가 여름마다 뭘 했더라? 오두막들. 정치적 의미가 전혀 없는 한 채의 오두막이었다. 불끈 쥔 주먹도 선언도 없는.

오늘날 사람들이 여전히 오두막에 만족할 수 있을까? 안타깝게도 그렇지 않다. 바로 이것이 달라진 점이다.

나는 변화를 인지했다. 모든 것이 나를 그리로 데려가고 있었다.

그리그는 관리인의 허락을 받고 고사한 서양물푸레나무와 구주소나무들을 그 자리에서 베어 집으로 가져왔다. 나무의 몸통 전체에 마오리족의 몸에 새겨진 문신 같은, 벌레가 남긴 무늬들이 보였다. 그것은 유린에 대해 경고하고 있었다. 매일 아침 불을 지피면, 나무에서 껍질과 톱밥, 나무에 무늬를 남기는 벌레인 섬나무좀들이 떨어져 내리곤 했다. 나는 그 앞에 서서 재앙을 경고하는 그들의 텍스트를 해독하려고 애썼다.

재앙이 우리를 따라다니고 있었다. 하늘에서 훈련 중인 전투기 굉음이 까막딱따구리 울음소리와 겹치는 일이 빈번해지면서 베르길리우스의 이야기와는 전혀 다른 이야기를 들려주었다. 피라미드 모양의 돌출부만 보이는 초음속 비행기들도 여기에 합세해 하늘의 기류를 느리게 희석시키면서 뒤로 가늘고 긴 하얀 스카프 모양의 꼬리를 남겼다. 어느날, 크기는 크지만 날렵한 전투기 한 대가 하늘을 화려하게 지배하고 있었다. 깃털로 만들어진 걸까, 아니면 레이스 또는 연무로 만들어진 걸까? 전투기는 끊임없이 변모했다. 나는 스카프 모양 꼬리에 대해 사람들이 하는 이야기를 믿기 거부하면서, 그곳에 멈춰 선 채 그 모습을 그냥 쳐다보기만

하는 것이 아니라 제대로 관찰하려 했다. 풍문에 따르면 그 성분이 유해 가스투성이라느니, 그걸 통해 사람들이 납이나 황에 중독된다느니 하는 알 수 없는 이야기들뿐이었다. 일반인의 접근이 금지된 격납고들이 있고, 그 안에 인명 살상을 위한 비행기들이 가득 차 있다는 이야기도 있었다. 환상에 가까운 이야기들이 해체되어 사라지는 것을 보며 나는 생각했다. 내 정신이 이런 이야기를 거부한다면 독이 세상에 끼칠 유해함을 조금은 제거하는 셈인가?

그러던 어느 날 밤, 자동차 한 대가 다니며 다시 한번 내 방 벽을 훑듯 하얀 헤드라이트 불빛을 쏘아 댔다. 엉뚱한 생각 하지 말고, 그리그가 말했다.

누군가가 이 귀여운 개를 납치해서 가두고 폭행하려고 찾아다니는 걸까? 나는 CCTV 카메라로 찍은, 차고 안에서 움직이는 다양한 종의 동물들을 보고 있었다. 동물들은 간신히 움직이고 있었다. 이런 종류의 동물 포르노 영화를 촬영할 때 말들을 사슬에 묶는다는 걸 어느 책에선가 읽은 적이 있었다.

한창 잠을 자는 중에도 예스는 호흡을 멈추고 귀를 쫑 긋 세웠다. 아! 하지만 나는 예스가 그렇게 귀 세우는 걸 좋 아하지 않았다.

예스는 꿈을 자주 꾸었다. 잠을 많이 잤고 그때마다 꿈 을 꾸었으니 적어도 하루에 다섯 번은 꾸었을 테고, 그때마 다 밤이 다시 시작되는 셈이었다. 나는 예스가 꿈에서 누구 를 만날지 생각해 보기도 했다. 어디에서 위협을 느끼는 걸 까? 동물이 꾸는 악몽은 어떤 것일까?

그렇다면 예스는 과연 누굴까? 예스는 누구지? 내가 예 스에 대해 뭘 알고 있지? 그리고 예스는 나에 대해 뭘 알고 있을까? 우리는 수시로 서로를 찾았다. 예스와 나는 서로를 보완해 주었다. 그러나 사람들이 생각하는 방식은 아니었 다. 나는 예스가 나보다 더 길들여져 있다고 느꼈다. 누군가 의 영향 아래 더 있다고. 반면 나는 예스에 비해 길들여지지 않은 것에 더욱 이끌리는 편이다. 자유에 이끌린다. 그렇다 면 우리 둘 가운데 상대를 길들이는 건 어느 쪽일까? 상대 를 야생에 가까운 상태로 만든 건 어느 쪽이지? 우리 둘 가 운데 사심 없는 방식으로 상대를 사랑하는 건 어느 쪽일까?

자, 이 쉽지 않은 질문에 간단히 답변하겠다. 우리 둘 중 어느 쪽도 아니다.

30

밖에 나가는 일이 늘면서 나는 감각과 자극에 더욱 몰두했고, 나 스스로가 어떤 사람인지 점점 더 모호해졌다. 겉으로 보면 나는 여자, 늙은 여자, 그러니까 한 명의 여자였다.

— 그냥 여자? 진심이야?

— 어쨌든 내 삶의 아주 사적인 이야기에는 남자들보다는 소녀와 아가씨들, 여자들이 많이 감동받을 것 같아. 대부분 여자들이 좋아하는 이야기니까. 항상 그런 건 아니지만, 원래 있던 곳을 벗어나 경계, 가장자리, 국경, 주변부와 끄트머리로 건너가는 이야기는 여자들의 관심사야. 대학 교육을 잘 받은 예의 바른 친구들일 때도 있고, 팔뚝을 치켜들며 조롱하는 독자들일 수도 있지.

— 그래, 그런데 당신은 정확히 어떤 지점에 위치하는데?

— 아무 곳에도.

— 당신은 누군데?

— 나도 모르겠어.

— 당신은 어떤 유형인데?

— 그것도 명확하지 않아. 나는 여러 유형에 속해 있거든. 여러 유형 이상이야. 수백 가지는 될걸. 그 각각의 유형도 일시적이고. 거기에는 인간만 존재하지 않아. 그런 경험은 몇 초간 지속되지. 신비로운 일이야. 굉장히 신비로워.

열다섯 살 즈음에 나는 잠시 소년의 몸을 가졌었고, 새 울음소리를 냈다.

다섯 살 즈음에는 잠시 한 마리 개가 되었다. 나는 내가 결코 될 수 없었던 어여쁜 소녀를 파괴하고 작은 개가 되는 것을 더 즐겼다. 본능적으로.

지금의 나는 망가진 육체와 어린아이의 목소리를 가지고 있다. 아빠나 엄마 좀 바꿔 주렴. 전자 제품 판매원들은 수화기 너머에서 내게 이렇게 말했다. 나는 목소리를 이용해 나를 더 어려 보이게 하는 방법을 알고 있다. 타고나길 그렇다.

밖에서 느릿느릿 집으로 돌아오는 길이었다. 몸이 천근만근이었다. 흔적들이 몸에 낙인처럼 찍혀 있었다. 매일 바깥출입을 한 지 삼 개월에 접어들자 자명해졌다. 발에 굳은살이 박이고 손은 비틀어지고 긁힌 자국투성이였다. 굽은 등도 바위 같아졌다. 다리는 몰라보게 휘고 몸은 구부정해진 것이, 나는 알아보기 힘든 모습으로 변해 가고 있었다. 기괴했다. 찌부러졌다. 손상됐다. 쪼그라들었다. 키가 10센티미터 줄어들어 162센티미터밖에 안 됐다. 이러다가는 곧 보이지도 않을 판이었다. 그리그가 하는 말이 들렸다. 그 여자는 어디로 갔지, 반항적인 피피 말이야. 소피 위징가는 어디로 가 버렸어?

스노드롭 꽃 같은 내 손목과 앙증맞고 여성스러운 두 귀가 양옆에서 에워싼 흰담비 같은 내 목은 어디로 사라진 걸까?

스노드롭 꽃 같은 손목. 그래, 그건 아직 갖고 있다. 하지만 귀고리 구멍을 뚫은 두 귀는 아니다.

엄마는 어린 내가 귀 뚫는 걸 허락하지 않았다. 절대 허락하지 않았을 것이다. 그렇게나 일찍 우리를 방치했으면서. 나와 내 형제자매들은 엄마가 방치한 자유로운 아이들이었다. 예를 들어 엄마는 내가 얌전한 소녀가 되게 하는 대신, 기도하고 싶어 하지 않는 작은 개(petit chien)로 자라도록 내버려 두었다. 엄마는 저녁 기도 시간에 나를 쫓아내면서 여러 차례 "못된 것(Comme un petit chien)"이라고 말했다. 그러는 동안 내 형제자매들은 침실 카펫 위에 무릎을 꿇은 채 신 앞에서의 가책, 죄책감, 즉 위엄과 엄숙함, 인간됨의 중요함을 느끼며 기도문을 외우고 있었다. 기억하건대 당시 도주 중인 나치를 진압하기 위해 우리 주변으로 미군의 폭탄이 무차별적으로 떨어지고 있었고, 기도문을 외우는 데는 몇 가지 변명이 필요했다.

엄마는 어른의 시선, 당신 말에 따르면 시리우스라고 하는 현실 초월적 관점에서 우리를 관찰했으며, 한껏 날이 선 가혹한 태도로 우리에 관한 모든 내용을 아이들이 쓰는 노트에 적었다. 그 초록색 표지의 노트에는 엄마가 붙인 얼룩덜룩한 그림들이 가득했다. 엄마는 그 노트에 내가 눈 깜짝할 사이에 못된 강아지가 된다고, 즉 인간과 개를 구별 짓는 것이 의미 없는 그런 상태가 된다고 기록했다. 그러나 그녀는 결국 그 작은 개가 기도를 하도록 다시 받아주었고, 작은 개가 네발로 기어 들어와 가족의 비밀이 숨어 있는 끔찍한 옷장의 거울 앞에서 오만상을 찌푸려 지상으로 내려온 경건한 작은 회중을 고의로 방해하는 모습을 지켜보며 웃었다. 우리 엄마 엠마는 마침내 내가 내 형제자매들을 웃게 한다는 데 동의했다. 어쩌면 엄마 역시 좋아했을지도. 게다가 시리우스는 큰개자리 알파성의 다른 이름이기도 하지 않은가? 엄마는 오랫동안 위에서 내려다보는 시선을 견지한 채 내가 작은 개의 삶을 사는 걸 받아들였다. 하지만 나는 그 대가를 매로 치렀는데, 엄마는 그것을 집안의 다른 어른들에게 맡겼다. 그 난폭한 여자들은 산간 지역 출신의 젊은 처녀들이었다. 그들은 완두콩과 당근, 오리와 칠면조, 그리고 아이들 키우는 걸 돕기 위해 고용되었다. 우리 중 누군가에게서 지린내가 나면 그들이 어떻게 했는지 아는가. 가축 물통에 머리 박아, 카탈라에서 온 언니가 그렇게 명령하면 아이는 그 말을 따라야 했다.

그러고 나서 사람들은 나를 학교에 집어넣었다. 정확히 말하면 가톨릭계 사립 학교인데 1945년 9월에 다시 문을 연 곳이었고, 그곳에서 나는 이번에도 빌어먹을 도덕 따위는 내다 버린 것 같은 행동만 계속했다. 다른 여자애들의 묵주를 망가뜨리고, 아이들을 피 날 정도로 물어뜯고 할퀴고 길에서 만난 아이들을 때리고, 그 아이들의 엄마가 뛰어나오면 그 엄마를 향해 혀를 내밀었다. 그때 이미 그리그는 내 인생에 들어와 있었다. 우리는 같은 학교에 다녔다. 그리그의 부모님은 칼뱅주의자였으나 그리그는 '벵자망타'가 아니라 나와 같은 가톨릭계 사립학교인 '아송시옹'을 다녔다. 그리그가 지내는 기숙사는 내가 지내는 곳에서 멀지 않았다. 그리그와 나는 이웃이었으므로 그는 내가 하는 짓들을 보았지만 아무것도 기억하지 못하는 척했다. 나는 그리그에게 여자아이는 어른들로부터 벗어나려면 남자애들보다 더 사나워야 한다고 설명했다.

그런 식으로 나는 엄마에 의해 1000킬로미터 떨어진 해발 1000미터의 기숙사 건물에 방치된, 다루기 힘든 아이가 되었다. 당시 나는 열한 살이었다. 지금도 당시의 그 어린 소녀가 나직하게 도와 달라고 외치는 소리가 들린다. 하지만 참으로 이상한 것은, 과연 내가 분홍색 벽지로 둘러싸인 방에서 "애지중지 키운" 소녀가 되고 싶었을까 하는 점이다. 아침저녁으로 뽀뽀를 받는 우리 아기, 예쁜 아기? 상상도 할 수 없다. 나는 어린 시절 나를 둘러쌌던 거칠고 냉담한 그 분위기가 단연코 더 좋다. 아무도 안아 주지 않던 그 매서운 고독. 그렇게 열한 살이 되던 해에 나는 그곳에서 탈출할 계획을 세웠다. 그 계획은 평생 동안 나를 버티게 해 주었고 지금도 마찬가지다. 비록 그 계획이라는 것이 실 몇 가닥에 매달려 있는 빈약한 것이긴 하지만. 사람들은 그 실 몇 가닥을 우습게 여긴다. 그러나 그 계획은 버텨 냈다. 아무도 나를 돌보지 않았고 화강암 요새의 감옥에 갇혀 있었기 때문에 나는 글쓰기를 시작했다. 그게 뭔지도 모른 채 내가 '소설'이라고 이름 붙인 글을 쓴 것은 엄마의 서재가 소설로 빼곡했기 때문이다. 소설을 쓰는 것만이 지하 통로로, 볕이 잘 드는 엄마의 서재로 몰래 들어갈 수 있는 그 지하 통로로 가는 관문이라는 것을 알고 있었기 때문이다. 엄마는 나와 먼 그곳에서 일했고, 내게는 신경도 쓰지 않았다. 따라서 그것은 엄마가 알지 못하게 엄마에게 연결될 수 있는 방법이었다.

브리앙송에서 돌아온 나는 가족들이 감당할 수 없는 아이에서 시를 쓰는 아이로 이미지를 바꾸었다. 이 새로운 위치는 훗날 내가 자신을 어른에 투사하지 못하게 막는 결정적 계기가 되었다. 나는 더 성장해야 할 필요성을 느끼지 못했다. 시를 쓰는 아이들이 대세인 시절이었다. 나는 시를 씀으로써 정수리에 머리를 조그맣게 틀어 올린 다른 여자아이들에게 쏟아진 주목을 내게로 빼앗아 올 수 있다는 걸 깨달았다. 그 주목은 삼 년 후에나 《파리 마치》를 통해 드러날 터였다. 특히 내가 엄마, 언제나 빛나는 엄마, 여왕 같은 엄마, 성령과의 소통이 원활한 엄마 — 성령이 나를 낳아 준 아버지라서 가족 내에서 사생아인 내가 생겼겠지. — 의 관심을 끌 수 있다는 것도. 잔뜩 찌푸린 얼굴을 시로 바꾸는 것만으로 충분했다. 나는 하나의 문학 장르에서 다른 장르로 아무 문제 없이 옮겨 갔다. 생각만큼 동떨어져 있진 않았다. 둘은 눈에 띄기 위해 매우 개인적으로 자신을 왜곡하는데, 하나는 내면을, 또다른 하나는 외면을 왜곡한다. 그렇게 나는 단어들을 부수고, 비틀고, 물어뜯고, 할퀴면서 엄마에게 다시 한번 관심을 불러일으키기에 이르렀다. 나는 열세 살이었고, 월경을 하는 운명을 거부했고, 남자애들을 비웃었지만 시인에 대해서는 그러지 않았다. 엄마에게는 모든 것을 비밀로 부친 채, 대담하고 독립적으로, 무엇보다 엄마와는 서로 영향을 주고받은 적 없이 나는 시내 우체국에 가서 내 시들을 시인들에게 발송했다. 그들은 멋진 필체로 봉투에 이름을 적어 답장을 보내 주었다. 내 이름과 성(姓)이 푸른색 혹은 검은색 잉크의 멋진 펜글씨로 눈에 띄게 적힌 그 봉투들은 우리 집 내 앞으로 도착했다.

그 편지들은 이렇게 시작되기도 했다. "마드무아젤, 당신은 전혀 이상하지 않습니다." 나를 여성이라는 위치로 끌어내리는 편지도 있었다. "매력적인 젊은 여류 시인에게." 나를 트랜스젠더로 상상하는 편지도 있었다. "친애하는 사랑스러운 젊은 시인 귀하." 어느 날 학교를 마치고 돌아오니 전보가 와 있었다. 전보의 특별한 푸른색. 보석과도 같은 그 아우라. 나는 그 시인들을 수집했다. 나비와 함께 1950년대 시인들을 수집했다. 오늘날에는 아무도 그들의 이름을 알지 못하지만.

바로 그즈음 나는 나의 구두쇠 영감 그리그, 이마에 세로 12센티미터 흉터가 있는 그 괴팍한 사람과 재회했으며, 우리는 평원을 떠나 양 떼와 함께 산간 지역에 정착했다. 그 후로 나는 꾸준히 붓꽃 다발이 갈라지듯 나 자신을 분열시키거나, 여러 모습으로 변화시키며 내 눈에 들어왔거나 나를 둘러싼 수많은 것들이 되어 왔다. 그러는 사이 내가 누구인지, 어떤 사람인지에 대한 확신은 점점 사라지고 있다.

그런 삶의 태도는 무언가를 건설하는 미국식 삶의 방식을 끊어 내기 위한 것이었을까. 부아바니에 예스가 오고 나서 그것은 해체되었다. 결국 예스와 나는 그걸 잘게 찢어 버렸다. 갈기갈기 찢긴 조각들. 나는 그 조각들을 끌어모았다. 그리고 내가 그 파편이 되었다. 내 삶이 독백으로 넘쳐나고 경계를 넘어서면서 불안정성과 불완전함, 일시적인 것들, 나이를 불문한 모든 것, 누더기와 조각들, 도약, 뛰어오름과 별난 것들이 각별한 의미를 띠었다. 일그러진 표정들. 시. 시란 대관절 무엇인가? 그것은 한 발짝 옆으로 비켜선 걸음이다.

31

그렇다면 내 몸은 어디쯤 와 있었을까? 외출이 잦아지면서 약간의 민첩함을 되찾는 듯싶었으나, 내 몸은 계속해서 기울어지고 넘어지고 무너지는 수순을 밟고 있었다. 그 모든 것은 생리적으로 자연스러운 결과였다. 노화된 몸을 이끌고 다시 살아가려면 모든 것을 노트에 새로 써야 했다.

식탁 앞에 있을 때 우리의 턱관절에서 나는 소리.

전날보다 조금 더 굽은 우리의 등.

우리의 느려진 몸짓. 부자연스러운 몸짓.

샤워기 아래에서 그리그의 회색 머리를 감겨주는 일은
내 담당이었다. 그의 머리카락을 잘라 주는 일도. 그는 매번
말했다. 머리카락이 점점 줄어드네. 나는 대답했다. 아니,
아니야, 절대 그렇지 않아. 머리를 말리며 예전처럼 머리가
풍성하게 곱슬거리게 하려고 손가락으로 머리카락을 말아
주면서 말이다. 은빛이 감도는 머리칼이 훨씬 아름다워. 자,
가서 한번 봐. 당신 진짜 근사해. 샤토브리앙 못지않아.

붉게 염색한 내 머리카락.

꽃이 말라 가는 모습을 지켜보려고 일부러 꽃을 꺾어
열심히 꽃다발을 만든다. 나는 목을 길게 늘어뜨린 꽃들이
우아하게 현존하는 광경 — 폭발적인 생기를 머금은 꽃의
얼굴, 암술과 수술을 모두 가진 모습, 꽃가루, 꽃꿀, 꽃잎, 꽃
받침과 유황빛의 노란 털, 보랏빛을 띤 파란색과 붉은빛이
도는 오렌지색, 긴 팔, 줄기, 스카프처럼 늘어뜨린 잎, 직관
적이기 그지없는 잎의 모양 — 을 주의 깊게 지켜보았다.
사흘이라는 시간 동안 그것들은 완전히 다른 모습으로 변
모했다.

그것만으로도 마치 무대에서 연극 공연이 시작된 듯했다. 나는 꽃이 꽃병에서 말라 가도록 내버려 두었다.

예전의 나는 꽃다발이 생기를 잃는 즉시 집어 던져 버렸다.

이제 꽃다발은 탁자 위에 열흘간 머물렀다. 나는 꽃들의 아름다움이 스러지는 과정을 바로 옆에서 몸을 기울여 지켜볼 수 있었다. 긴 꽃대가 오그라들고, 꽃봉오리가 늘어지고, 어깨가 쇠약해지고, 등이 굽는 모습. ── 인용하자면 그들의 늙은 엉덩이는 내려앉고, 그들의 유방은 늘어졌다.* ── 꽃들의 단호한 변모 과정과 그들이 조금이라도 더 살아남으려고 절망적으로 노력하는 모습을 지켜볼 수 있었다. 아름다움의 비밀이 이미 까발려졌지만 그것을 여전히 내려놓지 못하는 모습을. 비통하기 이를 데 없는 과정이었

---

* 프랑스의 배우 코린 마지에로가 2021년 세자르 영화제 무대에서 팬데믹으로 어려움을 겪는 예술계 지원을 호소하며 한 알몸 시위 후 매체와의 인터뷰에서 한 말을 변형해 인용했다. 그녀는 자신의 늙은 몸에 대해 왈가왈부하지만 애초에 그것이 목표였기에 만족한다고 했다.

다. 괴어서 썩은 물. 꽃잎들이 잔뜩 떨어진 탁자. 해체를 받아들인 꽃다발이 모든 것이 마비된 끔찍한 미라가 되어 버리자 나는 범죄자를 인도하듯 그 송장을 들고 퇴비에 뿌리러 갔다. 거기서 나의 분신들과 닮은 그 꽃들이 머리와 다리를 한 방향으로 하고 퇴비 위에 누워 있는 모습을 지켜보았다. 『한 유추론자의 일기』에서 쉬잔 릴라르가 어느 늪에서 익사한 개의 배를 골똘히 바라보던 것처럼, 그렇게. 단 내 경우에는 그 꽃들이 거의 토템이나 마찬가지였다. 그 정도로 꽃의 내면과 나의 내면이, 꽃의 몸과 나의 몸이 구별되지 않았다.

나는 늙어 가는 일에 익숙해졌다. 샤워하던 중 거울을 보다가, 이제 물 없는 꽃병에 꽂혀 일주일 만에 잊힌 한 송이 튤립이 나와 다를 바 없다는 사실을 주시하게 되었다. 나는 몸을 앞으로 기울여 팔의 피부에 주름이 더 지도록 한 다음, 물을 갈구하는 자잘한 주름들을 발견하며 일종의 쾌감을 느꼈다.

커다란 검은 식탁 앞에 1미터 간격을 두고 그리그와 마주 앉아 있을 때면, 나는 이제는 성실한 삶을 사는 두 망나니 같은 우리의 몸을 지켜보았다. 침대에서는 그런 면모가 한층 두드러졌다. 우리 둘은 서로 손을 잡고 발은 얽힌 것이 꼭 나란히 놓인 비틀린 두 개의 나뭇가지 같았다. 반면 머리들은 두 개의 새잎처럼 각자 꿈꾸고 있었다. 힘차게 돋아나지만 서로 뒤얽히지 않는 새잎 두 개. 어쨌든 우리는 성욕이 넘치는 성인들처럼 굴지 않았다. 눈구멍이 쑥 들어간 데다 입술도 쪼그라들었고, 배도 불룩 나왔으니까. 그리그가 자긴 빼 달라고 하겠지만. 아름다움은 야생화 화관을 쓰고 우리 몸 안에 숨어 있었다. 나는 야생화 없이 사랑을 나누는 걸 상상할 수 없었다. 어린 시절이 우리에게 남아 있었다. 오래된 그 시절이 우리 안에서 강력한 존재감을 과시하고 있었다. 그리하여 새로운 사랑이 거기서 태어났는데, 그것은 완전히 다른 사랑이었다. 그걸 뭐라고 부를 수 있을까? 나는 아직 알지 못했다. 하지만 사랑한다고 서로에게 속삭이는 순간들이 있었다.

한번은, 내가 기억하기로는 몇 달이 흐른 4월경이었는데, 나는 그리그를 그의 방에서 데리고 나와 초원 아래 늪가로 데려가서 젖은 풀밭에 함께 앉았다. 늪은 이미 산란 중인 물고기들로 가득했고 갈대들이 살랑거렸다. 두꺼비 울음소리를 들으며 내가 말했다. 당신 들려? 그가 대꾸했다. 뭐가? 저 배[腹] 연주회 소리 말이야, 사람들이 떡친다고 표현하는. 모르겠어? 그는 내 말뜻을 알아듣지 못했다. 그리그는 전부 다 설명해 줘야 하는 사람이었다. 전적으로 그의 무의식과 그의 강력한 수호신과 그의 성욕과 내면 깊은 곳에 존재하는 그로덱*을 따라서만 움직였기 때문이다. 그야말로 순수하고 단순하다. 어린아이나 마찬가지였다. 내가 다시 물었다. 저 박동하는 질의 음악소리가 안 들리는 거야? 그가 대꾸했다. 그만하지 않으면 덮쳐 버릴 거야. 나는 그만하지 않았다. 그가 욕망에 무릎 꿇은 표정으로 내 위로 덮쳤고, 모든 것이 서로에게 맞춘 듯 완벽하게 흘러갔다. 부드러운 진흙 구덩이가 바람이 불어 잔물결이 인 수면에 화답했다. 암컷 두꺼비들이 수컷들을 불러 대더니 — 우리를 위해 — 그들이 해야 할 아주 외설적인 행위를 했다. 우리도 — 두꺼비들을 위해 — 그들은 알 수 없는, 사랑에 이끌린 행위를 했다. 늪가로 내려간 것은 멋진 생각이었다. 우리가 여전히 성욕 왕성한 노인들이 아니었음에도, 늪으로 내려가지 않았다면 경험하지 못했을 무척 아름다운 일

*   게오르크 그로덱(Georg Groddeck, 1866~1934). 심신의학의 선구자로 여겨지는 의사이자 작가.

이 그곳에서 일어난 것이다. 우리? 모르겠다. 우리가 어떻게 변해 가는지 나는 모르겠다.

예스는 무척 흡족한 표정으로 앞발을 들어 귀 위를 연신 문질렀고, 기쁨에 겨워 끙끙대면서 풀밭 위를 뒹굴었다. 예스는 우리가 부드럽게 사랑하는 순간을 좋아했다.

32

내가 두려워하던 일이 갑자기 일어나 버렸다. 현실이란 일어나는 모든 일이다. 내가 다른 누구보다 먼저 눈을 떴을 때, 사위는 여전히 어두웠다. 곧 새벽인데 동이 틀 기미가 보이지 않았다. 그리그는 깊이 잠들어 있었다. 예스도 자는 척하고 있었다. 나를 따라나서기에는 아직 너무 이른 시각이었다. 소리를 내지 않고 자리에서 일어나면서 오두막에 있는 리타니를 보러 가야겠다는 생각을 했다. 펼쳐진 초원 위로 얇은 서리가 덮여 있었다. 곧 동이 터 올 것이다. 나는 걸음을 재촉했다. 커다란 발자국을 깊게 남기며 회색 달빛이 내려앉은 풀밭 위를 지나가는데, 하늘을 가르는 아우성이 들렸다. 그것이 까막딱따구리가 내는 단속적인 소리임은 알아차렸으나, 흥에 겨운 웃음소리인지 다급한 호출인지는 알 수 없었다. 실은 알고 있었다. 물결 모양으로 비행하는 까막딱따구리는 공간을 가늠하며 그 영역이 제 것임을 주장하는 중이었고, 그 아우성은 영역을 차지했다는 순수한 기쁨의 표현이었다. 그래도 그런 방식으로 불쑥 듣게 되면 나는 언제나 소스라치게 놀랐다.

　나는 오두막 앞의 리타니를, 앞다리를 접고 그 위에 몸을 누인 리타니를 멀리서 알아보았다. 녀석은 자고 있었다. 내가 다가갔을 때 녀석은 서리가 덮여 하얘진 풀밭 위에 커다란 머리를 길게 누인 채 쉬고 있었다. 리타니에게 말하는 내 목소리가 들렸다. 네가 가 버렸구나. 어제까지만 해도 하늘을 반사했던 녀석의 볼록한 동공이 흐리멍덩하게 뜨여 있었다. 귀 안쪽으로 휩쓸려 들어간 싸락눈이 깊숙한 곳, 두터운 침묵 위로 똬리를 틀고 있었다. 리타니의 몸은 아직 얼지 않았다. 아직 차가워지지도 않았다. 몸 위에는 갓 내린 수정 조각 같은 서리가 흩뿌려져 있었다. 아무 소리도 들리지 않았다. 새벽이 밝아 오는데 초원은 절대적 고요 속에 누워 있었다. 리타니는 알고 있었을까? 그렇다고 생각한다. 그건 저절로 알게 되고 알 수밖에 없으니까. 결정적인 것 없이도 감지되는 것이니까.

리타니는 오래전부터 자신이 죽으리라는 걸 알고 있었다. 그것도 나보다 훤히. 녀석은 자신의 길을 계속 갔고, 동시에 나에게 그 길을 열어 준 것이다. 어떻게 울지 않을 수 있을까. 어떻게 울음을 참을 수 있지. 나는 리타니의 목을 꼭 끌어안았다. 아직도 공기 중에 떠도는 당나귀의 체취가 밴 녀석의 털외투로 내 몸을 감쌌다. 나는 차마 눈물을 흘리지 못하면서 어떻게 울지 않을 수 있지, 라는 말만 중얼거리고 있었다. 리타니는 내 스승이었다. 녀석은 모든 면에서 나를 능가했다. 풀밭에서 풀을 뜯어먹는 방식부터 그랬다. 초원과 사물의 이치와 바람의 방향을 선택하는 것도. 언제나 나보다 한 발 앞서 나갔던 녀석을 나는 뒤에서 따라갔다. 내게 말[言]을 부여해 준 이 알 수 없는 결함에 몸이 언 채로. 무엇에도 소용되지 않는 말이었다. 세상을 직접 소유하는 것과 맞바꾼 그 말은 곧 세상을 잃어버릴지 모른다는 강박에 끊임없이 시달리게 했다. 내가 쓴 글 속에 매 순간 등장했다가 매 순간 사라지는 이 현실을 다시 등장시키고 싶다는 욕망을 느끼게 했다. 아주 가끔 그 현실을 붙잡았다고 느꼈으나 결정적으로는, 아니다, 그건 중요하지 않았다. 그건 세상을 직접적으로 소유하는 것보다 못했다. 삶보다 못했다. 정말이지 리타니와 나, 우리는 잘 어울리는 한 쌍이었다.

내가 녀석의 털을, 등과 옆구리를, 콧방울을 손으로 쓸어 주었을 때 우리는 서로에게 확장되었다. 리타니와 나, 우리 둘에게 그것은 마치 중국어와도 같았다. 중국어는 단어의 동시성만이 현실을 포착할 수 있다고 가르치기 때문이다. 하나의 단어가 태양과 달, 바퀴와 도르래를 동시에 가리킨다. 또는 하나의 단어가 독침이나 발기한 성기, 나무, 기둥을 동시에 가리키기도 한다. 나는 생각했다. 혹은 하나의 단어가 초원과 책, 당나귀와 여자를 동시에 가리키기도 한다고.

해가 뜨면서 풀밭 표면의 서리가 녹기 시작했다. 햇빛이 비치자 초원이 연녹색을 반사했고, 그다음엔 장밋빛을 반사했다. 우주로부터 온, 지구 바깥에서 온 장미 한 송이. 그러는 동안 우리 주위에 퍼져 있던 쿰쿰한 분뇨 냄새가 여전히 코를 찔렀다. 나는 리타니의 털에 얼굴을 묻고 그 냄새를 마음껏 들이마셨다.

그때가 몇 시였는지, 내가 얼마나 오랫동안 그렇게 머물러 있었는지 모르겠다. 내가 아는 거라곤 갑자기 앞에서 무언가가 불쑥 튀어나왔고, 몇 초 동안 그것이 퓨마라고 생각했다가, 내가 몬태나 주를 배경으로 하는 자연 소설 안에 있다고 생각했다는 것이다. 나는 머리를 세차게 흔들었다. 그것은 다갈색 바탕에 검은 줄무늬가 있는 살쾡이였다. 놈은 내가 인간인 걸 알아채지 못했다. 일 초도 걸리지 않았다. 녀석은 우리 위로 펄쩍 뛰어올랐고, 자기 뒤로 야생의 깃발처럼 꼬리를 흔들며 사라졌다.

바로 그때, 그리그와 내가 밤나무 목재를 잘라서 어설프게나마 만들어 준 리타니의 오두막이 바로 옆에 허물어져 있음을 알아차렸다. 무너진 지붕 아래의 기둥들을 보면서 나는 그 안이 비어 있다는 사실을, 그것이 내장을 전부 파낸 뒤 길가에 버려진 하나의 몸뚱어리에 불과하다는 사실을 받아들이기 힘들었다.

현관문을 밀어 열고 들어가자, 예스가 침대 밖으로 튀어나오더니 안도하는 얼굴로 나를 쳐다보았다. 내가 자기 없이 밖에 나갔다가 돌아올 때마다 보이는 표정, 그러나 아무것도 몰랐다는 표정으로. 나는 매트리스 끄트머리에 앉아 그리그에게 리타니의 죽음을 알렸다. 그는 꺽꺽거리며 울었다. 순식간에 잠이 달아난 그는 담요 밖으로 머리와 어깨, 헝클어진 회색 머리칼만 내놓고 있었다. 그가 말했다. 당연한 일이야, 리타니는 서른한 살이니까. 그러고 나서 자리를 털고 일어났다. 나는 차를 준비했다. 우리는 얼굴을 마주 보고 탁자 앞에 앉아 리타니의 장례를 어떻게 치를지 의논했다. 우리가 리타니를 데리고 가는 건 힘들 거야. 우린 힘이 없어. 둘이서도 안 돼. 나로서는 리타니가 부아바니에 남으면 좋을 것이다. 하지만 그건 불가능한 일이었다. 아랫 마을에 죽은 짐승의 사체를 처리해 주는 공동체가 있었고, 나는 그 서비스를 요청했다. 리타니의 사체를 가지러 오겠다는 대답이 돌아왔다. 리타니가 종마 사육장에 등록되어 있었기 때문이다.

나는 그들에게 오두막까지 가는 길이 험하긴 해도 차가 들어갈 수 있다고 알려 주었고, 다음 날 트럭이 집 앞까지 들어오더니 덜컹거리는 소리를 내며 집을 지나쳐 오두막까지 가서는 리타니의 커다랗고 시커먼 몸뚱어리 앞에 멈춰 섰다. 리타니의 몸 위에 젖은 건초 더미를 덮어 둔 터였다. 날이 풀려 부패할까 걱정이 되어서였다. 그리그는 리타니를 데려가는 모습을 보고 싶어 하지 않았다. 나는 생각했다. 너는 지켜봐야지. 넌 작가야, 그러니까 남자이자 여자야. 너는 그리그이면서 너야. 너는 두 사람의 힘을 지녔고, 이런 일을 똑바로 마주하는 걸 두려워하지 않아. 나는 삼림용 원치*의 로프를 풀고 있는 사람 앞으로 우선 다가갔다. 이미 도착한 트럭 모양의 그것을 뭐라고 부르는지 정확히 알지 못했다. 그것은 가축들을 운송하는 수레 같기도 하고, 그보다는 삼림용 트럭처럼 보이기도 했다. 윈치에서 나온 강철 집게 두 개가 리타니의 몸을 죽은 나무토막처럼 움켜쥐었다. 녀석의 뻣뻣한 다리는 나뭇가지 같았고, 허공에서 흔들리는 머리는 당나귀의 머리를 닮은 나무 그루터기 같았다. 모든 일이 내가 미리 두려워했던 만큼 끔찍하게 진행되었다. 인부가 작업을 끝마치자 리타니의 몸은 트럭의 금속통 안에 들어가 보이지 않았다. 두 개의 강철 집게도 기계 속으로 들어가 정리되었다. 인부가 서류에 내 사인을 받으려고 내려왔다. 내가 눈물을 흘리는지 그가 슬쩍 살피는 모습이 분명히 보였지만, 내 마른 눈에서는 그에게 보여 줄 눈물 한 방울도 나오지 않았다. 그의 눈은 거대한 시체 안치소에서 나를 지켜보고 있었다. 죽은 자들의 섬에서, 짓이겨진 사체들을 처리하는 공장에서 나를 지켜보고 있었다. 기르던 가축의 사체들이 어떻게 처리되는지, 어떤 과정을 거쳐 해체

---

*   원통형 드럼에 와이어 로프를 감아 도르래를 이용해서 무거운 물건을 높은 곳으로 들어 올리거나 끌어당기는 기계.

되는지 예전에 들은 기억이 났다. 인부가 말했다. 다음엔 사체를 좀 가까이 갖다 놓으세요. 어떤 사체를 말하는 거지? 그리그의 사체? 나의 사체? 트럭이 가 버리자 끔찍한 비명이 울려 퍼졌다. 누구의 비명이었을까?

우리도 죽음을 피할 수 없어. 내가 집으로 돌아오자 그리그가 말했다. 우리 바로 앞에 한없는 슬픔의 덩어리가 매달려 있었다. 그의 눈 밑에 붉은 다크서클이 생겨 있었다. 그가 덧붙였다. 우리도 미리 묏자리를 알아봐야 해. 이곳에.

루이 14세는 1685년 낭트 칙령을 폐기함으로써 재세례파 교도들의 해산을 촉구했다. 격리 지구를 만들거나 문을 폐쇄한 건 아니지만, 주변부에 있던 소외된 무리는 마을에서 멀리 떨어져 살아야 했다. 그들은 사망자들을 자신들의 농지에 묻었다. 그리그는 그걸 기억한 것이다.

그날 저녁 내 무덤 자리를 마련한다면 어디로 할지 장소를 찾느라 깊은 고민에 빠졌던 이유를 모르겠다. 그러는 내내 음악을 들을 수 없었고, 침묵이라는 음악에 점점 더 마음을 내주었다. 나는 노트북 전원을 켜고서 부엌 식탁 위에서 유튜브 검색을 통해 조지아의 아름다운 피아니스트 하티아 부니아티슈빌리의 콘서트 영상을 틀었다. 무대로 올라온 그녀는 관객에게 인사한 후 피아노 앞에 앉아 고삐 풀린 듯한 오만한 태도로 프란츠 리스트의 「헝가리 광시곡 2번」 연주에 몸을 던졌는데, 그 모습은 동물적이고도 유아적인 베티 붑의 화신 같았다.

정보를 말하자면 베티 붑(Betty Boop)은 1930년 8월 9일 그림 내트윅*의 손에서 태어났다. "나는 작은 개 한 마리를 그렸고 거기에 여자의 다리를 덧붙인 것뿐이에요. 처음에는 길게 늘어진 귀였던 것이 나중에 고리 모양의 귀걸이가 됐지요."

그렇게 「헝가리 광시곡」이 울려 퍼지던 부아바니의 주방에 갑자기 엄청난 성량을 뿜내는 어떤 소리가 끼어들었다. 우-우-우-우-우! 우-우-우-우-우!

예스였다.

---

*   Grim Natwick(1890~1990). 미국의 만화가이자 영화감독.

예스는 탁자 아래에서 내 감정과 생각, 내가 오가는 길목을 지켜보다가 언제든 내게 뛰어드는 습관이 있었고, 지금은 탁자 밖으로 나와 있었다. 예스는 기다란 귀를 경쾌하게 쫑긋 세우고, 목과 턱을 당기고, 음파를 잘 포착하기 위해 이쪽저쪽으로 머리를 기울이고, 목구멍을 크게 벌려 노래했다. 여자로 태어난 자신의 분신을 마주했다는 사실이 예스 안에 그런 음악적 시도를 발동시킨 걸까?

아니면 바이올린과 첼로 소리에 감동한 걸까? 흑단과 물결 모양의 단풍나무, 독일가문비나무로 만들어진 악기의 몸통에 매혹된 걸까? 전체가 하나의 숲을 이루는 오케스트라에 마음이 끌렸나? 그 오케스트라가 예스를 길들임이라는 오랜 잠에서 깨운 뒤 녀석이 잃어버린 진짜 삶으로 향하는 문을 잠시 열어 준 걸까?

아니면 예스는 자기 안에 감춰져 있던, 소리에 대한 오래된 약관에 따라 행동한 걸까? 자신을 결코 떠난 적 없는 늑대 조상의 유령, 언제나 자기 곁을 은밀히 따라다니는 사냥개 무리를 따라서?

예스는 만약 유령이 노래를 한다면 그렇게 했을 것처럼 노래했다. 노래하는 예스는 내가 알던 작은 강아지와는 너무 다른 낯선 모습이었다. 녀석이 노래하는 단조로운 선율에는 어떤 고통이나 기쁨도 담겨 있지 않았다. 그보다는 결코 끊어지지 않을 연결고리 같은 것을 표현하고 있었다.

부아바니 주변에 바람이 살랑거리기 시작했다. 「신비로운 코」에 나오는 것처럼 꼭 서쪽에서 불어오는 바람이었다. 나는 그 바람에 서정적인 음색이 묻어 있는 걸 알아차렸으나, 전기가 끊기면서 그 소리도 단칼에 끊어져 버렸다. 예스도 순간적으로 노래를 멈췄다. 어리둥절한 표정이었다. 무언가가 예스에게서 떠나 버렸다. 하지만 무엇이? 크고 깊은 금갈색 눈을 빛내는 회색 털뭉치는 인간들보다 먼저 어떤 꿈에 뛰어들었다가 막 깨어난 것 같았다. 그것이 의미하는 바는 무엇이었을까. 예스가 다시 잠들 거라는 것? 예스는 길들여진 다른 개들처럼 선 채로 다시 잠드는 중일까? 야성을 잃은 모든 인간처럼? 나는 예스에게 물었다. 말해봐, 지금 넌 깨어 있니? 아니면 서서 자고 있니?

33

이제 예스는 그리그와 내가 식탁 앞에 앉아 있으면서 자기 먹이 챙기는 걸 잊기라도 하면 권리를 주장했다. 녀석은 내 앞에서 굉장히 특이한 낑낑 소리를 냈는데, 그럴 때면 마치 인간의 언어를 빼앗겼으나 도나 해러웨이*에 대해서 정통한 어떤 존재가 제 권리를 인식하고 스스로 의사 표현을 하려고 애쓰는 것만 같았다. 우리의 동류성과 우리의 동

---

*   Donna Haraway(1944~). 페미니스트 성향의 미국의 과학 및 테크놀로지 역사가. 1990년대에 최초로 사이보그 관점에서 인간을 탐구했으며, 2000년 『반려종 선언』을 통해 불완전한 지구에서 살아남기 위해 사이보그는 물론 동물까지 친족으로 끌어들여 공동 전선을 구축해야 한다고 주장했다.

등함을 다 알고 있는 것처럼 보였다. 앞서 언급한 그 미국인 학자는 이 세계의 당사자들이 어떤 방법을 통해 서로에게 책임을 다하는 존재가 될 수 있는지, 어떻게 하면 덜 폭력적인 방법으로 서로 사랑할 수 있는지 연구했다. 전 지구적 전쟁이 발발하기 일보 직전인 오늘날의 세계에는 정치적 신념에 의한 행동이 필요하다는 주장이었다. 나는 도나 해러웨이의 책에서 배운 대로 인간이 개들에게 빚진 모든 일들에 대해 사과하는 심정으로 예스를 극진히 모셨다. 그리그는 21세기에 어떤 페미니스트 이론가는 반려견이 먹이를 먹지 않으면 자신도 굶을 게 틀림없다고 덧붙였다. 싸움의 핵심은 정확히 거기에 있는 거라면서. 그리고 못된 악동처럼 이죽거렸다.

그렇다, 우리는 부아바니로 추방된 무리였다. 제대로 미친 사람들. 현실에서 완전히 동떨어져 있었다. 우리 둘에 늑대까지는 아니지만 작은 암캐 한 마리가 더해져 덩치가 커졌다. 우리 둘은 셋이 되었다.

이따금 나는 식사 분위기를 돋우려고 식탁 위에 초를 밝혔다. 아미시파 교도들이 하듯 자신을 돌아보는 의미는 전혀 아니었다. 오히려 가스통 바슐라르의 이론에 가까웠다.

훨씬 불안정하고 위험하며 결연하다는 의미에서 행복한 시절이었다. 당신 뭔가를 그리워하는 것 같은데. 그리그가 도발적인 태도로 내게 물었다. 세상이 그리운 건가? 속세의 구세군이 그리운 거야? 그는 평소보다 좀 더 복잡한 상황을 즐기며 사회와 연결된 모든 다리가 끊어졌다는 걸 알려 주려는 듯 우리가 아껴 둔 장르 영화 「샤이닝」을 꺼냈다. 이윽고 침묵. 하지만 반복해서 말하는데 세상은 망하지 않았어. 전날보다 조금 더 무너졌다고 할 수는 있겠지만, 우리가 이미 그 세상에서 떨어져 나온 것도 사실이야. 온갖 이유들 때문에. 그리그가 말했다. 여든 살이라면 그것도 평범한 축이겠지. 내가 요구하는 건 정말로 단 하나야. 세상이 나한테서 신경을 꺼 달라는 거. 그런데 세상이 도대체 뭔데? 어쨌든 억지로라도 조금씩은 밖에 나가고 있어. 하지만 바깥세상은 내 관심 밖이야. 게다가 나는 그 편이 좋아. 내가 조금씩 꺼져 간다고 느끼거든. 거의 움직이지도 않지. 소리도 점점 안 들려. 그래도 읽을 수는 있어.

나: 각자 자신이 원하는 대로 사는 거지.

그: 뭐라고? 각자 원한이 있다고?

그리그, 나의 악동, 3월 18일의 반란자, 나의 반항아, 꿋

꿋한 사회 부적응자, 스스로 펑크족이라는 걸 모르는 펑크족, 알제리 전쟁에 파견된 징벌부대원, 어떤 권력에도 복종하지 않는 자, 태생부터 항거자. 그리그, 그의 꿈은 문학에 풍덩 빠져들어 그 안에 거하면서 양분을 공급받는 것이다. 그는 이미 죽은 작가들, 어떤 범주로도 분류되지 않는 독자적인 작가들, 스스로 확신에 차서 일곱 번 재독할 정도의 작가들에게만 관심을 쏟을 수 있다는 사실과 더불어, '우연성'과 '페스트'와 '지구' 주변을 도는 바람처럼 무한에서 시작해 무한으로 돌아가는 그들의 목소리 외에는 귀에 아무것도 들리지 않는 상황에서 충만한 행복감을 느꼈다. 『페스트』는 필독서니 잊지 마. 루크레티우스를 다시 읽어 봐. 결국엔 늘 목소리가 튀어나온다. 그 목소리는 소설의 일부가 된다.

공동체로서의 사회도 절대 잊지 말 것.

어느 날, 예스가 지나가던 등산객 커플에게 다시 덤벼드는 일이 생겼다. 나는 그 일을 그리그에게 이야기해 주었다. 예스는 좋아서 그러는 것처럼 그들을 따라가더니, 엄청나게 짖으면서 그 사람의 발꿈치를 물 기세로 달려들었어. 예스가 고삐 풀린 모습으로 변할 때 어떤지 당신도 알지. 내가 아무리 불러도 듣지 못하는 것 같았어. 예스는 내가 말을 거는 방향을 보려고 눈길을 돌렸어. 바로 그때 내가 실수를 한 거야.

— 예스가 튀어 나가는 걸 놓쳤군. 그리그가 말했다.

— 그런데 예스가 등산용 스틱을 들고 선글라스와 챙 달린 모자를 쓴 그 등산객들을 쫓아간 거야. 너무 멀리 가 버려서 녀석이 짖는 소리도 들리지 않았어. 얼마나 걱정이 되던지. 나는 건강 산책로 방향으로 있는 힘껏 달려갔어. 그런데 없더라고. 그쪽 방향으로 갔지만 이미 사라지고 없었어. 주차된 차 한 대뿐이었지. 여자는 이미 도요타 야리스에 올라타 있었고, 그 여자의 애인은 차 밖에서 한 손으로는 열려 있는 트렁크 뚜껑을 잡고, 다른 손으로는 트렁크 안에서 공포에 떠는 예스를 윽박지르고 있는 것 같았어. 나는 소리를 질렀지.

— 그래서 어떻게 됐어?

— 예스가 트렁크 밖으로 뛰어내렸어. 남자가 위협적이더라고. 그 남자에게 겁을 줘야겠다는 생각이 들었어. 이 노인네가 나를 개보다 더 갈기갈기 찢어 놓겠구나, 이렇게 생각하도록 만들려고 했지.

— 항상 그렇게 거품 물고 달려들지 마. 그리그가 말했다.

─그 남자는 내게 등을 보이지 않은 채로 뒷걸음치기 시작했어. 천천히 뒷걸음치더라. 그러더니 차문에 도착해서는 악의에 차서 반쯤 앉은 채로 나를 비난하는 거야. 개를 키우려면 통제를 잘하라느니, 이 빌어먹을 건강 산책로는 표지판만 여기저기 보이고 정작 산책로는 안 보인다느니, 이 미친개를 브리가드 베르트 단속반으로 보내야 한다느니. 그래서 고소장 쓰는 데 필요할 것 같아 내 이름을 말해 줬지. 차 뒷좌석에 물러나 있던 여자가 내 쪽으로 살짝 고개를 내밀었는데 작게 소리를 내며 울고 있는 거야. 그러더니 그들은 시동을 걸고 출발했어. 어쨌든 그 협박조의 눈빛이 심상치 않았어. 진짜 못된 커플 같더라고. 사악하달까. 불쾌하기가 말할 데 없었어. 아마 아이가 없고 너무 갖고 싶어 하는지도 모르지.

예스는 이미 몸을 돌려 돌아가는 중이었다. 무언가를 잊으려는 듯 집이 있는 방향으로 질주하는 예스의 모습을 나는 지켜보았다.

예스는 보는 사람에게 소유하고 싶다는 강한 욕구를 불러일으켰다. 납치하고 싶은 이 작은 개는 우아한 데라고는 없었지만 제멋대로인 폭탄처럼 흥분하기 쉬웠으며, 가부장제에 반대하는 한성격 하는 면모를 지녔다. 그 남자는 그걸 간파했으리라. 자신이 이 개를 진압하면서 얻을 쾌락을. 개의 몸을 일으키면서, 개를 숨기면서, 그동안 내가 읽어 온 고귀한 도나 해러웨이의 책들이 들려주는 종들의 만남을 깡그리 지우면서, 개와 자신 사이에 벽을 세우면서, 굴종하는 법을 가르치면서, 개의 행동을 교정하면서, 그가 이미 아내를 망가뜨린 것처럼 그 개를 망가뜨리면서 느낄 쾌락을 말이다. 그것은 자명했다.

타고난 성품이 강인한 소녀들은 맹렬히 물어뜯긴다. 일반화할 수는 없겠지만. 하지만 가장 뛰어난 이들조차 여성 혐오 이데올로기에 영향을 받는다. 나는 기억한다. 플랑튀,* 사랑스러운 플랑튀, 천재 플랑튀가 그리그와 내가 무너져 가는 세상의 소식을 전하는 텔레비전을 아직 시청하던 시절 밤 인사를 하면서 그레타 툰베리**를 히스테리 환자로

---

*   장 플랑튀뢰(Jean Plantureux, 1951~). 프랑스의 정치 풍자 만화
        가. 플랑튀라는 이름으로 활동한다.

**   Greta Thunberg(2003~). 스웨덴의 환경운동가. 2019년 유엔 본
        부에서 열린 기후 행동 정상회의에서 연설을 한 뒤 세계적으로
        유명해졌다.

취급을 한 적이 있었다. 그녀가 비열한 우리 지도자들에 맞서 분노를 표출했다는 이유 때문이었다.

모두가 웃었다.

나는 이 지면을 통해 항의한다.

나는 다음의 글을 금언처럼 기록해 두었다. 글쓰기는 저항으로부터 탄생하며, 일종의 참여 또는 항의가 된다.

바로 이것이 내가 생각한 바였다. 잊어서는 안 된다는 것. 혹은 투쟁하는 날이 있고, 쓰러지는 날도 있다는 것. 작가는 어떻게 투쟁하는가? 그리고, 구별 지어지는 '여성' 작가는 어떻게 투쟁하는가? 그녀들의 무기는 '남성' 작가들의 무기와 다른가? 나는 그들의 책에 대해 말하고 싶은가?

34

공립 초등학교 교사의 딸이자 손녀였던 나의 엄마, 사전을 먹고 자란 딸, 그러므로 가부장제가 배어 있는 프랑스어의 딸. 할머니를 통해 마을의 꽃과 동물에 관한 다양한 언어를 습득하고 정원과 경계와 국경 들을 접촉하며 살았던 나의 엄마는 그러므로 중심과 변방을 내게 물려준 셈이다.

35

신기하게도 부아바니에서 첫 하지를 보내고 몇 년 동안 학생들의 시위나 사상가들의 반대 시위가 없었다. 그뿐 아니라 토네이도나 난파, 화재, 홍수, 지진 소식도 잠잠했고, 뉘른베르크 강령이나 제네바 협약이 매일같이 반대하던 인간의 야만 행위도 없었다. 그렇다고 지구의 미래에 대한 낙관적 전망이 제시된 것도 아니었다. 이따금 들리는 소식은 세상이 자연 법칙에 따라 끊임없이 생식하고 발생하며 성장하는 것처럼 새로운 종들이 발견되기도 한다는 것이었다. 자연의 활동은 지치는 법이 없었다. 현재 인간이 분류해서 정리한 종은 200만 개 정도이고, 1000만 개의 종이 아직도 미지로 남아 있다.

예스가 우리 삶에 들어온 뒤 맞은 올겨울, 나는 동식물들의 목록을 작성하고 이미지도 출력했다. 내 책상은 온통 새로운 종들로 뒤덮여 있다. 미얀마에서 스카이워커흰눈썹긴팔원숭이가 발견되었다고 그리그에게 말한 그날을 지금도 기억한다. 타파눌리오랑우탄의 새로운 종도 발견됐어. 그렇다고. 그 오랑우탄은 미얀마 카친 주의 숲속에서 끌려 나왔어. 엘비스 프레슬리의 음악을 틀어 놓고 바나나로 유인했다고 해. 비가 내릴 땐 그 오랑우탄이 어디 있는지 쉽게 알아낼 수 있어. 오랑우탄은 다리 사이에 머리를 묻고 앉은 채 코에서 방울져 떨어지는 물을 쿵쿵거리는데, 이 소리는 멀리서도 잘 들리거든. 그리고 또 가시피그미상어도 발견되었대. 사막거북도. 무지개처럼 다양한 빛깔을 지닌 바다민달팽이도. 마틸다라는 이름이 붙은 새로운 사막뿔독사 종도 발견되었고. 또 어떤 호랑이는 화려한 여러 가지 빛깔을 방출하면서 죽는다고 하네. 만개한 꽃처럼 죽음을 맞는 거지.

천지창조가 아직도 일어나는 줄 알겠네. 그리그가 나를 놀리며 말했다.

나는 좀 더 나직한 목소리로 말을 이었고, 그에게 새로운 종의 발견이 우리 눈앞에서 새로운 종이 탄생했다는 의미가 아님을 알고 있다고 덧붙였다. 그것은 단지 인간이 아직 이름 붙여 분류하지 않은 종이라고. 감흥이 떨어지는 일이라는 건 인정한다. 예를 들어 사람들은 모로코와 알제리 산간 지역의 몇몇 동굴에서 혼자 사는 희귀하고 취약한 작은 박쥐를 발견하고 처음으로 '미오티스 제나티우스(Myotis zenatius)'라고 이름 붙였다. 또는 이탈리아와 프랑스, 스위스, 스페인 숲속에 은밀하게 서식하는 박쥐에 '비밀근염박쥐(Myotis crypticus)'라는 이름을 붙였다. 마찬가지로 취약한 희귀종이다. 이 두 종은 소멸 위험군 목록에 등재될 이유가 충분하다.

발견되는 즉시 멸종 위협이라, 그리그가 대꾸했다. 소피, 당신 말이 별로 놀랍지 않네. 그는 자리에서 일어나 나무딸기 브랜디 병과 다리에 유리 장식이 덧대어진 작은 술잔 두 개를 가져왔다. 빛이 술잔을 통과하며 오묘하고 영롱하게 빛났다. 그 유리는 신비로운 물질 ─ 실제로는 산화우라늄이겠지만 ─ 을 담고 있는 것만 같았고, 그러자 그 술잔들은 자외선에 대한 최첨단 지식을, 시각의 경계에 대한 지식을 우리에게 전수해 주었다. 죽은 자들이 떠도는 어떤 세상에 대한 경험을 전해 주기 위해 만들어진 잔들이었다. 그 몇백 년 동안 죽은 자들은 변방을 떠나지 않았어, 그리그가 말을 이었다. 사라진 숲, 소멸한 문명, 유골 들은 기억들과 마찬가지로 남아 있는 거지. 그들은 아직도 이렇게 포효하고 있어. 에피쿠로스 자신도 역시 죽는다. 그러더니 그리그는 그 문장을 라틴어로 세 차례 반복했다. 입세 에피쿠로스 오빗 입세 에피쿠로스 오빗 입세 에피쿠로스 오빗. 아주 엉망진창이야, 망할. 그는 이렇게 덧붙이면서 죽은 모든 자들을 위해 건배했다.

나는 대꾸했다. 우리 눈앞에 구멍 난, 편협하고 더럽혀진 세상만 있긴 하지만, 경이로운 일들도 아직 남아 있잖아. 안심해, 그리그. 갉아 먹힌 그물코 사이에도 경이로움은 남아 있어. 나는 나쁜 소식 전용으로 마련한 침대 하부 판에 처박아 둔 라퐁텐을 인용해 덧붙였다. "아주 작은 것들도 음미하라.(Enjoy deeply the very little things.)"

36

부아바니에 겨울이 오면 울새 두 마리가 내 서재 창가를 잊지 않고 방문했다. 나는 그 새들에게 개암 열매 가루를 챙겨 주었다. 울새들은 그걸 무척이나 좋아했다. 벌레 먹는 새의 작고 섬세한 부리로는 쪼아 먹기 힘든 해바라기 씨를 줄 때보다 훨씬 열광적인 반응을 보였다. 나는 울새들이 노래하는 모습을 엿보았다. 우리는 그들이 부르는 노래의 음표들이 선사하는 작은 강약이 엮어 낸 순간들을 살아가고 있었다. 울새들의 노래는 눈물이 날 것 같은 순간에 들으면 청승맞기도 하고 가냘프기도 했으며, 황홀하면서도 바스러질 것 같은 느낌이 들기도 했다. 그런 순간에 나는 그 노래를 기다렸다. 하지만 그 노래는 결코 바스러지지 않았다. 중단된 채 머물러 있었다. 눈물에 의해 중단된 노래.

37

나 혼자 일어난 아침에는 평소보다 집이 크게 느껴졌
다. 집 전체를 나 혼자 차지한 셈이니까. 나는 집이 되어 버
렸다. 내가 집을 채우고 있었다. 머리가 천장에 닿고, 눈은
창문이, 귀는 문이 되었다. 나는 다른 방식으로 주변의 소리
를 듣고 있었다. 다른 목소리들이 매복하고 나를 기다렸다.
다른 이들이 깨어 있을 땐 들리지 않던 모든 소리가 들려왔
다. 사물들의 투박함, 찌꺼기와 재, 성냥 같은 사소한 것들
의 절대적 더러움이 훨씬 잘 인지되었다. 그리고 하루를 시
작하며 내가 불을 지피는 것이, 질주하는 말처럼 하루를 힘
차게 시작하는 것이 기뻤다. 그럴 때면 생각했다. 순종하듯
살지 말아야지.

일어나면 가장 먼저 집 앞으로 나가 샘에서 몸을 씻어야
했다. 나는 샤워할 때 느껴지는 차가운 샘물의 물어뜯는 듯
한 냉기를 좋아했다. 겨울이면 샘에서 벌목꾼의 팔뚝처럼 엄
청난 양의 물이 지치지 않고 마법처럼 노래하듯 가축 물통
안을 흐르다가 넘치면서 물통을 부수어 버렸다. 어두운 토양
에서 솟아 나온 물의 선물에 나는 꽉 쥔 주먹처럼 잔뜩 긴장
한 몸을 바쳤다. 순수한 탄생, 숨 막힘.

그러고 나면 벌벌 떨면서 전속력으로 집으로 들어온다.
옷을 입는다.

그리고 마침내 불을 피운다. 난로를 연다. 먼저《르 몽
드》의 파괴적인 기사들을 두 손으로 구겨 난로 안에 집어넣
은 뒤, 잔가지와 나뭇조각과 대팻밥과 세로로 사등분한 작
은 장작들을 넣고, 그 위에 인디언 텐트를 만들 듯 긴 장작
세 개를 비스듬히 올려 주고 나서 불을 붙이고 잠시 대기한
다. 그 자리를 떠나는 게 나을까. 곧바로 불이 붙고 맹렬하
게 타오른다. 만세. 굴뚝의 통풍 장치에도 신호가 간다. 불
이 굴뚝 위로 박차를 가한다. 와우, 와우, 와우.

매일 아침, 여름엔 4시, 겨울엔 7시쯤 단어들을 발견하

러 나가고 싶은 조바심이 나를 깨우면 집 주변 공기를 타고 새들의 휘파람 소리가 울려 퍼지기 시작한다. 한번은 새들이 사라진 것을 민감하게 받아들이던 어느 중학생 아이에게 크레티앵 드 트루아의『호수의 랜슬롯』을 쉽게 풀어 설명해 주려고 했으나 아이는 이해하지 못했다. 그 책에 등장하는, 이제는 쓰이지 않는 사어(死語)들이 아이를 당황하게 한 것이었다. 나는 단어들과 새들, 더 정확하게는 우리가 쓰는 단어의 프레이징과 새 울음소리의 프레이징이 동일한 다양성의 강에서 흘러 나온 동일한 지하수 층과 연결된 두 개의 관처럼 드러나지 않게 연결되어 있을 것이며, 동일한 대기의 압력에 서로 길들여졌을 거라고 아이에게 설명했다. 단어들의 종류가 많은 것처럼 새들도 무척이나 다양하다고.

그렇게 한데 연결되었으나 우리 인간에 의해 취약해지고 망가지고 결국 죽임을 당한 그 사어들과 새들에게 나는 몹시 끌렸다. 그 모든 것은 언제 시작되었을까? 십중팔구 우리가 알아차리기도 전에 시작되었을 것이다. 모든 것에 눈에 띌 정도로 문제가 생긴 건 언제일까? 도대체 무엇이 몰래 작동했기에 그 음울한 신호들을 우리가 알아차리지 못한 걸까?

38

부아바니 근처에는 희귀한 나비나 새가 한두 종밖에 남지 않았으므로, 흰머리딱새를 우연히 보았을 때 나는 아찔한 경탄에 사로잡힐 수밖에 없었다. 그런데 12월 20일 즈음 곳곳에서 희한한 광경이 펼쳐졌다. 새벽 5시 커다란 유리문을 열었을 때, 동쪽 초원 방향에 뜬 불타는 듯한 붉은 금성을 마주한 것이다. 그해 겨울, 한 주 내내 석양 무렵에 멋진 장관을 마주했다. 루이 13세 시대 이후 처음으로 토성과 목성이 서로 가까이 위치해서 나란히 선 보기 드문 광경이었다. 코르네유의 『연극적 환상』이 세상에 나온 후로 처음 목격되는 일이었다. 1635년 이후로 말이다. 지난 육십 년 동안 일어난 적 없는 사건이기도 했다. 우리는 토성과 목성이 나란히 있는 모습을 그것도 육안으로 가까이에서 지켜본 것이다. 달은 여느 때와 다름없는 가느다란 초승달이었다.

세상. 이제 내게 세상은 산골짜기, 제한되고 닫힌 공간 그 이상이 아니었다. 일종의 연극이 되어 버린 것 같았다. 확실히 세상이 연극처럼 느껴졌다. 모든 것이, 심지어 우리도 연극에 속해 있었으며, 상연되는 희곡 작품의 주인공들은 현실에서 자기 역할을 연기하는 소설 속 주인공 같았다.

코르네유: 자네에게 바치는 기이한 괴물이 여기 있네. 1막은 프롤로그에 지나지 않아. 이어지는 세 개의 막은 불완전한 희극이고, 마지막은 비극이지. 이 모든 것을 한 줄로 꿰면 희극이라네. 사람들이 원하는 만큼 새로운 것이기에 그들은 이것을 야릇하고 괴상한 발명품이라고 부른다네.

연출가이자 배우였던 루이 주베는 코르네유의 『연극적 환상』에 대해 말하면서 이 작품에 대해 대중의 반응이 어떨지 모르겠다고, 하지만 코르네유의 작품이 영혼과 우아함과 젊음과 신선함을 배합한 진정한 마법의 요소들을 처음으로 발견했다는 건 단언할 수 있다고 했다. 이런 의도 덕분에 나는 다소 환상적이며 과장되고 공상적인 이 시 같은 작품을 이해할 수 있게 되었다.

내 몸이 노쇠하고 뒤처져 있다는 인식이 그저 쓸쓸함의 생경한 뒷맛에 불과했다면 나도 이 청춘의 작품을 거의 믿었을 것이다. 예언에 기반한 인식은 이렇다. 노화는 언제나 최악이라고.

시쿠트 팔레아.* 무슨 상관이람.

사람들은 토마스 아퀴나스에게 삶의 끝에 무엇이 있다고 생각하는지 물었고, 그는 『신학 대전』에서 답했다. 시쿠트 팔레아라고. 그는 이 두 단어로 그런 건 중요하지 않다 말한 것이다. 그것은 귀리 껍질과도 같은 것이다. 씨앗은 없고 그걸 싸고 있는 것, 날려 흩어지는 것.

—그런데 당신은 왜 항상 반과거를 사용해?
—무엇보다 반과거는 비통하거든. 나는 잃어버린 것이 나를 비통하게 만드는 게 좋아. 나는 내가 알고 있는 세상의 기억들을 이야기하는 유령이야. 도래할 책들은 많이 다르겠지. 아마도 거기엔 성난 질문들밖에 없지 않을까. 노란 꽃

---

*   sicut palea. '겨와 같다'라는 뜻.

이 피는 개쑥갓류가 있었나? 숲속에 늑대들이 있었나? 곰은? 우리는 맨발로 풀밭을 달릴 수 있었는가? 호수에서 수영할 수 있었는가? 물결은 가장 화창한 날씨처럼 투명했는가, 라는 질문의 의미는 무엇인가?

하지만 도래할 책들에는 더 이상 호기심이나 후회가 없지 않을까? 과거가 지워졌으니.

그럴 경우 그것들은 여전히 책일까?

39

새해 전날이었다. 우리가 부아바니에서 세 번째로 맞이하는 새해.

두 개의 문이 있는 넓은 공간을 상상해 보라. 뒤쪽에 잘 보이지 않는 쪽문이 하나, 그리고 유리를 끼운 커다란 현관문이 하나 있다. 흐뭇하고 따스한 분위기다. 빛이 희미하게 비치고 온기가 느껴진다. 재세례파의 유물인 긴 식탁 아래에 예스가 누워 있고, 그리그는 식탁에 앉아 있으며, 나는 그의 건너편에 있다. 우리 둘 사이에 놓인 촛불의 불꽃이 일렁인다. 이성을 잃은 반사회적 인간처럼 난로 안을 질주하며 야성적으로 터져 나오는 불을 다시 한번 상상한다. 그 불은 탈출하여 나를 데리고 가 모든 것을 태우고 싶은 것처럼 보인다.

절대 안 돼.

당장은 아니야.

일단 오늘 밤은 한 잔 더 마시고, 바람에 삐걱거리는 계단 옆에 앉아 끝나지 않는 세계의 종말 제1일을 축하할 것이다. 하지만 왜 우리 셋은 현자에게 의탁하듯 오래된 리넨 식탁보처럼 창백한 달에 의지하는 걸까? 왜 탁자 위 두 개의 접시와 바닥에 놓인 예스의 접시 사이에서 타고 있는 초 한 자루에 의지하는 걸까? 왜 삼백 년 전 공기를 불어넣어 만든 유리잔 두 개에, 다리가 휜, 부딪치면 결연하게 맑은 소리가 나는 이 잔들에 의지하는 걸까?

우리만의 사치를 기념하기 위해서다.

오늘 저녁 식사는 최소한으로, 간소하게 할 거야. 그리 그에게 미리 예고했다. 우리가 잊지 말아야 할 소박함을 따르기 위해서다. 하지만 고백하건대 오늘만은 사치를 부리기 위해서다. 나는 이어서 말했다. 오늘 먹을 건 오트밀 끓인 것과 병에 저장해 둔 블루베리 콩포트*야. 물병에 담긴건 샘물이고.

---

*　　　compote. 과일을 설탕에 조려 만든 프랑스 디저트.

그리그는 딱히 대꾸가 없었다.

나는 우선 예스의 그릇에 먹이를 준비해 주었다. 그러고 나서 그리그가 얌전히 내민 접시에 그의 몫을 덜어 주었다. ― 당신도 그렇게 생각하지 않아, 그리그? 새해를 맞이하는 저녁마다 오트밀을 먹는 것이 생태계 위기를 가속화하는 시스템, 즉 자본주의 시스템을 바라보는 관점을 잃지 않는 방법 아니겠어? 안 그래, 그리그? ― 강요하지 마. 그가 대답했다. 나는 계속 말을 이어 갔다. 당신도 그렇게 생각하잖아, 그리그. 즙이 풍부한 장과(漿果)의 파란색이 흰색 귀리 죽과 섞이면 이상하기 짝이 없는 파란색이 돼. 참 흥미롭고 펑크적인 느낌이 나지. 그야말로 생태마르크스주의적인 파란색이랄까? ― 진짜 웃기지도 않네. 내 말이 끝나기도 전에 그리그가 입가에 완연한 미소를 머금으며 말했다. 공포에 질려 시퍼렇게 변한 입. 그리고 블루베리로 물든 그의 혀는 완전히 고딕 스타일이다. ― 당신 혀가 어떤지 모르지, 그리그. 살아 있는 시체라고 해도 믿겠어. ― 자기 혀를 못 봐서 그런 말을 하지. 그리그가 대꾸했다. ― 어쩌면 그렇게 눈이 반짝거려! ― 당신도 마찬가지야. 이래서 설탕에 조린 블루베리가 좋다니까. 고딕 스타일이잖아. 그리그가 덧붙였다. ― 블루베리 콩포트만 있으면 우리는 언데드야. 축제에 참가하려고 살아 돌아온 거지. 걱정할 게 전혀 없어.

그러나 그리그의 성격상 걱정 없는 상태는 일시적이었다. 명랑한 기분은 잠깐이었다.

—지금은 숨기고 싶지 않아. 촛불의 힘을 빌려 말하는 건데, 나는 세상에서 내 자리를 가져 본 적이 없어. 그리그가 털어놓듯 말했다.

그리그의 모습을 직접 봤어야 한다. 그는 새해 전야인데도 면도조차 하지 않았고, 닷새 전부터, 그러니까 최근 일이긴 하지만, 이가 하나 빠진 채였다. 그리그와 나는 끊임없이 모든 것을 잃어 가는 중이었다. 하지만 그가 어떻게 그럴 수 있는지 모르겠는데, 그리그는 그 잃음을 축적해 부를 과시하듯 내보였다. 물론 그것은 다른 이들을 경멸해서 하는 행동은 아니었다. 이 하나가 빠진 그의 입은 내가 보기엔 필리프 솔레르스의 입과는 달랐다. 내가 본 영상에서 그는 자신의 책 『비밀 요원』에 대해 말하고 있었는데, 이 하나가 빠진 그의 입은 타인에 대한 경멸이었다. 나는 거기에서 노화를 바라보는 공공연한 경멸의 시선을 발견했다. 노쇠함을 숨기고 폐허를 복원한다는, 말도 안 되는. 아마도 솔레르스에게 늙어 간다는 것은 영광이었던 것 같다. 그의 비밀. 시간은 존재의 비밀이다, 그렇지 않은가? 지켜보기가 조금 끔찍했지만 그는 정말이지 세련된 사람이긴 했다. 세련되다는 건 무슨 의미일까? 누구에게도 신세 지지 않는 것. 도인이 새 이를 끼워 넣고 머리를 염색한 걸 보았는가?

나는 늙은 도인이 아니었다. 하지만 그리그는 거기 해당했다. 오만하고, 쇠약해졌으며, 무례한 사람.

자정이 지났다. 새해가 시작되었고, 때맞춰 하늘에서 뭔가 맹렬하게 떨어지기 시작했다. 지상에 당도한 것은 비였다. 비. 눈이 아니라. 눈은 내리지 않았다. 새해를 맞이하는 그날 밤에는 비만 계속 내렸다. 집 안의 우리 셋은 마치 북 안에 들어 있는 것 같았다. 빗줄기가 벽과 천장을 때려 울림을 만들어 냈다. 나는 그리그에게 물었다. 당신이 앉은 거기서도 세상의 소리가 들려? 그가 대답했다. 들리고말고. 귀가 완전히 먹은 건 아니니까. 그런데 마음에 들지는 않아. 세상이 지긋지긋해. 나도 그렇고. 내게 맞는 자리에 있지 않으니까. 나는 자신에게 맞는 자리를 찾지 못한 사람, 제자리에 있지 않은 사람이야. 이해하겠어? 그는 연신 투덜거렸다.

언제나 떨면서, 멀리서 미미한 희망의 빛이라도 보이길 기다리도록 운명 지워진 사람이라고. 물론 그 희망도 이미 사라지고 없지만. 나는 태어나기도 전에 배척당했어. 지상의 추방자라고. 이 세상에서 내가 가진 거라곤 당신밖에 없어.

나는 몸을 기울여 두 팔로 그를 안았다. 고통으로 경직된 그의 몸이 느껴졌다. 내가 그에게 말했다. 그냥 흘러가게 놔둬. 내려놓자. 당신 자신을 놓아 줘. 전부 놓아 주라고. 그러고는 그를 꽉 안아 주었다. 그러자 그의 몸이 서서히 부드럽게 풀리고 생기가 돌았고, 그는 익살스럽고 매력적인 그리그로 돌아왔다. 그가 자리에서 일어났다. 그리고 어깨를 으쓱거리더니, 블랙진의 허리 부분이 엉덩이까지 내려온 채 유쾌한 광대처럼 찡그린 표정을 지었다. 그가 소리 질렀다. 좋아, 빌어먹을 세상의 종말이 온다, 이거지? 어쩌나 질질 끄는지, 질질! 그런 식으로 얼마나 오랫동안 우리를 엿먹이려는 거야!

그렇다 해도 세상은, 세상이라는 개념 자체도 그렇지만, 세상의 영혼은 심각하게 타격을 입었어. 내가 대꾸했다.

세상의 영혼이란 게 도대체 뭔데? 그런 게 존재하기는 해? 그리그가 물었다.

나는 촛불의 존재와 그것의 명멸하는 불빛을 분명 믿고

있었으나, 그 희미한 빛을 세상의 영혼이 발하는 빛이라고 믿으려면 오늘 밤은 어느 정도 취해야 했다. 그런데 우리가 마시려고 준비해 둔 샘물에는 취하게 할 만한 점이 없었다. 부아바니에서 세 번째로 새해를 맞이한 밤에 무조건 반대부터 하고 보는 그리그에게 휘둘려 세상의 영혼을 믿지 못하게 되느니, 우리의 '샤이닝' 호텔 저장고에서 없는 샴페인이라도 꺼내 기꺼이 몸을 맡기고 싶었다.

그러던 중 그리그가 배즙으로 담근 술이 몇 병 남아 있는 것을 떠올렸다. 그가 있는 힘껏 병을 땄고, 우리는 술잔을 부딪쳤다.

그런 다음 그리그는 책을 읽겠다며 자기 방으로 올라갔다. 나는 홀로 남아 장작 더미와 음식 저장고 사이의 난로에 바짝 붙어 있었다. 배즙 술을 마셨는데도 전혀 즐겁지 않았다. ─정말 그래? ─아니. 발이 내 의지와 상관없이 움직여. 피곤해. 너무 많은 것을 했어. ─뭐라고? 자, 내가 죽었는데 오늘 밤 이 순간으로만 돌아올 수 있다고 상상해 보자. 블루베리의 파란색 덕분에 그 밤은 이렇게 불릴 것이다. 언데드의 휴가. 자, 상상해 보자. 나는 죽은 자의 몸에, 끔찍하게도 온통 망가진 나의 몸에 들어와 있다. 잠깐 눈을 감았다가 다시 뜨니 주위에 먼지 한 줌이 흥겹게 나풀거렸고, 초에서 타오르는 불꽃이 보였고, 불에서 탁탁 튀는 소리와 잔 속의 술에서 기포 올라오는 소리가 들렸다. 우리 배를 가지고 작은 협동조합에서 만든 술이었다. 톡 쏘는 그 술은 전혀 매혹적이지도 달콤하지도 않았다. 물론 황홀한 맛도 아니었다. 우리는 빌어먹을 종말을 경험하고 있는 것이었다. 톡 쏘는 그 속세의 맛을 음미하며 나는 온몸으로 살아 있어 행복하다고 느꼈다. 타닥타닥 하는 빗소리를 들으며 밤을 지새우는 동안 나는 여전히 그 맛을 기억했고, 그리그와 잘 지내온 것에 대해 믿을 수 없는 감사의 마음을 느꼈다. 우리는 분홍빛과 초록빛을 띤 북극광 같았다.

40

이후 며칠 동안 나는 우리가 문턱 하나를 넘었으며 해가 바뀌었음을, 이제 지난해로 돌아갈 수 없고 그 시간과 멀어졌음을 확인했다. 공기가 얼마 전에 비해 다소 탁해진 느낌이었다. 그저 자연의 일이었다. 그럼에도 나는 그 점이 걱정스러웠다. 우리는 어디로 가고 있는 걸까?

그러던 어느 날 아침, 우리는 이상한 노란 빛에 감싸인 채 잠에서 깼다. 노란 시선의 그 빛은 하늘에서 스며나와 베일 뒤편에서 반쯤 감은 눈으로 우리를 지켜보고 있었다. 그 유명한 베일이었다. 베일을 쓴 것처럼 가리고 있다는 특징 때문에 그렇게들 불렀다. 그 노란 눈길과 베일은 하루 종일 우리를 떠나지 않았다. 그 희미한 빛은 부아바니를 감싸며 퍼져 나갔고, 모든 것에 스며들었다. 하마터면 우리가 이십 년 후의 지구에 있다고 믿을 지경이었다.

　이건 시로코*야, 잘 봐. 그리그는 이렇게 말한 후 창문 가장자리를 손으로 쓸더니, 오렌지색에 가까운 황금빛 먼지로 덮인 손바닥을 보여 주었다. 사막에서 날아온 먼지. 사막이 우리가 있는 곳까지 올라와 있었다. 사막이 미리 와 있었다.

41

새해를 맞이해 산책을 다시 시작했다. 하루는 묘지를 빙 두른 비포장도로로 코스를 따라가는데, 예스가 말라붙은 열매들 때문에 붉은색으로 보이는 마가목 발치에서 으르렁거렸다. 나는 그 나무의 사람 키만 한 높이의 가지 사이에 숨겨진 검은색 상자를 발견했다. 감시용 카메라가 들어 있는 상자였다. 화가 치솟았다. 나는 그걸 부아바니로 가져왔다. 그리고 해체했다. 카메라 내부에 동작 감지 센서와 야간 촬영 렌즈가 들어 있었다. 나는 메모리 카드를 뽑아 내 컴퓨터에서 사진들을 훑어보았다. 나무 열매와 개똥지빠귀들이 주로 찍혀 있었고, 캡처된 어떤 이미지에는 스니커즈를 신고 배낭을 멘 사람도 보였다. 묘지의 낙서꾼들을 붙잡기 위한 카메라야, 그리그가 말했다. 이상한 상상은 하지 마.

이상한 상상을 했든 그러지 않았든, 나는 예스와 같이 계속 산책을 나갔다. 예스는 동공이 확장된 채 귀를 쫑긋 세우고 나와 함께 산의 일부를, 부아바니를 중심으로 직경 13킬로미터를 사방팔방으로 누비고 다녔다.

어느 날은 걸어서 두 시간 거리의 숲 한가운데에 위치한 식당 겸 여인숙에 다다랐는데, 그곳에 대한 이야기를 듣기는 했어도 실제로 본 것은 처음이었다. 건물 지붕이 일종의 낮은 보루처럼 우리 시야까지 내려와 있고, 창문에는 붉은색 흰색 잔 체크무늬 커튼이 달려 있었다. 주차장에는 장밋빛 모래가 깔려 있고 커다란 차들이 주차되어 있었다.

그 식당이 평화로운 피난처라는 글을 읽은 적이 있었다. 그리고 전리품이 된 사슴들. 매년 노루 500마리, 암사슴 250마리, 수사슴 50마리가 그곳을 거쳐 갔다. 그곳 요리사는 식당을 벗어나 직접 사냥하러 나가기를 즐겼다. 그리고 식당에 돌아오면 사냥한 고기를 시간을 충분히 들이는 방식으로 요리해 오래된 요리법을 뛰어넘었다. 두 달 정도 지나면 죽은 사슴은 음식으로 내기 딱 알맞은 정도로 숙성되었다.

그가 참고한 요리는 그리비슈*를 곁들인 암사슴의 혀로, 혀를 뽑아서 자른 다음 요리해서 접시에 낸 것이었다. 암사슴의 말〔舌〕. 만일 그가 생전에 한 번이라도 암사슴이 말하는 소리를 들어 봤다면, 그것의 비명 소리가 플루트 소리 같다는 걸 알았을 텐데. 혹시 그는 손님들에게 요정의 비명 소리를 들려줄 기회라고 생각한 걸까? 그렇지 않다. 그 요리에서 요정을 떠올리는 사람은 없었다.

예스와 나는 길 가장자리 키 큰 독일가문비나무 가지 아래에 웅크리고 있었다. 그들 커플이 여인숙에서 나온 건 오후 4시, 그러니까 16시경이었고, 둘 다 담배를 피우고 있었다. 베르톨루치의 영화 「1900년」에서 범죄를 저지르고 나오는 라우라 베티와 도널드 서덜랜드를 보는 기분이었다. 예스는 미친 듯이 떨었지만 소리를 내지는 않았다.

나는 혹시라도 예스가 짖을까 꽤나 겁을 먹고 있었다. 사슴 요리를 게걸스럽게 먹는 사람들 때문이 아니라, 바로 그 하모니카 소리 때문이었다. 전면이 낮은 그 건물에서 하모니카 소리가 새어 나오고 있었다. 바이올린과 첼로에 이어, 잘 조율

---

*　　　gribiche. 마요네즈에서 파생된 소스 중 하나. 날달걀 노른자 대신 삶은 달걀 노른자가 들어가며 케이퍼, 각종 허브, 삶은 달걀 흰자 등을 추가로 넣어 만든다.

된 유리 주발들을 하나로 꿰고 거기에 많게 혹은 적게 물을 채운 뒤 젖은 손으로 주발의 가장자리를 문질러 소리를 내는 글래스하모니카만큼 예스에게 향수를 불러일으키는 것도 없었다. 책에서 읽은 바로는, 글루크가 이 악기를 직접 연주했으며 모차르트도 이 악기의 음색에 매료되어 「글래스 하모니카를 위한 아다지오」(K. 356)와 「글래스 하모니카와 플루트·오보에·비올라·첼로를 위한 아다지오와 론도」(K. 617)를 작곡했다고 한다. 예스는 그 소리를 열광적으로 좋아했다.

펠리니의 영화 「그리고 배는 항해한다」에 나오는 콘서트 장면을 빠뜨려서는 안 된다. 그 장면은 이후 내 편집자가 말해 줘서 알게 되었다. 영화 속에서 오케스트라 지휘자가 요리사들이 주변에 둘러선 가운데 테이블 위에 놓인 수많은 크리스털 잔들을 악기 삼아 연주하는데, 잔들의 테두리로부터 순수한 음색과 투명한 눈물방울 같은 프란츠 슈베르트의 「악흥의 순간 3번 F단조」가 흘러나온다.

모차르트를 능가하는 예스의 귀는 핑크 플로이드의 앨범 「메들」에 나오는 개 시무스와 「폼페이 라이브」에 등장하는 개 미스 놉이 짖는 소리가 하모니카 소리가 함께 난다는 걸 알아차렸다. 한번은 이 두 블루스를 틀었을 때 예스가 극도로 흥분해 노래에 등장하는 개와 함께 리듬에 맞춰 짖는 모습을 우연히 본 적도 있다.

그래서, 여인숙의 열린 문틈으로 하모니카 소리가 흘러나왔지만, 예스는 내게 딱 달라붙은 채 아무 소리도 내지 않았다. 우리 둘의 심장만 거세게 뛰고 있었다. 차가 우리 시야에서 사라지고 나서야 나는 안도감을 느끼며 주머니에서 사과를 꺼내 한입 깨물었다. 사과 조각을 오래 씹다가 내 손에 뱉어서 예스에게 내밀었고, 사과는 눈 깜짝할 새에 예스의 열린 입속으로, 한 주둥이에서 다른 주둥이로 사라졌다. 예스와 나. 우리 둘은 이 땅에서 만나 우연히 연결되었다. 무수한 존재들 사이에서 두 생명이 마주친 것이다.

나는 몇 년이 흐르면 모든 것이 끝나 있을 거라고 생각했다.

메모: 밤이 내렸다. 멀리 보이는 알프스의 아랫부분은 푸르고, 옅은 황갈색의 초원은 꼼짝 않고 죽어 가는 짐승을 닮았다. 그 짐승은 숨을 헐떡거리고 있다.

42

그러고 나서 어느 날 밤, 2월이었던 것으로 기억한다. 평소와 다르게 바람이 빙퇴석을 가로지르며 포효하는 소리가 들렸다. 나는 그것이 그리스 신화 속 카드모스가 수천 년 전 땅에 심어 둔 용의 이빨들이며 — 신화는 언제나 우리를 따라다니는 법이다. — 이번에 그 이빨들이 다시 움터서 미래의 군사들로 변신한 거라고 생각했다. 전날《르 몽드》사이트에서 읽은 이야기였다. 국방부 장관은 자명하다는 듯 말하고 있었다. 젊은이들의 사고방식을 개조해 개인의 독자성을 희생시키고 그들을 불굴의 군인으로 변모시키라고 요청할 거라는 것이었다. 그가 말하는 불굴의 군인이란 체력을 최고치로 끌어올려 두려움이나 피곤함을 느끼지 않는 인간, 무엇에도 연연하지 않으며 적을 마주할 때 필연적으로 느끼는 도덕적 딜레마에 얽매이지 않는 인간이다. 그는 적은 이미 능력치가 최고로 올라간 자들이며 모든 윤리를 초월한 이들이라고 덧붙였다. 달리 어쩐단 말인가?

다시 잠들 거라고 생각했으나 밤은 내가 떠나지 않는 불안에 익숙해지도록 이끌었으며, 나는 유령 열차에 올라탄 기분을 느꼈다. 암흑 가운데에서 인간 종의 영향력이 나를 둘러싸고 바짝 좁혀 오는 것을 느꼈다. 지구상의 다른 유기체들처럼 인간 종 역시 신적일 것도 예외적일 것도 없는, 만물을 지배하는 강력한 자연이라는 시스템의 지배를 받는 한낱 곰팡이일 뿐이었다. 나는 버림받은 고아가 된 듯한 기분을 느꼈다. 하지만 누구에게 버림받은 고아인가? 무엇에 버림받은 고아인가?

면 재질의 시트, 양모 이불, 깃털 베개 등 우리 침대에 놓인 모든 것이 노후하고 해져서 몸에 달라붙었다. 그것들은 나와 더불어 늙어 간다. 침대와 벽들 그리고 생활 공간 전체가 권위를 부정하는 낡음으로 존재하는 것만 같았다. 왜 낡음은 부드러운 동시에 권위를 부정하는 걸까? 그것은 왜 관대할까? 왜 닳아서 쓸모없어진 것은 우리를 포기하지 못하는가? 왜 망가진 것은 우리에게 자신의 존재를 속삭이는가? 나는 내 오른편에서 잠든 작은 짐승의 존재를 전에 없이 똑똑히 인식하고 있었다. 왼편에서는 나이 든 철부지의 존재가 느껴졌다. 둘 다 깊은 잠에 빠져 꿈을 꾸는 중이었다. 어슴푸레한 빛이 우리 주변을 감싸고 있다. 장엄하기까지 한 미광. 우리가 제대로 눈을 뜨기만 하면 어떤 진동이 느껴질 것이다. 그것은 매우 보드라운 회색빛 무한의 분자들로 이루어진 얇은 조각 같은 것이다. 나는 우리가 깃털로 꽁꽁 숨겨 둔 멧비둘기 둥지 안에 있기라도 한 것처럼 우리 존재의 박동을 느끼며 오랫동안 가만히 있었다. 그런 다음 가까스로 팔을, 그리고 손가락을 움직였고, 눈꺼풀을 깜박였으며, 다시 한번 천천히 폐에 숨을 불어넣어 가슴이 부풀어 오르게 했다. 우리가 살아 있으며 함께 숨 쉬고 있다고 생각했다. 우리는 이런 식으로 계속 살아 갈 것이다. 오! 소수인 우리, 행복한 소수인 우리, 형제로 결속한 우리.*

이따금 밤에 잠을 깨면 보초를 서는 나의 일을 생각하

---

*   We few, we happy few, we band of brothers. 셰익스피어의 희곡
「헨리 5세」에 나오는 '성 크리스틴 축일의 연설' 중 한 구절.

곤 했다. 네 이마 위에 등잔을 놓아 둬. 너를 둘러싸고 있는
주변을 비추기 위해 정면에 그것을 놓아 둬. 이것이 내가 반
복한 생각이었다. 우리가 잃어버리게 될 것들에 빛을 비추
기. 상실을 비추기. 그것이 나의 일이다. 상실의 행렬은 엄
청났으며, 무서운 속도로 우리 앞에 당도했으므로. 모든 것
이 맹렬한 기세로 쉬지 않고 사라지는 중이었다. 상실은 자
주 내게 검은 구덩이로 보였다. 나는 생각했다. 아, 안 돼!
난민 수용소는 절대 안 돼. 우리가 속한 시스템도 안 돼. 셸
링*과 고요한 악(惡)도 내버려 둬. 그런데 이런, 이번엔 상
실이 하얗게 보이기 시작했다. 하얀 빈칸으로. 나는 생각에
잠겼으며, 신랄한 비판 추구를 택했다. 언젠가 한번은 상실
이 노란색과 장미색과 자주색을 띠고 불쑥 솟아오른 적도
있다. 나는 속으로 생각했다. 오! 그래, 이거야, 바로 이거!
자, 존재가 지닌 최후의 아름다움을 맛보기를. 노란 꽃을 피
운 개쑥갓류, 장미색 반점이 있는 야생 접시꽃 그리고 관모가
자주색인 오볼라리아가 자라나는 초원들. 상실의 기억들을 메
모하라. 그것들을 환히 비추어라.

---

*　　　Friedrich Schelling(1775~1854). 독일의 철학자. 근원적인 '절대
　　　자'를 인정하는 범신론적인 객관적 관념론을 주장했다.

보초 서는 일로 나는 밤에 점점 자주 잠에서 깨어났다. 나는 앉아서 생각에 잠겼다. 내가 환히 비추어야 하는 것은 무엇일까?

한번은 이마 위의 등잔이 조명탄 역할을 해 시야가 멀리 트여 부아바니 일대를 비출 수 있었다. 하지만 더 멀리까지는 안 되었다. 도시를 비추는 것은 안 되었다. 세상을 비추는 것도 안 되었다. 그것조차 눈 깜짝할 시간 동안이었다. 또 한번은 등잔이 휴대폰 불빛보다 조금 밝은 정도로 어두워져서 옆에서 자고 있던 그리그를 가까스로 알아볼 수 있었다. 자신에게 주어진 삶을 잠을 자면서 보내는 그리그, 꺼끌꺼끌한 수염과 벌어진 입, 노동이 망가뜨리지 못한 그의 엘리트적 면모를 드러내는 손가락들이 어둠 속에서 보였다. 이마 위 등잔이 내 손가락들 사이에서 타는 불꽃으로 변하기도 했다. 그런 종류의 조명은 미친 듯이 흔들렸다. 가장 불안정한 것. 꺼질 것이 이미 분명한 것. 그러면 모든 미래를 의심하게 된다. 거기까지 이르는 데 시간이 얼마 걸리지 않는다. 그리하여 지금 몇 초 동안 우리는 메모한다. 모든 걸 재빨리 머릿속에 메모한다.

내 서재에 있을 때면, 주방 아래쪽에서 불이 질주하는 소리가 들리곤 했다.

내 서재에 있을 때면, 샘물 흐르는 소리도 들렸다. 수원 (水原)에서 흘러오는 소리. 창문 아래쪽에 있는 가축 물통과 수원을 연결하는 10미터 길이의 관으로 물이 도달한다. 수원의 물은 삼 년 동안 마른 적이 없었다. 유량만 변동했다. 여름이 되면 물 떨어지는 소리를 들으며 크로노미터 초침과 1리터짜리 병으로 관측한 수치를 수첩에 걱정스럽게 적어 두었다. 겨울이면 쓸데없이 낭비되는 물이 자연스럽게 급증했다.

겨울 아침 8시경이면 짙은 보랏빛 산들과 어두운 남색 하늘 사이에 진홍색의 띠 같은 장밋빛 스카프가, 불이 붙은 가는 끈 같은 것이 나타났다.

내 눈 바로 앞 60센티미터 거리에 암티티새가 나타났다! 티티새를 그렇게 가까이서 본 건 처음이었다. 갈색으로 둘러싸인 또렷한 눈, 회색빛이 도는 황갈색 부리, 목 언저리는 불그스름하며 섬세한 불꽃 모양이었다. 티티새는 개암 열매 가루를 쪼아 먹기 위해 창문 끝으로 위험을 무릅쓰고 왔으며, 머리를 든 채 동그란 눈으로 창문 뒤편에 있는 나를 식별하려고 노력했지만 성공하지는 못했다. 내가 무엇인지 추측하면서도 나와 시선을 마주치지는 않았다. 울새가 그랬듯이 녀석은 나를 그림자나 위협적인 파도 같은 거라고만 생각했지 사람이라고는 인식하지 못했다. 티티새는 재빨리 머리를 숙였다가 다시 들고 질겁한 채 내게 눈길을 고정하고는 나를 찾았다. 녀석이 나를 보지 못한다는 사실에 나는 웃음을 터뜨렸다. 어린아이처럼 나는 자문했다. 바로 그 순간 티티새가 나를 보고도 보지 못했다는 사실에 웃음 짓고 있는 존재가 누구인지, 나로 하여금 이 아름다운 순간의 양분을 흠뻑 흡수하게 하는 존재는 누구인지. 그토록 모든 것이 마법과도 같았다.

그리그는 밤마다 이불을 차서 전부 바닥에 떨어뜨리는 버릇이 있었는데, 가끔은 자기도 이불과 함께 침대 밑에 내려와 있었다. 내가 아침에 일어나 간밤에 무슨 일이 있었는지 이야기하면, 그는 미친 듯이 화를 내고 허무주의에 물어뜯긴 것처럼 입속으로 중얼거렸다. 적당히 꾸며내, 소피 위징가. 그런 이야기는 당신 독자들에게나 하라고. 여기

선 아냐.

한 마리 새가 되고 싶다는 꿈이 얼마나 절실했는지 모른다. 더 이상 아무 생각도 하지 않기. 존재하기. 나는 머리칼을 헝클어뜨렸고, 고개를 흔들면서 영감을 받아들였다.

새는 사분음과 여섯 번째 음들을 가지고 공간을 축조한다. 음표들 사이에 음표를 놓는 방식으로 순식간에 새들의 노래가 만들어진다. 그것은 어떤 면에서는 내가 알파벳들 사이에 놓인 글자들을 가지고 그 사이 어딘가에 숨은 삶의 의미를 적어 나가는 것과 같다. 우리는 새들에게만 삶의 의미를 물을 수 있으리라. 그들의 노래보다 명료한 것도 없으므로. 그런데 왜 새는 동이 트는 아침과 날이 저무는 저녁에는 나머지 시간과 그렇게나 구별되는 방식으로 자신을 표현할까? 그들은 자신의 영역을 정의하기 위해 노래하지 않는다. 그렇다, 다른 새들에게 경고하거나 토론하기 위해서도 노래하지 않는다. 그런 것과는 전혀 상관없는 다른 이유 때문이다. 어쩌면 새들은 기뻐서 어쩔 줄 모르는 게 아닐까? 존재한다는 것만으로 기뻐서 어쩔 줄 모르는 게 아닐까?

음표들에도 색깔이 있다. 조토가 그린 천사들은 새들의 날개를 가졌다.

　　얼마간 망각하고 있던, 인간으로 존재한다는 일에 관해 생각해 보니, 내가 논리적이지 못했음을 부인할 수 없었다. 때때로 내게 인간이란 나의 형제들이자 버림받고 굶주린 존재, 몸에 구멍이 뚫리고 불에 타고 고문당한 존재, 창문에서 떨어지고 처형당하고 톱과 음악으로 몸이 잘린 불쌍한 우리들이었다. 또 때로는 사악한 약탈자이자 강탈자, 살인자, 전투복을 입은 용병, 착취자였다. 나는 페넬로페의 구혼자들을 모두 물리친 율리시스처럼 그들을 쓰러뜨려야 했다. 율리시스가 그들을 물리친 것처럼 그들 전부를. 그 전부라니, 상상할 수 없다. 모두 물리친 가운데, 제비 한 마리만 곁을 지키고 있다. 아주 작은 제비 한 마리. 세상의 현실과 신화들을 알고 있었다면, 그 제비가 날아가는 모습이 당겨진 활 모양이며 그것이 아테나 여신을 상징한다는 걸 알았으리라. 하나의 권력. 나무 한 그루로 만든 활은 권력을 드러낸다. 나무의 분노로 깎아 만들어진 사물에도 권력이 깃들어 있다. 게다가 모든 현실이 분노에 싸여 있다. 어마어마한 분노가 우리 종을 덮어 버렸다. 모든 책을 빠짐없이 읽는 그리그가 이름 붙인 바에 의하면 이건 유추에 근거한 생각이다.

오염된 물거품의 흔적이 크게 남은 방목장들. 오염된 방목장들. 전부 오염되었다. 모든 것이 죽어 가고 있다.

암사슴과 두 살배기 수사슴들로 이루어진 무리와 마주쳤다. 그들은 겨우 네 마리, 다 합쳐서 네 마리밖에 되지 않았다.

토끼몰이 중인 여우 한 마리를 마주쳤다. 여우의 주둥이에 산토끼가 비죽 튀어나와 있었다. 나는 여우라는 존재와 생고기를 해체하는 녀석의 거침없는 행동을 무척 좋아한다. 마찬가지로 산토끼라는 존재와 그 동물을 쉽게 만날 수 있다는 사실도 사랑한다. 그렇다면 어찌할 것인가? 해결책은 없다. 해결책을 찾기 위해 수고할 필요가 없다, 그런 건 없으니까.

가끔 나는 개구리 비가 내렸으면 좋겠다고 생각하기도 했다.

43

나는 서재에서 일어나 창가로 가서 초원을 바라보았
고 — 초원은 시간, 날짜, 계절에 따라 다채롭게 모습을 바
꾸었다. — 바로 이곳이라고 생각했다. 전미래는 어떤 시점
에서 이미 벌어져 있을 미래를 가리킨다. 너무 감상적인 시
제라서 나는 즐겨 사용하지 않지만 매우 필요한 시제이다.
유일하게 시간을 앞질러 갈 수 있는 시제, 숨가쁜 시제, 모
든 일이 완료될 시점에 칼날 아래 펼쳐져 있는 시제, SF 소설
에 가까워 믿기지 않을 시제. 나는 저기라고, 내가 죽어 뿌
려질 곳이 바로 저 초원이라고 생각했다.

사도 바울: 마지막 나팔에 순식간에 홀연히 다 변화되리니

나팔 소리가 나매 죽은 자들이 썩지 아니할 것으로 다시 살아나고 우리도 변화되리라.*

무엇으로 변화된단 말인가?

인간의 모습과 다른 것으로 변화된다면 좋을 텐데. 무엇보다 가족과 재회하는 일은 없어야 한다. 나는 상실을 원한다. 극단적인 상실을. 세상에 그처럼 강렬한 것은 존재하지 않는다. 상실은 존재가 지닌 매혹 가운데 하나다. 그러므로 나는 우주의 수프로 변화되는 편을 택할 것이다.

나를 수프로 변화시켜 주기를!

*　　　신약 성경 고린도 전서 15장 51~52절.

44

가끔씩 이런 일이 있었다. 예스가 갑자기 긴장해서는 숨을 참고 코를 킁킁거리며 멀리서 나는 소리에 귀 기울이다가, 무언가를 예감한 듯 눈알을 굴리고 헐떡거리며 귀를 흔들어 대는 일 말이다. 그럴 때면 나는 두려워졌다.

예스는 좀처럼 1층 내 서재의 창틀 앞을 떠나지 않았다. 창가에서 개암 열매 가루를 쪼아 먹는 새들 때문은 아니었다. 얼마 전부터 예스는 아침 산책을 다녀온 후 나를 따라 들어와 내 책상 아래에 자리 잡는 대신 창가로 훌쩍 뛰어올라 창틀에 자리를 잡았다. 두 발을 앞으로 나란히 뻗은 채 고집 센 주둥이를 내밀고 유리창 쪽으로 목을 빼고는 바깥에 무언가가 지나가기를 기다리는 기색이었다. 보통 때는 아무 일도 일어나지 않았고 지나가는 사람도 없었다. 그런데 예스는 그곳에서 좀 더 복잡한 무슨 일이 벌어질 거라고 생각하는 눈치였다. 좀 더 위험한 일이. 게다가 가끔씩 예스는 소리를 죽여 으르렁거렸는데, 그럴 때면 그 작은 몸은 창문 밖으로 뛰어나가 세상을 지배하고 싶다는 열망으로 떨리곤 했다. 예스는 관찰하고 망보는 걸 즐겼다. 제 뜻대로 하고 싶어 했다. 나도 마찬가지였다. 그런데 한번은 예스가 전혀 으르렁거리지 않았다. 예스는 겁에 질려 있었다. 창틀에서 뛰어내려 책상 아래로 몸을 피하더니 두려움에 떨며 "우우우우우!" 하며 마치 베티 붑 같은 모습으로 울부짖었다!

나는 책상 앞을 떠나 예스가 앉는 창틀에 가서 앉았고, 그 순간 길을 가는 그림자 하나를 창문 너머로 발견했다. 내가 있는 곳에서 3킬로미터쯤 떨어진 곳이었다. 그런 다음 다른 두 개의 그림자를 더 보았다. 그다음 날은 그림자 셋이 지나갔다. 그다음 날엔 하나가 지나갔다. 사흘 뒤에는 다섯으로 늘어났다. 계절상 평범한 일이 절대 아니었다. 2월이었으니까. 내가 알기로 그 길은 로마식 도로의 옛 노선을 따라가는 하이킹 코스 GR 5이며, 그 길은 우리의 평평한 목초지 아래로 내려와 침엽수와 활엽수가 섞인 숲에서 굽이를 돈 다음 건강 산책로가 있는 광장 위쪽으로 합류해 또 다른 계곡으로 이어졌다. 그런데 그 굽이진 길이 몇 미터에 불과한 짧은 구간이긴 해도 부아바니에서 보인다는 것을, 그 것도 떡갈나무와 밤나무 잎들이 다 떨어지는 겨울에만 보인다는 것을, 그것도 내 서재 창문에서만 보인다는 것을 그동안 나는 몰랐던 것이다. 높이가 낮은 집 앞으로 나가면 아무것도 보이지 않았다.

결국 나는 결심했다. 그곳에 가 보자, 오후가 끝나기를 기다려서 거기에 가보자고. 나는 버팔로화를 신었다. 신발끈을 묶었다. 무릎이 비명을 질렀다. 나는 속삭였다. 조용히 해. 그런 다음 누빔 안감을 덧댄 따뜻하고 든든한 그리그의 파카를 입었다. 파카 주머니마다 담배 부스러기들이 가득했다. 예스, 너는 안 돼, 가면 안 돼. 오늘은 너 없이 갈 거야. 그러니까 기다려. 휴대전화도 안 가져갈 거야, 순수한 도전이니까. 그래도 등산용 스틱은 챙기고 보온병과 수첩도 가져가자. 나는 작은 뒷문으로 나갔다. 사위가 조용했다. 나는 집을 따라 걷는다. 나는 재세례파 교도들의 묘지까지 이르는 코스에 있다. 조심하자, 한 걸음 한 걸음 주의를 기울이고 동작 하나하나를 주의하자. 특히 지금 나는 혼자니까 비틀거리거나 미끄러져선 안 된다. 지금은 그럴 때가 아니다. 풀들이 내 발소리를 감춰 준다. 풀들이 나와 함께 있다.

묘지까지의 거리는 3킬로미터 정도로 예상되었다. 걷기에 괜찮은 거리였다. 묘지에 이르러 살펴보니 내가 감시 카메라를 떼 버린 자리가 그대로 비어 있었다. 무덤들 사이에서 야영하는 사람도, 지나가는 사람도 전혀 없었다. 어떤 흔적도 없었다. 낙서도 없었다. 모든 무덤이 사람의 손길이 닿지 않은 모습이었다. 그런데 숲으로 추방된 유대인들의 묘지와 마찬가지로 숲으로 추방된 재세례파 교도들의 묘지 사이에는 차이점이 있는 것 같다. 유대인들의 묘지는 서로에게 몸을 기울여 대화하는 것처럼, 모든 질문들을 열어 둠으로써 수많은 전제들이 새로운 추론에 다다르듯이 어떤 결론을 발견하려는 것처럼 보였다. 반면 재세례파 교도들의 묘지는 훌륭한 주인들이 가진 뭔가를 보존하려는 것으로 보였다.

나는 건강 산책로까지 내쳐 걸었다.

그 코스까지 가려면 2킬로미터를 더 가야 했다.

총 5킬로미터이니 왕복 10킬로미터다. 내 걸음으로는 세 시간 거리이고, 그러면 평소 한 주에 걷는 거리를 하루에 걷는 셈이었다.

어둠이 내렸고, 나는 신중하게 건강 산책로의 광장에 다다랐다.

커다랗고 거친 암석 두 개가 거인처럼 서 있었다. 그리그와 나는 처음 이곳에 도보로 온 날 그것들을 발견했다. 암석들은 공터의 널찍한 교차로 위로 우뚝 서 있었다. 그 교차로에 다시 사람들이 다니는 게 분명했다. 지금은 아무도 보이지 않았다. 기묘한 분위기와 비현실적인 느낌만 두드러졌다. 《리베라시옹》과 《르 몽드》를 인터넷으로 구독하는 것만으로 지금 우리 앞에 일어나는 모든 일을 이해할 수는 없었다. 예전에 우리는 신문 한 종을 구독했지만, 지금은 세상의 흐름을 따라가려고 두 종의 신문을 구독하고 있다. 적어도 신문 두 종은 구독해야 해, 겉으로는 아무 신경 쓰지 않는 것처럼 굴던 그리그가 말했다.

나는 두 거인 사이에 자리를 잡고 앉았다. 마치 단층에 앉는 것처럼. 무슨 성분으로 이루어진 단층이야? 내가 돌아가면 그리그는 이렇게 물을 것이다. 그리그는 죽음의 충동이 느껴지는 것이라면 무엇이든 열광했고, 그걸 소재 삼아 놀리곤 했다. ── 다름 아닌, 제4기에 만들어진 화강암 단층.

거기 그렇게 오랫 동안 끼어 앉아 있는 동안, 내 윤곽은
서서히 흐려졌다. 아까부터 어둠과 밤이 어디인지 모를 내
영역을 뒤덮고 있었다. 식별 가능한 모든 것들을. 사실 밤이
전혀 아름답지 않아서 나는 오한이 몰려오는 걸 느꼈다. 무
언가 들끓고 있었다. 깊은 곳에서. 아주 먼 옛날에서. 사냥,
전투, 죽음으로 내몰린 사람들. 사랑해야 한다. 모든 짐승들
로 이루어진 단 한 마리의 짐승이 엄청난 기세로 바로 내 곁
에 와 있었다. 공터에서 올려다보는, 거대한 구멍을 통해 본
하늘은 수천 년 된 하늘이었다. 이따금 침묵이 너무 가까워
서 솔잎 떨어지는 소리가 들릴 정도였다.
그날 저녁 그곳에 다른 것은 아무것도 없었다.
예외적인 것이라곤 하나도 없었고, 그저 어둠이 내리고
있었다. 그러니 누가 밤 산책을 나서겠는가?

그 후 며칠 동안, 나는 두 명의 하숙생에게 점심을 차려
주고 바로 집을 나섰다. 예스는 불안해했다. 나는 예스에게
미리 내 외출을 알렸다. 기다리고 있어. 내가 외출하는데 예
스가 왜 불안해하는지 알 길이 없었다. 예스는 몸을 떨고 귀

를 흔들면서 우우우 울려고 했다. 나는 예스를 진정시켰다. 그리고 말했다. 바로 요 앞에 가는 거야. 기다리고 있어, 금방 돌아올게. 나는 준비를 마쳤다. 그리고 예스에게 다시 말했다. 기다려, 너는 집 강아지니까 집을 지키는 게 네 역할이야. 그런데 나는 길들여지지 않은 여자거든. 우리는 서로를 보완하는 거야. 그런 다음 나는 뒷문으로 나갔고, 빙퇴석을 따라 비스듬히 걸어 내려갔고, 숲으로 들어갔다. 나는 차가 다니는 길을 택하지 않았다. 위쪽으로 난 길을 택했다. 그 길에서는 우리 집이 보이고 문턱에서 나를 눈으로 좇으며 기다리는 예스가 보이기 때문이었다.

내가 산책로에 있는 그 공터를 드나든 기간은 길지 않았다. 이후 숲을 포함해 거대한 공원을 조성하는 공사가 시작되었기 때문이다. 이상 기후로 인한 그 기이한 바람이 불어오기 전까지 그곳은 내가 커피를 마시는 테라스였다. 시민 공원이란 친교를 위한 공간이므로, 지구상의 모든 장소가 그렇듯 워싱턴 스퀘어와 마찬가지로 부아바니에서도 골치 아픈 만남이 이루어지기도 한다.

우리가 처음 갔을 때 그 자리는 벌목 인부들을 위한 공터였다. 트랙터 바퀴에 파인 자국들이 보이고, 진흙투성이에, 쓰러진 나무줄기들이 여기저기 흩어져 있었고, 경사가 급한 그 산에서 드물게 평지를 이루고 있는 휴식 공간이었다. 그런데 지난여름부터 그곳에 통나무 벤치와 탁자 들이 등장했다. 지면의 파인 자국들도 메워지고 솔잎들로 뒤덮였다. 산책이 건강에 가져다주는 효과를 안내하는 표지판이 등장했다. 누군가 그곳에 돌멩이들을 모아 두기도 하고, 불을 피운 뒤 시커메진 장작들이 남아 있기도 했다. 나는 사람 냄새를 맡으려고 그곳에 갔다. 하지만 은밀하게 방문했다. 나만의 공간이 있었다. 윗부분이 돌출된 두 개의 암석 사이였다. 평일에는 아무도 공터를 지나가지 않았다. 하지만 일요일이 되면 사람들의 행렬로 북적였다. 모든 각도에서 자외선을 차단해 주는, 무지갯빛으로 영롱하게 반짝이는 파란색 초록색 빨간색 선글라스로 눈을 가린 사이클 선수들이나 저 아래 작은 주차장에 차를 대고 올라온 민트색 연보라색 운동복 차림의 도시인들이었다. 서로 의지하며 걷는 노부부도 있었다. 유아차를 끌고 나온 젊은 엄마들도. 날씨가 좋아서 외출을 나온 지극히 평범한 사람들.

하지만 그날은 날씨가 좋지 않았고, 여름철도 아니었

다. 나는 내 공간에 앉았다. 그렇게 기다리고 있었다.

　8월에 그곳에 판자를 대충 붙여 만든 간이식당이 들어 섰고, 산책하는 사람들은 콜라를 들고 식탁에 앉아 쉬었다. 일 년의 나머지 십일 개월 동안 그 식당은 방치되는 분위기였다. 사실 내가 기다리던 것은 그것이었으리라. 방치. 아아! 방치라면 잘 알고 있었다. 직접 겪어 봤으니까. 당시 나는 열한 살이었다. 방치는 망연자실한 꼬마 아이였던 내 곁에 쌍둥이 남동생처럼 딱 붙어 있었다. 나는 선 채로 잠을 잤고 깨지도 않았으며, 내겐 휴양지나 마찬가지였던 고등학교의 벤치에서 한낮에도 맨발로 벌벌 떨면서 마른 성냥개비처럼 잠을 청했다. 그 어린 소녀는 다른 부모들은 브리앙송 구석진 곳의 대형 기숙학교에 아이를 내팽개쳐 두지 않는다고 엄마에게 편지로 항의할 생각도 하지 못했다. 바로 그곳에서, 선 채로 잠을 자는 가운데, 나는 세속적인 것들의 힘을 깨우쳤다. 내 베개, 그 베개에게 간청했지만 베개는 아무 말이 없었다. 반면 이런 때가 있었다. 아침마다 모든 세면대의 수도꼭지들이 물을 콸콸 쏟아 내어 김이 피어오르는 가운데 내 친한 친구를 제외한 다른 모든 소녀들, 토요일마다 집으로 돌아가던 모든 외국인 친구들에게 둘러싸여 있을 때면 세면대가 내게 속삭였다. 자, 이리 오렴, 예쁜 아. 세수하자. 토요일 오후 구내식당에서 디저트로 나온 오렌지의 껍질 위에 보라색으로 새겨진 사소한 단어들, 그 이해할 수 없는 암호를 판독하던 일. 그러다가 봄이 오고 갑자기 들판 여기저기에 일요일마다 보이던 귀여운 친구가 나타나는 일. 참으로 믿을 수 없는 일 같지만 이런 일들이 실제로 일어났다. 사람들은 열한 살 난 소녀가 혼자 외출하도록 내버려 두었고, 그 아이는 자신의 쌍둥이 남동생인 방치를 데리고 산속을 산책하다가 활짝 핀 수선화 앞에 섰다. 수선화의 마음, 나는 그 꽃들을 마음으로 알아보았다. 그 꽃들과 나 사이에 무언가가 일렁이고 지나갔으며, 우리가 서로를 알아보았다고 믿고 있다. 수선화의 마음 외에 다른 마음은 없었으니까. 정말이지 그들의 마음은 열려 있고, 완벽하게 솔직했으며, 가장자리가 불[火]로 감쳐져 있었다. 우리는 그렇게 교감하고 있었다.

45

내가 자기들을 팽개쳐 두었다고 생각했는지 그리그와
예스는 둘이서 어울리기 시작했다. 내가 건강 산책으로 광장
위쪽에서 매복하던 한겨울부터였다. 예스는 그리그와 일종
의 예의 바른 동지애를 맺은 것이 기분 좋은 것 같았다. 둘
은 단짝 친구가 되었다. 그리고 그리그는 그걸 무척 자랑스
러워했다. 오래된 주방 탁자 아래에서 야영할 생각을 둘 중
누가 했는지 모르겠다. 탁자는 재세례파 교도들이 몇 세대
에 걸쳐 식사를 한, 말하자면 수도원에서 쓰는 식탁 같은 시
커먼 목재 식탁이었다. 그 식탁 위에서 일어난 난장판을 다
말하려면 삼백 년은 족히 걸릴 것이다. 식탁 아래도 마찬가
지였다. 그리그와 예스는 식탁으로 만족하지 않았다. 가로

길이가 12미터인 생활 공간을 알아볼 수 없을 만큼 엉망진
창으로 만들었다. 시작은 여전히 상태가 좋은 나의 1970년
대 원피스를 바닥에 질질 끌고 다닌 것이었다. 구멍 난 스웨
터들도 같이. 그다음은 책이었다. 둘은 내게서 방치되었다
는 사실을 잊기 위해, 아니면 작은 영감을 받은 결과인 양
제멋대로 굴었는데, 그리그의 성격을 생각하면 충분히 그
럴 만했다. 그는 일체의 거만함을 버리고 싶어 하는 것처럼
보였다. 습관처럼 내게 이렇게 말하지 않았던가. 우쭐대지
말라고. 반대로 예스는 잘난척하고 싶어 했고, 내가 밤에 돌
아와 요리하는 동안 바스락거리는 소리가 아주 작게만 나
도 귀를 쫑긋 세우거나 아무것도 아닌 일로 으르렁거리는
등 위태로운 언어를 수호하는 역할에 충실했다. 그러는 동
안 집 안의 서가가 위험에 처했다. 식탁 아래 공간이 매일
조금씩 시골 도서관처럼 변해 가고 있었다. 매스 미디어 자
료실을 갖춘 도서관까지는 아직 아니고, 시대에 뒤처진 수
도원 혹은 망하기 직전의 중고 서점 혹은 심오한 견유학파
의 소굴 수준이었다.

　　내가 등산용 스틱을 들고 가방을 메면 그리그와 예스가
둘이서만 보내는 오후 시간을 고대하는 기미가 역력히 보

였다. 그들은 같이 뒹굴고, 둘만의 비밀을 만들고, 하얀 인조 가죽으로 장정한 라뮈*를 벗 삼아 오후를 보낼 터였다. 암청색 가죽 표지로 장정된 플레야드판 샤토브리앙의 『무덤 저편의 기억들』을 읽을지도 몰랐다. 듬성듬성 비어 있는 토마스 베른하르트의 노란 문고본들은 상태가 말이 아니지만 절대 실패하지 않는다. 그만 한 소설은 없다. 베른하르트와 그리그와 예스 삼인조는 오래 함께했다. 나는 늙은 불평꾼 둘을 수호자인 예스와 기꺼이 함께 두었다. 예스는 그들 때문에 힘들어하지 않았다. 오히려 그 두 마리 양과 편안하게 어울렸다. 한 마리는 분노하기를 주저하는 짓궂고 우울한 양이고, 다른 한 마리는 두려움으로부터 멀어지기 위해 콧노래를 부르는 우울한 양이었다.

그 후 식탁 아래는 땅굴로 변모했다. 카프카까지 그들의 은둔처에 끼어들어, 남자들과 짐승은 함께 지내며 법정에 출두하기 위해 변론을 준비하기도 했다.

---

*   샤를 페르디낭 라뮈(Charles Ferdinand Ramuz, 1878~1947). 스위스의 소설가. 프랑스어로 작품 활동을 했다.

그리그와 예스는 책이라면 환장했다. 반면 둘 다 내가 늦게 귀가할 때까지 식사를 준비할 줄도 모를 만큼 요리에는 잼병이었다. 예스는 그렇다 치더라도 그리그는! 그들은 식사 준비 역할을 내게 떠넘기기로 했고, 내가 아무리 늦게 들어가도 손 하나 까딱하지 않았다. 내가 돌아올 때까지 스물두 시간을 내리 기다린 적도 있었다. 밤 11시에 집에 돌아오니, 둘은 너무 허기진 나머지 움직이지도 못했다. 그래도 일단 배를 채우고 나면 둘 다 설거지를 도왔다. 하나는 바닥에 놓인 접시를 행복하게 핥았고, 다른 하나는 "내가 내일 아침에 할게, 보는 사람도 없잖아."라고 말해 놓고 결국 불평을 늘어놓으며 개수대를 비웠다. 언젠가 한번은 둘 중 하나가 밉살스럽게 이를 드러내며 내게 반항한 적이 있었다. 다음 날이 되자 상냥한 얼굴로, 내가 루브르에서 사 와 가스레인지와 냄비 위에 핀으로 고정해 둔 「시장에서 돌아옴」* 엽서가 근사하다며 칭찬을 늘어놓았지만.

---

* 18세기의 프랑스 화가 장 시메옹 샤르댕의 회화 작품으로, 시장에서 돌아와 장 본 물건들을 정리하는 여인을 그렸다.

46

그리하여, 나는 활엽수와 구주소나무로 울창한 숲에 둘러싸인 채, 여기저기 보이는 바윗덩이들의 부동의 혼란에 둘러싸인 채 두 거인 사이에서 기다리고 있었다.

오후가 가까워지자 무질서와 방치의 냄새가 풍겨 나왔다. 땅 전체가 혼란 속에 있었다. 최악은 그 땅이 사냥꾼들의 손에 넘겨진 곳이었다는 점이다.

나는 나뭇가지들을 주워 얼핏 까마귀 둥지처럼 보이는 안락의자를 만들었다.(내가 사랑하는 여성 캐릭터, 필립 로스의 『휴먼 스테인』에 나오는 포니아, 안녕.)* 그것은 대체로 편안했으며 거기 앉으면 외부에서는 내 모습이 보이지 않았다. 나는 이유를 정확히 모르는 채 행복에 겨워 홀로 웃고 있었다. 나 자신이 보이지 않는다고 느끼기 때문이었을까? 보이지 않는 인생이라, 정말 근사하지 않은가. 보온병을 열고 차를 따라 마시는 동안에도 이 모든 것이 보이지 않는다니!

그 장소가 편안하게 느껴지자 나는 화강암과 하나가 된 듯했다. 돌 표면의 석영, 장석, 운모가 진동했다. 나는 겨울에도 푸르른 금작화 가지들과도 일체가 되었는데, 그 꽃에서는 현실의 삶과도 같은 매운 향이 났다. 삶은 맵다. 삶의 진짜 맛이 있다면 매운 맛이다. 삶의 잔혹성이 가져다주는 탁월한 매운 맛. 이따금 삶은 쓴맛이 나기도 한다. 매운 맛보다 한층 훌륭한, 단맛 없는 쓴맛으로, 내가 아주 작은 병으로 갖고 있는, 용담속 뿌리줄기에서 추출한 하얀 알코올의 맛과 비슷하다. 나는 어느 때보다 편안하게 그 안락의자에 앉아, 어느 때보다 자신이 더 이상 인간의 일부가 아니라는 달콤한 기분에 빠진 채 지나가는 것들을 열정적으로 살펴보았다.

---

*   『휴먼 스테인』에는 새장 안에 사는 까마귀가 등장한다.

오후의 첫 매복. 내가 막 자리를 잡고 난 후 GR 5 코스의 오르막길에 한 여자아이가 불쑥 등장했다. 몸집에 비해 너무 큰 남성 옷을 입어서 조끼 자락이 무릎까지 내려와 있었으며 배낭을 메고 군화를 신고 있었다. 잠시 후, 내 존재를 눈치 채지 못한 한 십 대 아이가 바로 코앞을 지나가며 분노에 차서 말했다. "나는 입양아야. 나는 입양아야." 그 아이 역시 등에 배낭을 메고 있었다.

시간이 지나고 보니, 아까 그 아이가 여자아이가 맞았나, 하는 생각이 들었다. 남자아이 아닌가, 훈련복을 입고 혀에 피어싱을 한 아이는? 훈련복이라는 위협. 날카로운 예리함, 피어싱의 통증.

그 후 며칠 동안은 사람을 보지 못했다.

여우 한 마리가 지나갔다.

그다음엔 뒤라스의 『고통』을 손에 든 여자아이 하나.

그다음엔 아무도 없었다.

그다음엔 작은 무리 하나.

그리 많은 사람들은 아니었다. 별다른 일도 일어나지 않았건만, 그 가을의 경험이 믿기지 않는다는 감정이 이따금 강렬하게 나를 사로잡았다. 길을 잃었다는 감정. 나는 길을 잃었다고 느꼈다. 길 잃은 유령이라고.

여덟아홉 명이 불쑥 나타나 조용히 앉아 있다 간 적도 있었다. 그들에게 다가가 세상 돌아가는 소식도 듣고, 세상에 대해 그들이 어떻게 생각하는지 물어보았다면 좋았을 것이다. 무슨 이유로 그곳을 지나가고 있는지도. 파리 동역에서 기차를 기다릴 때 나도 그러고 있었을까? 프랑시스 위스테르*가 어두운 표정으로 자기 대사를 중얼거리면서 3월의 토끼처럼 급하게 지나가는 걸 본 그날, 몰리에르에 대한 강연차 스트라스부르에 가는 중이었을 그에게 뛰어가, 세상에 대해 어떻게 생각하느냐고 물어야 했나? 아니다. 나는 생각했다, 위에서 바라보자. 거리를 두고.

한번은 나도 눈에 띄고픈 마음에 공터의 통나무 벤치에 앉아 있었다. 검은 후드 재킷의 깃을 세운 키가 크고 마른 흑인 여성이 로마식 포석 한귀퉁이에서 나타나 성스러운 존재처럼 느리게 걸어왔다. 짐은 하나도 없었다. 그녀는 나를 보지 않고, 보려고 하지 않으면서 내가 있는 쪽으로 와 조심스레 내가 앉은 벤치에 나란히 앉았다. 그녀가 너무 아름다워서 나는 간신히 그녀를 보았다. 검은 암사슴. 검은 암사슴의 우아함. 나는 재빨리 시선을 던져 그녀의 이미지를

---

*   Francis Huster(1947~). 프랑스의 영화 감독이자 배우.

포착했다. 그녀가 너무 꼿꼿하게, 자신만의 엄격한 울타리 안에 꼭 낀 듯 앉아 있어서 나는 걱정스러웠다. 처음에는 말을 건넬 엄두가 나지 않았다. 그러는 나 자신이 안타까웠다. 결국 용기를 냈다. ― 괜찮은 거죠? 그녀가 내 쪽으로 얼굴을 돌렸다. ― 고맙습니다. 그쪽도 괜찮으시죠? ― 혹시 필요한 게 있어요? 무슨 문제 없어요? ― 걱정해 주셔서 고마워요. 그저 엄청나게 피곤하네요. 그녀는 다시 얼굴을 돌리더니 부동자세로 돌아갔다. 꼼짝도 않고 뻣뻣한 것이 마치 돌 같았고, 나 역시 움직이면 안 될 것 같았다. 잠시 후 그녀는 일어나 앞이 보이지 않는 것처럼 느릿느릿 걸어갔다. 누가 봤다면 그녀가 뒷걸음치며 세상 밖으로 멀어지고 있다고, 가시덤불 아래 들어가 덤불과 한몸이 되어 버릴 거라고 생각했을 것이다. 나는 생각했다, 나라도 그렇게 했을 거라고. 그녀는 자신을 능숙하게 숨겼다. 나는 내가 어디 있는지 더 이상 알지 못했다. 숲속인가? 아니면 파리 동역 전광판 아래 앉아 영영 오지 않을 기차를 기다리고 있는가? 아무것도 기다리지 않는 동시에 기꺼이 기다리면서, 길 잃은 여행자들이 지나가는 걸 지켜보면서?

부아바니로 돌아오면서 생각해 보니, 아닌 게 아니라

나는 일종의 기차역에서 그 여자를 만난 거였다. 건강 산책로의 그 공터는 하나의 역, 아주 짧은 구간의 간이역이었다. 거기에는 화강암 에스컬레이터와 낭떠러지, 틈, 교류, 통나무 다리, 출발과 도착 들이 있었다.

한번은 아무도 없는 로마식 포석 길에 한 커플이 천천히 모습을 드러냈다. 한국인들 같았다. 그들 역시 배낭을 메고 있었다. 둘 다 아주 젊었다. 그들은 벤치에 자리 잡고 앉았다. 그 모든 과정이 놀랍도록 고요했다. 그런데 남자가 두 팔로 무릎을 안고 그를 등진 채 앉아 있는 애인의 머리를 빗기기 시작했다. 그는 검은 빗을 손에 든 채 흑단처럼 반질반질 윤기 나는 머리칼을, 여자의 허리 아래까지 내려오는 머리칼을 쉬지 않고 빗겼다. 그는 애인의 머리를 빗기고 있었다. 그의 빗이 머리를 타고 내려오자 여자 역시 좋아하는 것이 보였다. 그 역시. 관능적 쾌감에 도취된 듯한 장면이었다. 믿을 수 없을 정도로 고요했다.

나는 즐기고 있었다. 고통스럽게. 사람들을, 지나가거나 가끔 멈추는 사람들을. 나의 비현실적인 비탈에서 그들을 지켜보는 일을. 이유는 알 수 없으나 나는 푹 빠져 있었다.

모습이 드러나지 않으니 당연히 내가 그들에게 속해 있지 않아서일까? 그들에게 속하지 않은 채로 그들을 사랑할 수 있어서? 나는 저녁에 급류처럼 흠뻑 젖어서 돌아오기도 하고, 나의 또 다른 종(種)인 매에게 도취되어 매의 얼굴로 돌아오기도 했다. 자신의 종을 잃어버린 고아가 되어.

그곳에서 내가 발견한 것은 바로 나의 고아원이었다.

47

교차로에서 집으로 다시 돌아가기 전 새벽녘은 가끔 무섭기 짝이 없다. 어슴푸레한 새벽은 검은 우유 같고, 충치 같고, 살인의 냄새가 났다. 아직도 밤 같았다. 여전히 밤인 그 길을 나서기 전에는 담뱃불을 붙여야 했다.

집으로 돌아갈 때는 비에 흠뻑 젖는 일이 잦았다. 내게는 방수가 되는 깃털이나 빛나는 촘촘한 털도, 반짝이는 잎사귀도 없었다. 빗물에 맞아 머리에 찰싹 달라붙은 머리칼이 전부였다. 악마처럼 웃는 저 사람은 누구지? 아무도 나를 따라오지 않는다는 사실에 안도하기 위해서라면 왜 나는 다시 그곳으로 돌아가는가? 왜 나는 점점 더 걱정에 잠식되는가?

신기하게도 그리그는 나와 달리 걱정에서 놓여나는 것처럼 보였다. 그는 걱정에 매여 있지 않았다. 대신 내가 염탐한 보행자들에 대해 모조리 알려고 들었다. 사소한 것까지 전부. 다소 큰 신발을 신고 있던 사람. 팔에 스카프를 두르고 수통으로 물을 마시던 또 다른 사람. 그리고 그들의 침낭은 어떠했는지. 그는 내가 흥미로운 이야기를 들려주길 원했다. 나는 사소한 이야기 몇 가지만 했다. 그래서 그 사람들은 휴대전화를 갖고 있었어? 아니 없었어! 진짜 이상한 게, 아무도 휴대전화를 들고 다니거나 걸으면서 통화를 하지 않더라고. ─그럼 그들의 눈빛은 어땠어? 뭐야, 소피. 사람들의 눈빛을 관찰할 생각은 안 했어? ─더 많은 걸 알고 싶으면 나랑 같이 가든지. 나머지 자세한 것들, 그 모든 것의 의미들을 알고 싶으면 말이야. 당신이 내게 말해 줘, 그리그. 그건 내 능력 밖의 일이니까.

무슨 일이 일어나고 있었던 걸까?

바깥에서 우리는 어디에 있었던 걸까?

우리는 알지 못했다. 그것은 흐릿했다. 다양한 인물들이 열을 지어 지나갔다. 중요한 것은 말로 할 수 없다. 이해할 수도 없다. 언제나 그렇듯, 말해지지 않는 것을 구축하는 일은 우리에게 달렸다. 그 모든 것의 의미를 발견하는 일도 우리에게 달렸다. 하지만 의미에 관해 누가 알겠는가? 사람들은 의미 같은 건 안중에도 없지, 그리그가 말했다. 나의 대화는 동사들로 가득했다. 그는 지나갔고, 다른 사람이 나타났고, 불쑥 눈앞에 들어왔고, 빠르게 떠나거나 자리에 앉았다. 내가 변화에 어리둥절한 일종의 목격자였다는 걸 그에게 이해시키려고 안간힘을 썼다. 그러니 사람 관찰할 줄 모르는 가시덤불 속 '여성' 작가 취급하며 나를 놀리는 건 그만두라고. 내게는 아주 사소하긴 해도 역할이 있고, 그것은 가시덤불에 당도한 변화에 대해 말하는 것이라고.

그리그는 일어나는 모든 일을 알려고 들었다. 동시에 내가 그 짓을 완전히 포기하기를 바랐다. 그는 우월한 태도로 말했다. 여보, 그곳에 가서 그 혼란 속에서 한몫하려는 건 그만둬. 세상을 좋게 만들려고 애쓰지 마. 세상은 언제나 그렇게 있을 거야. 더러운 역사로.

하지만 나는 그러지 못했다.
아니, 그보다는 그러고 싶지 않았다. 나는 삶이라는 거대한 전투에 참여하는 편이 더 좋았으니까.

지구가 어떤 모습이든, 그 모습 그대로 일부가 되고 싶었으니까.

현명함은 내게 허락된 자질이 아닌 모양이었다.

48

메모: 이곳에 수사슴이 출현한 일에 대해 말해야 한다. 이따금 그 사슴들은 스스로 우리 앞에 나타나 제 모습을 보여 준다. 우리는 그들을 보며 전율한다.

그 사슴들은 어디 소속인가? 도청 소속인가? 아니면 프랑스 대통령의 것인가?

나이 든 남성 독자. 그는 자기 삶의 여정에서 수사슴과 마주하고 있다는 사실에 감격한 나머지 목이 메어 그것에 대해 나에게 더 이야기하지 못했다.

그리고 훗날, 한 젊은 여성 역시 말문이 막혀 사슴과 독대한 경험을 나에게 전하지 못한다.

49

나는 재세례파 교도들 묘지의 무성한 마른 풀 위
에, ── 예스는 그리그와 함께 집에 머물렀다. ── 그러니까
묘지와 지난여름부터 자라난 무성한 풀들 사이에 누웠다.
샛별이 뜨는 시각이었고, 나는 죽은 자들과 같은 자세로 누
운 채 그들 곁에 밀착해 있다고 느꼈다. 그 세계와 너무도
하나가 된 까닭에 망자와 나 사이에 어떤 차이가 있는지 찾
으려고 애쓰고 있었다. 결국 찾아내지 못했지만. 죽은 자들
은 저녁의 평화를 느낄까? 그들은 왜 그것을 느끼지 못할
까? 죽은 자들은 진정 죽은 것일까? 그렇다면 산 자들은 진
짜로 살아 있는 걸까? 우리는 그저 서로 침대를 바꿔 누워
있는 건 아닐까?

갑자기 부릉 부릉 부릉 하는 커다란 굉음이 들려와 나는 소스라쳤다.

바이크 한 대가 불쑥 등장했고, 이어서 또 한 대가 나타났다. 앞에 있는 바이크에는 젊은 여자가 타고 있었다. 헬멧 밖으로 삐져나온 머리칼이 보였다. 다른 쪽은 아마도 남자인 듯 몸이 더 건장했다.

묘지와 동일 선상에 선 여자가 바이크에서 내리더니, 아직 바이크에 타고 있는 남자 쪽으로 빠르게 다가가 바이크 체인으로 그의 헬멧을 때렸다. 한 번, 또 한 번. 남자는 연달아 그러리라고는 생각지도 못했는지 바이크 머리를 돌리더니, 부릉 부릉 부릉 하며 사라졌다. 여자는 헬멧을 벗고 중간 길이의 검은 머리칼을 흔들었다. 그 검은 머리칼이 마치 까마귀의 두 날개 같았다. 순간 그녀가 나를 보았다. 그녀가 내게 말했다. 바이크 체인을 늘 가지고 다녀야 해요. 그걸로 끝내주게 휘갈길 수 있거든요. 누가 멈춰 세웠는데 당신 핸들에 체인이 걸려 있는 걸 보면 위험에 빠질 일은 없을 거예요.

여자는 생기 있고 활기가 넘쳤으며, 보호 장비에 목이 파묻혀 있었고 검정 가죽 반바지 차림에 헬멧을 들고 있었다.

나는 역시 검은색인 바이크가 멋지다고 감탄했다.

—측면 가리개들을 싹 제거했어요. 바퀴덮개도 없앴고
요. 차체와 기계만 남겨 놓았죠. 과격할 필요가 있거든요.
—그런데 이걸 뭐라고 부르죠? —어디에도 없는 모델이
에요, 단종됐거든요. 스즈키 DR 750이에요. 이 모델은 부
릉부릉 하는 소음이 심한 반면 GS 750 모델은 소음이 없어
요. 하지만 다른 바이크의 부품들을 가지고 직접 조립해서
랫 바이크(rats' bike)를 만들 수 있어요. 부품들을 조립해서
만드는 바이크예요. 스즈키 부품 몇 개, 테네레 부품 몇 개,
트랜스엘프 부품 몇 개, 그 밖의 다른 부품들을 합쳐 조립
하는 거죠. 바이크 튜닝의 세계는 한계가 없어요. 전부 조립
가능하죠. 물론 안전을 위해 규칙을 따르긴 해야 돼요. 성능
좋은 연료 탱크, 좋은 안장. 그러고 나서 앞에 흰담비 머리
나 코뿔소 뿔, 사슴뿔로 장식을 해요. 저는 아무 장식도 안
했지만. 그러다가 바이크가 더러워지면, 쇠 찌꺼기나 녹이
슨 부분에 스프레이 페인트로 완전히 새로운 색을 입히는
거예요. 매트한 블랙으로. 이유는 모르겠지만, 아니다, 뭔지
알겠어요. 서바이벌-랫 바이크를 몰고 질주하는 게 꿈이었
거든요. 그건 극도로 아무것도 없는 상태예요. 로고도 없어
요! 보이시죠, 로고 없는 거. 여기에 스즈키 로고는 없어요.

벗겨 냈거든요. 최대한 보이지 않게 긁어 냈죠. 탈핵 시대 스타일이에요. 자유와 위험을 더 확보하기 위한 빈곤인 거죠. 섹시하지 않나요. 그 기계 부품들과 한 몸이 된 듯한 느낌을 받고, 거대한 몸체와 하나가 되는 거예요. 바이크는 진짜 섹시해요. 가운뎃손가락을 내민 팔뚝 같은 거죠. 우리는 독자 노선으로 행동해요. 잔소리 들으며 살지 않아요. 아뇨, 아뇨, 우린 생존자가 아니에요. 자유인이죠. 미래든 뭐든 그딴 거 신경 안 써요. 차로 드라이브할 때 자유를 느끼진 않잖아요. 하지만 바이크를 타면 자유 그 자체예요. 금지된 도로도 들어갈 수 있고요.

나는 머릿속으로 그것이 소설 쓰기와 같다고 생각했다. 무엇이든 간에 기계 부품들에서 시작해 바이크를 조립하고, 그것에 열광적으로 집착하고, 달아나기도 하고, 질주하면서 자유를 느낀다. 금지된 길로 들어갈 수도 있다.

다시 출발하기 전 그녀가 바이크에 올라타 점퍼 주머니에 손을 넣자, 주머니 안에서 새하얀 고양이가 세모꼴의 작은 머리를 비죽 내밀더니 맑은 공기를 마셨다. 그녀는 내게 다시 소리쳤다. 질주, 한 몸이 되는 것, 자유, 속도, 위험. 진짜 섹시해요! 나도 그녀에게 소리쳐 물었다. 이름이 뭐예요? —아드리엔요! 포석 까는 게 직업이죠! 포석을 하나씩 까는 거예요. 그리고 이쪽은 내 스즈키 DR이에요!

날이 저물고 밤이 찾아왔다. 등산용 스틱을 깜박 잊고 나온 터였다. 집까지 가는 데 한 시간이 걸렸고, 그중 절반은 바윗덩이와 고사리들을 헤치며 엉금엉금 기듯이 돌아왔다. 그것이 내가 할 수 있는 최선이자 신중한 행동이었다. 집에 도착했을 땐 자정을 조금 넘긴 시각이었다. 모든 것이 잠들어 있었다. 집과 책들, 그리그와 예스까지도. 나는 불을 켜지 않았다. 집 내부는 눈 감고도 다닐 정도로 훤했다. 나는 암흑 속에서 눈을 뜬 채 침대까지 기어가 옷을 입은 그대로 쓰러졌다. 내가 그리그 위로 몸을 뉘었던가. 아니, 예스의 몸이었는지도 모른다. 예스의 머리에 머리를 딱 붙이고 오른팔을 펴 그리그의 정수리에 올린 채로 그대로 잠들었다. 그렇게 셋이서 잠들었다. 그리그와 예스와 나는 서로 몸을 붙인 채 동일한 방식으로 세상을 감각하고 있었다. 하나의 은신처가 인간과 동물을 하나로 묶어 준 밤이었다.

나는 우리 영역의 새로운 양식(樣式)에 서서히 익숙해

졌다. 동물들의 영역 싸움이 그렇듯, 그곳은 위협 속에서 자유가 증폭된 공간이 되었다. 내가 뭘 본 거지 싶게 난장판이 된 화분들. 여기저기 흩뿌려진 흙. 층마다 보이는 약탈의 흔적. 당연히 인간의 흔적도 보인다. 시작부터 끝까지 한눈에 보인다.

50

나는 같은 자리에서 매복하는 일을 쉬지 않았다. 시간만 바꿨다. 이제는 이른 아침에 집을 나섰다. 동도 트기 전, 아직 밤에 가까운 시간에. 여전히 글은 쓰지 못하고 있었다. 밤마다 쓰러지듯 잠들었다. 나는 나뭇가지로 만든 안락의자에 앉는 기쁨을 위해 그곳으로 갔다. 그리고 그 여정이 주는 기쁨을 위해서도. 그곳까지 갔다가 돌아오는 기쁨 말이다.

그곳에 갈 때 나는 돌아올 때와 마찬가지로 차가 다니는 도로를 택하지 않고 구주소나무 숲을 관통해서 갔기 때문에 아무와도 마주치지 않았다. 그런데 바위들이 내 쪽을 향해 다가오곤 했다. 바위들의 몸체. 있는 그대로의 현실이란, 구체적인 것과 자연과학이란 그리 단순하지 않다. 그런데 있는 그대로의 현실이란 애초에 존재하지 않는다. 현실이란 보이지 않는 거래, 통신망, QR 코드, 해석의 층위들, 익명성과 무한이다. 예를 들어 숲속 여기저기 있는 바위들은 자력으로 움직일 수 없는 화강암 덩어리들로 보였다. 하지만 내가 꼼짝 않고 움직이지 않으면 그것들도 움직이지 않았다. 내가 다시 움직이면 그것들도 그렇게 했다. 바위만이 아니라 벨벳처럼 부드러운, 서리 내린 초원도 마찬가지였다. 내가 초원을 향해 나아가면 그것 역시 내게로 다가왔다. 곳곳에 운동이 잠재되어 있었다. 내가 걸어가면 세상 전체가 이동할 준비가 되어 있다는 게 느껴졌다. 그들 쪽에서 하는 요구가 있었다. 그 요구는 중요한, 맞은편에서 도착한 하나의 요청이자 욕망이었다. 그것이 진짜 맞은편에서 왔는지, 우리와 무관한 건 아닌지, 우리에 대한 것이 아닌 건 아닌지, 우리 내부로부터 온 건지 확신하지 못하더라도 말이다. 그걸 어떻게 알았느냐고? 우리가 서로 마주쳤기 때문이다. 우리가 더불어 흔들리며 동요했기 때문이다. 풍경들이 흔들리며 비틀거렸고, 움직이는 공간 속에서 나와 연결되었다.

그 산책로에 가기 위해 나는 매번 몇 개의 숲을 가로질 렀다. 우리는 마주쳤고, 매일같이 다시 마주쳤다. 그리고 내 가 더 이상 알지 못한다는 사실에 도달했다. 숲들은 우리와 만나기 위해 걷고 있는 걸까, 우리에게 말을 걸면서? 아니 면 같은 운명을 한 우리 곁의 동반자인 걸까? 나무들 중 멸 종 위협을 받고 있는 종은 자그마치 1만 7500종에 이른다. 이미 사라진 것으로 추정되는 종은 140종이다. 사라지기 직 전인 종은 440종이 넘는다.

나는 물에 빠진 생쥐 꼴인 스스로를 바라보며 빗속으로 한 발 내디뎠다. 그리고 수첩에 메모했다. 나에 대해서? 더 이상 모르겠다. 발자국과 진창에 남은 흔적. 스노드롭은 잠 잠하다. 사위가 온통 고요하다. 마음이 동요해도 고요해서 아무 소리도 들리지 않는다. 어쨌든 모든 것이 근사하지 않 아서 나는 불안했다. 그런데 내가 길을 잃은 채 홀로 거기 있다는 기쁨이 찾아왔다. 누가 그걸 믿을 수 있을까?

내 어깨를 거머쥐는 바람의 힘, 촉촉하게 감싸는 시냇물 과 이끼, 뒤엉킨 조소(嘲笑).

비포장도로 쪽이 아니라 숲을 가로질러 사선으로 내리막을 오랫동안 걷는데 미풍이 불어와 피부를 간질였다. 이제 부아바니 쪽으로 올라가는 중이다. 등산용 스틱이 필요하다. 나는 나무 막대기 하나를 주워 든다. 비스듬한 비탈길 위는 너도밤나무 숲이다. 너도밤나무밖에 없다. 맞은편에서 요구가, 글자 그대로 숲의 부름이 들려올까? 너도밤나무들은 나의 접근을 분석했을까? 내 주위에 뿌리 내린 이 모든 몸들이 내 움직임에 동화되었을까? 그들이 나를 이용하길 바라는 게 느껴진다. 내 쪽에서는 내가 흘러넘쳤다고, 힘겹게 올라가는 동안 나무들의 몸에 섞여든다고 느낀다. 나는 걸음이 느려지면서 지면에서 어렵사리 몸을 떼어낸다. 팔이 흔들리는 가지가 되고, 다리는 땅속에서 파낸 거대한 뿌리가 된다. 그것들을 질질 끌고, 나와 함께 이동시키고, 이끈다. 그것들이 나와 함께 가는 동안, 발끝에서 머리끝까지 시원한 물결이 올라온다. 공감각에 의해 내가 숲에 공감한 걸까, 아니면 피곤해서 감각에 문제가 생긴 걸까? 그들로부터 내게로 무언가가 전해져 온다. 그들의 감각이 내게 실린 듯하다. 무겁다, 내 몸이 무거워진다. 나는 완강히 버틴다. 오르막길 중간에서 걸음을 멈춘다. 목 언저리로 한기가 든다. 바람이 분다. 걸음을 재촉하려고 애는 쓰지만,

이 속도로는 10미터도 간신히 갈 수 있을 뿐이다. 다시 한번 숨을 가다듬고, 귀찮은 짐 같은 몸뚱어리를 끌고 비포장도로를 걸어 부아바니로 향한다.

마침내 집에 돌아왔을 때, 그것은 두 가지 의미의 귀환이었다.

나는 무너지듯 의자에 주저앉았고, 그러자 숲이 내게서 떠나가는 느낌, 물러나는 느낌을 받았다. 그것은 썰물처럼 주방에서 빠져나갔다. 숲으로 빨려 들어가지 않으려고 의자를 꼭 붙들었다. 나무의 림프계가, 곧 점점이 움틀 싹들이, 나를 기슭에 혼자 남겨 두고 떠나는 뿌리가 분명히 느껴졌다고 기억한다. 전에는 한 번도 느껴 보지 못한 아주 기이한 감각이었다.

잠시 후, 나는 겉으로는 아무 변화도 없는 채로 다시 정신을 차렸다. 그리고 급속도로 사라지는 그 감각을 잃어버릴까 두려워서, 그 왕복의 여정을 움켜쥐듯 포착해 뒤죽박죽의 메모들을 급히 써 내려갔다. 나뭇가지들의 리듬은 짜임새 있는 문장이 되고, 잔가지는 구문 구성이 되었다. 내 손은 이제 손가락 다섯 개가 아니라 다섯 손가락 사이의 네 개의 공간이었다. 마치, 걸을 때가 아니어도 내 몸이 이미 나무 속 여러 겹의 속껍질과 한 몸이었던 것처럼.

기억하자. 나는 중얼거렸다. 나무가 온몸을 촉수 삼아 빛을 분석하던 그 감각을 기억하자.

비가 멈추면 날카로운 이빨을 가진 융프라우산이 보이곤 했다.

시절은 언제나 그렇듯 혼탁해지기만 할 뿐 좋아지지 않았다. 바닥에 처음 보는 블랙홀이 보였다. 아니, 이미 존재했으나 우리가 눈치채지 못했던 것일 수도 있다. 시절은 예전처럼 흘러갔으나 좀 더 암흑으로 뒤덮이고 구멍이 많아졌다. 세계에 구멍이 뚫려 있음을 누구도 부정할 수 없다. 그 구멍이 우리를 빨아들이고 있다는 것도. 그리그가 흥얼거렸다. 아직은 어둡지 않지만 점점 어두워질 거야.* 그는 우리가 조용히 익숙해져 갈 뿐이라고 말했다. 우리는 최악의 상황에 익숙해질 거라고. 참을 수 없는 일도 조용히 평범한 일로 받아들일 거라고. 그리그 자신은 참을 수 없는 일에 익숙해졌다고 생각하는 모양이지만, 그것에 대해서라면 나도

---

*   It's not dark yet, but it's getting there. 밥 딜런의 「Not Dark Yet」의 도입부.

할 말이 있다. 그가 피울 암스테르다머 담배 몇 갑을 구하러 담뱃가게에 가는 사람이 바로 나이니 말이다. 나는 손끝으로 담뱃갑들을 집을 때 눈길도 주지 않았다. 담뱃갑 위의 까맣게 타 들어간 폐 같은 혐오스러운 이미지를 보는 게 고역이었다. 인터넷 역시 마찬가지다. 참과 거짓, 그리고 최악의 것을 난잡하게 과장해서 떠들어 댄다. 그렇다, 우리는 익숙해지고 있다. 심지어 오솔길에 몰려드는 사람들에게 내가 익숙해지고 있는 것처럼.

나는 산책로에 점점 덜 나가게 되었다. 사람들 때문에 시간이 오래 걸렸던 것이다. 아니, 느려지고 있는 건 내 쪽인지도 몰랐다.

51

가끔은 부아바니에서 멀리 간다고, 숲속으로 굽이져 이어지는 아래쪽 오솔길로 가기도 했다. 작은 숲들에 막혀 집이 보이지 않는 장소가 한 곳 있어서였다. 내 눈은 집을 찾았지만 사라져 보이지 않았다. 그러고 나면 그리그와 예스와 나, 우리가 어느 정도나 사라질 수 있을지 생각하게 되었다. 순수한 픽션의 세계로 넘어간 것이다. 책 속에서 일어나는 발상. 아마도 우리는 존재하지도 않았으리라. 혹은, 너무도 뚜렷이 존재하는 동시에 존재하지 않는 것 역시 어떻게 생각하느냐에 따라 완전히 가능한 일이다. 이 두 모순된 말은 연결되어 있다. 이러한 사라짐은 점차 사색을 넘어서는 단계에 이르렀고, 마침내 희열이 되었다. 나는 일부러 특정한 그 장소에 가서 눈으로 우리 집을 찾았다. 집은 그곳에 있다가 점점 사라졌다. 환영처럼. 나는 집이 내게 귀 기울이고 있다는 걸 아는 유일한 사람이었다. 집은 내가 멀어져 가는 소리도 듣고 있었다. 우리를 둘러싼 채 우리의 소리를 듣고 있는 이 모든 귀들. 이 장소와 나의 합일, 나의 지리적 뿌리 내림, 나를 구성하는 이 섬나라 기질. 그렇게 나는 그 장소가 되었다가 거기에서 사라졌다. 그곳에서 일하기 위해 사라진 것이다. 마침내 나는 일을 시작하게 될까? 글 쓰는 일, 그것은 처음에 버금가는 두 번째 시간을 요구한다. 세상에 절실하게 존재하되 세상에 너무 개입하지 않는 것. 살아 있으되 죽어 있는 것.

52

　3월의 오후가 저물 무렵, 드디어 눈이 내리기 시작했다. 주방 유리창 너머에 떨어지는 눈을 제대로 보고 싶어 불은 켜지 않았다. 다음 날, 눈은 거짓말처럼 사라졌다.

　일주일 후 저녁이었다. 다시 눈이 내리기 시작하더니, 이번에는 그칠 생각을 하지 않고 계속 내렸다. 봄에 내리는 눈이었다. 겨울에는 시종 포근했었다. 이제 봄이 왔건만, 폭설이 내리고 있었다. 그리그는 예외적으로 녹초가 되어 일찍 잠자리에 들었다. 나는 잠을 이룰 수가 없었다. 문 앞에 눈이 쌓이는 걸 지켜보다가, 눈 치우는 큰 삽이 헛간에 있다는 걸 생각해 냈다. 헛간은 집에서 50미터 떨어져 있고 지금은 차고로 사용 중이었다. 문 앞에 눈이 계속 쌓였다. 모두들 잠들어 있었다. 집도 잠들어 있었다. 그래서 새벽 5시에 다시 불을 피웠다. 차를 한 잔 마셨다. 그런 다음 옷을 입고, 모자를 쓰고, 양말을 재활용해 만든 장갑을 끼었다. 쓰레받기로 사용하는 작은 주방삽을 챙겨 현관문을 나서니 순백의 어마어마한 눈이 나를 기다리고 있었다. 나는 사람이 다닐 만한 통로를 만들기 시작했다. 아니, 참호를 파는 것에 가까웠는데, 삽질 세 번에 한 걸음 나가고, 다시 삽질 세 번에 한 걸음 나가는 식이었다. 헛간까지 가려면 한 시간은 걸릴 것 같았다. 그래도 그런 흐뭇한 기분은 처음이었다. 눈이 주는 고양감에 살아남았다는 행복, 이례적인 상황에서 혼자 일을 처리하는 데서 오는 행복까지 겹쳐 웃음이 나왔다.

수첩에 메모를 남긴다. '바깥이 눈 천지다. 침대엔 옷가지들이 널려 있다. 신발은 덜 말랐다. 우리의 몸은 안전한 곳에 있다. 이야말로 행복의 맛이다.'

나는 천천히 나아간다. 예스는 저편으로 달려갔다가 돌아오고, 눈밭에 뒹굴고, 몸을 털어 대고, 다시 뒹굴면서 내 존재는 까맣게 잊은 채 보이지 않는 분자들에 쓰인 텍스트들을 해독하느라 땅에 코를 바짝 붙이고 킁킁댄다. 주둥이에는 하얀 가루가 묻어 있다. 잠깐 있으려니 멀리서 예스가 낑낑대며 우는 소리가 들려온다. 나를 부르고 있다. 예스에게로 합류한다. 예스는 꼼짝 않고 있다. 움직일 수가 없는 모양이다. 나는 두 팔로 예스를 안아 든다. 녀석의 몸무게가 50킬로그램이나 나가는데 말이다. 예스는 털이 갈래가 진 곳마다 눈공을 하나씩 달고 있다. 나는 예스를 안은 채 비틀거리며 집으로 돌아온다. 신발을 벗고 머리를 닦는다. 예스 위로 몸을 숙이고 털에 붙은 동그란 눈공들, 하나당 500그램은 되어 보이는 공들을 떼어 준다. 배 아래와 발 주변, 목 언저리에서도. 긴장이 완전히 풀린 녀석은, 이런, 킹사이즈 침대 위로 훌쩍 뛰어올라 머리와 등을 이불에 닦더니, 그렇게 몸을 말리면서 기쁨에 겨워 짖는다. 지금은 침대 위에서 잠이 들었다. 꿈을 꾸면서. 예스는 꿈속에서 산책을 다시 시작하는 걸까?

믿을 수 없는 3월의 눈을 본 그날 밤 누군가 우리 집 현관문을 두드렸다. 그렇게 컴컴한 밤중에, 종잡을 수 없는 날씨에 누군가 찾아와 문을 두드린 적은 한 번도 없었다. 가서 보고 와, 언제나처럼 용감한 그리그가 내게 말했다. 나는 짖어 대는 예스를 한 손으로 진정시키며 다른 손으로 문을 열었다. 젊은 남자가 서 있었다. 나는 예스를 가리키며 물지는 않는다고 말했다. 그는 우리의 공포가 무색해질 만큼 천진한 분위기를 풍겼다. 갑작스럽게 나타난 젊고 호리호리한 남자. 턱수염은 짧게 잘 손질되어 있었고, 콧수염은 날씬한 에롤 플린*을 살짝 연상시켰다. 나는 그에게 들어오라고 권했다. 그는 흠뻑 젖어 있었고, 역시나 흠뻑 젖은 국립 지리연구소의 지도 한 장을 들고 있었다. 그가 지도를 펼치면서 지금 여기가 어디인지 정확히 알려 달라고 했다. 그의 손은 섬세하고 기다랬다. 내가 말했다. 여기 작은 사각형 모양 보이시죠, 우리가 있는 곳이 바로 여기예요. 부아바나라고 하죠. 그러자 그가 말했다. 저는 이곳으로 가야 해요. 그러면서 좀 더 왼쪽 위, 커다란 바위 하나가 테라스 역할을 하는 빙퇴석을 나타내는 작은 동그라미를 손가락으로 가리켰다. 진눈깨비 같은 비가 내렸지만 그의 지도는 잘 버텨 냈는지 상태가 괜찮았다. 그는 지도가 물에 젖지 않는 종이로 만들어졌다고 답했다. 전날 이곳에 도착해 위쪽에 텐트를 설치한 상태라고 했다.

---

    *   Errol Flynn(1909~1959). 호주 출신의 남성 배우.

대관절 어떻게 버티고 있는 걸까? ─ 전투 식량이 있고 추위를 잘 피하고 있어요. 이것 보세요, 여기 오기 전에 중고 캠핑 용품 상점에 가서 전부 샀답니다. ─ 그런데 여기엔 뭐 하러 온 거예요? 그는 몸은 깡말라 있었다. 여행을 시작한 지 삼 개월이 되었다고 했다. 그리그는 내내 입을 다물고 있다가 마침내 그에게 어디서 왔느냐고 물었다. ─ 저요? 파리에서 왔고, 첫 번째로 오른 산에서 잽싸게 도망쳐 나온 참입니다. 그의 목소리는 투명하고 섬세한 크리스털 갑옷 속에서 나오는 것처럼 들렸다. 추측건대, 그 갑옷은 아주 약한 충격에도 쉽게 깨질 것 같았다.

그는 눈 녹은 물에 여전히 흠뻑 젖은 채로 자기 텐트로 돌아가 밤을 보내겠다고 말했다. 그리그가 그에게 기름 먹인 천으로 된 외투를 빌려주었는데, 어깨를 보호하는 커다란 깃이 달린, 영화 「쥘과 짐」에서 쥘이 입은 것과 동일한 외투였다. 그리그가 무슨 일이 있어도 똑같은 것으로 사야겠다고 고집을 부렸던 옷이다. 그리그는 그에게 「쥘과 짐」을 봤느냐고 물었으나, 그는 트뤼포의 영화를 알지 못했다. 쥘이 카트린에게 어떻게 소리 질렀는지 그리그가 흉내 내어 들려주었다. 넌 미쳤어, 넌 미쳤다고. 그는 그리그의 이야기에 열광했으나 장르를 혼동한 듯했다. 분명 그 남자는 트뤼포의 영화를 제대로 알지 못했으리라. 세대 간의 균열은 분명히 존재하고, 우리가 의식하지 못할 뿐 그 균열은 계속 커지고 있다. 사람들은 모든 존재가 진동한다는 걸 이해하지 못한 채, 우리 모두 진동한다는 사실에만 주목한다.

젊은 친구의 이름은 가에탕이었다. 만화를 그린다고 했다. 그는 떠나려고 현관 문턱을 넘다가, 자기가 하는 일이 만화 그리는 거라고 말했다. 저는 내적 흐름을 그리고 싶어요. 우리 주변을 보세요, 모든 것이 이동하잖아요. 나무와 바위를 보세요. 보세요, 그것들 역시 도망치고 있어요. 가에탕은 주머니에서 수첩을 꺼내면서 말했다. 저는 그걸 그림으로 그리고 싶었어요. 이미 그리기 시작했어요. 우리는 우리를 흔드는 커다란 움직임 안에 있어요. 그는 문턱에 선 채로 수첩을 펼쳐 그림들을 보여 주었다. 둥근 바위들. 그루터기들, 매복 중인 짐승들. 클로즈업한 빗방울들, 행성들. 구름들의 윤곽이 달리고 있었고, 다른 윤곽, 즉 사람들이 그 구름 아래를 달리고 있었다. 덧창을 내린 집들, 문 닫은 음식점들. 걸인들, 유령들. 말 한 마리를 그린 것도 있었다. 나는 그 말이 깊은 고독에 빠져 있으며 가에탕 역시 그럴 거라고 느꼈다. 나는 그에게서 인상적인 일면을 보았는데, 어떤 일이 잘못될지라도 그건 중요하지 않으며, 우리는 지구 위에 잠시 머물다 갈 뿐이고, 그런 현실 또한 아주 크게 확대해서 보면 일종의 픽션에 불과하다는 걸 인지한 사람의 모습이었다. 나야말로 현실과 픽션 사이의 경계가 어디인지 알고 싶었다. 그렇다면 현실과 논픽션의 경계는? 아직 발견하지 못했다.

그는 추위로 얼어붙어 있었으면서도 우리 집에서 하룻밤 머물려고 하지 않았다. 감사합니다만 괜찮습니다. 저는 야영하는 것이 더 좋아서요. 그에게는 진눈깨비가 있어야 했다. 사물들의 흔들림이 필요했다. 네, 전 캠핑을 좋아합니다. 통과의례적인 구석이 있거든요. 내가 대꾸했다. 하지만 너무 고생했잖아요. 안 돼요, 오늘은. 진눈깨비가 계속 내리는데. ─ 네, 고생했죠. 젊은 친구의 가냘픈 실루엣. 에롤 플린 스타일로 잘 손질된 근사한 수염. 그는 무언가에 맞서는 중이었다.

그는 닷새 동안 위쪽 야영지에 머물렀다. 그리고 저녁이면 우리 집에 들러 자기 그림을 보여 주었다. 그는 1999년의 태풍에 뿌리가 뽑혀 이십 년 넘게 그 모습 그대로 남은 나무 그루터기들을 즐겨 그렸다. 공중에 요동치는 모양을 한, 바위 위의 나무뿌리들. 어느 날 저녁 그의 그림을 보는데 그 소나무가 내 눈에 들어왔다. 내가 발치에 우리 어머니 엠마의 유골을 묻은 구주소나무와 같은 나무는 세상 어디에도 없었다. 그런데 그 후 바람이 그 나무를 송두리째 뿌리 뽑았고, 그곳에 누워 있던 유골도 모두 흩어졌다. 하지만 우리 어머니의 유골을 묻었던 소나무가 있는 곳은 골짜기 두 개를 더 가야 했다. 가에탕이 하루 만에 거기에 갔다 왔을 리 없었다. 걸어서는 불가능했다. 그가 배트맨처럼 하늘을 날거나 박쥐가 아닌 이상, 내가 선 채로 꿈을 꾸지 않는 이상 불가능한 일이었다. 지금 내가 느끼는 의심과 혼란을 표현하려면 기이한 울림을 주는 접속법 반과거 시제가 필요했다. 오랜 전율 때문에 온몸이 곤두섰다. 그러는 사이 가에탕은 이미 수첩의 다음 페이지로 넘어가 있었고, 나는 아무것도 묻거나 확인하고 싶지 않았다. 그는 그날의 마지막 그림을 보여 주었다. 오늘 아침 저 위쪽에 엄청나게 많은 눈이 내렸어요, 가에탕이 말했다. 실제로 빙퇴석 위에 눈이 쌓여 있었다. 달빛 아래 그 모습은 수가 더 늘어난 군사들이 아닌 그림자처럼 보였다. 그 그림자들은 환상적인 옷을 입었다가, 연이어 뒷모습을 보였다가, 어딘지 모를 곳으로 향하는 길 위 눈부신 누더기를 걸친 걸인들의 모습을 띠기도 했다.

　가에탕은 우리 집에 들렀다가 밤이 오기 직전 텐트로 돌아갔다. 그는 수첩을 펼쳤고, 내게 그림을 보여 주었다. 그리고 어느 날 아침 떠났다. 어느 이른 새벽 지구에 남은 마지막 말[馬]이 소리 없이 일어나듯, 조용히.

53

다시 눈이 내렸다. 또다시 엄청나게 많은 눈이 내렸다. 그리그는 침대 속에서 내게 몸을 꼭 붙인 채 책을 읽었다.

눈이 내리고 우리는 책을 읽는다.

잠을 자기도 한다.

그는 책을 읽었고, 잠을 잤다. 그는 책을 읽었고, 잠을 잤다. 그에게는 편안한 일상이었다. 가끔은 두보의 시를 번역해 보려고 하기도 했다.

침대 위나 잠자리, 여기저기 어지러이

책들이 널려 있고 차곡차곡 쌓였네.

쌓인 책 무덤이 집 안을 채우고 지붕에 닿았네.

뜻은 달라도 글자는 같구나.

지붕까지 쌓인 책들.

　우리의 상황은 이 시 그대로였다. 어지러운 책 더미가
집을 가득 채우고 지붕까지 쌓여 있었다. 그리그가 손에 든
두보 책의 페이지를 넘기는 소리, 그가 투덜거리는 소리
가 계속 들렸다. 어쩌면 그렇게 지치지도 않고 투덜거리는
지 놀라울 지경이다. 문득 이런 생각이 들었다. 그렇다, 글
을 잘 써야 한다는 게 신물난다. 중국의 시는 얼마나 흥미로
운지. 매 단어가 열려 있어서 독자가 의미의 진동을 마음껏
음미하게 된다. 게다가 북풍 아래 집도 흔들리고 있었다. 그
렇게 흔들리면서, 두 마리 짐승처럼 서로를 숨겨 주면서 우
리는 인생을 건너왔다. 그러면서 흔들리는 무수한 숨은 짐
승들과 마주쳤고, 마침내 이제는 우리만의 굴속에 머무르
게 된 것이다. 노인들 그리고 피난. 긴급 피난처에는 아무것
도 없다. 아무것도, 말 그대로. 그런데 내가 필수적인 것만
남기고 전부 비워 버리려 했던 이 집의 비밀이 바로 그것이

라면? 불, 물, 나무만 남기고 말이다. 어쨌든 내가 보기에 우리를 둘러싼 것들의 단순함에는 도전적인 면이 있다. 심지어 자신만만한 면까지도. 부아바니에서 보낸 최근의 겨울을 되짚어 볼 때, 빙하가 만들어 낸 이 계곡 구석에 얼마나 많은 눈이 내렸는지. 지난겨울에는 눈이 내리고, 마지막 눈인 것처럼 다시 눈이 내리고, 벚나무가 죽기 전에 마지막으로 꽃을 피우듯이 절박하게 눈이 내렸다. 폭설이 그치지 않고 내렸으므로, 지붕 아래 있는 우리는 그것이 세월인지, 하늘에서 내리는 눈인지, 이미 쌓여 있던 눈인지도 분간할 수 없었다. 아침인지 저녁인지도. 남자아이인지 여자아이인지도. 어린이인지 노인인지도. 혹은 쥐인지도. 내 나이 쉰 살을 넘겼을 때, 나는 아무렇지도 않았다. 예순 살이 되었을 때도 그랬다. 일흔 살에도. 그리고 완전히 쪼그라든 내 가슴도 아무렇지도 않았다. 그리고 우리가 함께 이야기한 사랑들도. 당신이 하는 생각들도. 여성의 심리니 '여성' 작가들도. 맙소사, 나는 자격 미달이었다.

그래도 해발 700미터에서 살아가는 것만은 고수하고 있었다. 그건 그렇다 쳐도, 눈이 정말 무지막지하게 내렸다. 제길, 그리그가 낮게 말했다. 그리그는 두보와 함께하며 중얼거리고 있었다. 제길. 그리그, 나는 그를 다시금 본다. 머리가 희끗희끗하게 세고 살집이 없고 추방된, 이 책에서 저 책으로 쉬지 않고 돌아다니는 이주자 같은 표정의 그리그를. 그의 표정은 유치장에서 막 도망친 13세도 안 된 미성년 자 같기도 하다. 주름과 초췌함을 숨길 순 없어도, 언제나 그 렇듯 그는 매력이 넘친다. 그가 숨이 넘어갈 정도로 웃기 시 작했는데, 중불사전을 뒤적이는 그의 웃음은 결단코 고행자 의 육체에 깃든 어린아이의 웃음, 패전이라는 왕관을 쓴 늙 은 왕의 웃음이었다. 그러는 동안 지구는 이슬람교 수도승 처럼 자전하고 있었다. 이런 생각에는 도취시키는 면이 있 다. 그러니까 지구가 일 초도 멈추지 않고 자전한다는 것, 산 자들은 살아가며 그들 역시 일 초도 살아가는 걸 멈춘 적이 없다는 것. 빅뱅이 일어난 후로 혹은 언제인지 알 수 없을 때 부터 말이다. 두 개의 학설이 있다. 시작만 존재한다는 학설, 혹은 시작은 존재한 적이 없다는 학설. 어쨌든 우리가 한 해 더 살아남을 거라고 생각하는 건 유쾌한 일이긴 하다.

그러고 나서 꽁꽁 얼어붙은 날씨로 접어들었다. 사방이 딱딱해졌다. 머캐덤*처럼 딱딱하게 얼어붙은 회색 지면은

---

*   밤자갈을 펴고 다져 만든 도로.

끔찍하다. 어느 날 나는 꼭두새벽에 집을 나섰다. 아침부터 나갈 때도 있고 저녁에 나갈 때도 있었지만, 하여튼 나는 늘 바깥에 있었다. 불현듯 어떤 생각이 떠올랐다. 이건 뭐지? 활발하게 움직이는 이 사람은 누구지? 대기 중의 어떤 성분이 작용하는 건가? 전기가 통한 듯 내 내면을 변화시킨 이것은 뭐지? 나를 감싼 이 어둠은? 나는 소용돌이치는 소립자들로, 원소로 이루어진 구름 한가운데에 들어가 있었다. 나는 생각했다. 이건 루크레티우스야, 루크레티우스의 몸이 나도 모르는 사이에 나를 관통하는 거야. 이윽고 내가 깃들인 개암나무 몇 미터 앞에 그 구름이 보였다. 사람들은 커다랗고 우글거리는 그 구름에 대해 큰곰이 내 눈앞에 나타났다고, 그 곰의 털에 수천 개의 미세한 운모 조각들과 섞였다고 말할지도 모르겠다. 저녁이 왔고, 큰곰은 응축되어 털로 둘러싸인 두 개의 유방 형태가 되었다. 거기로부터 젖이 길게 흘러나오더니 지면으로 철썩 떨어졌다. 바람이 불어오자, 유방은 더 커지고 흔들리며 유연성을 찾아 갔다. 그다음 날, 꿀벌 떼가 빽빽한 덩어리로, 움직임 없고 털로 덮인 덩어리로, 반짝이는 꿀벌들의 바위로 변모했다. 기아에 시달리는 꿀벌 떼로.

54

마침내 4월에 접어들었다. 완연한 봄이었다. 날씨가 포근해졌고, 나는 전보다 덜 이를 악물게 되었다.

나는 책상 앞을 떠나지 않았다. 바깥과 분리되려고 창문에 등을 돌린 채 앉아 있었다. 5월 내내 그렇게 지냈다.

예스는 부아바니의 문턱을 넘지 않았다. 나는 사람들이 예스를 데려갈까 봐 두려워하지 않게 되었다. 우리는 어떤 소강상태를 지나고 있었다. 이 작은 개에게는 신기한 버릇이 있었는데, 반드시 제자리에서 세 바퀴 돈 다음 발을 앞으로 뻗고 앉는 것이었다. 그거라면 나도 할 수 있을 것 같왔다. 이슬람 수도승처럼 제자리에서 돈 다음 메모들을 앞으로 꺼내 놓은 채 자리에 앉는다. 그러는 동안 의식을 계속 끌어올려 온 우주의 중심을 향해 열어 놓는다.

6월 말의 어느 날, 하루가 저물 무렵 예스와 나는 블루베리 숲으로 가고 있었다. 계절상 블루베리는 이미 다 익어 있을 시기였다. 그날은 아침 일찍 잠에서 깼다. 우리는 날이 더워지기 전에 빙퇴석을 따라 조심스럽게 내려갔다. 블루베리나무 가지들이 뻗어 있는 평지에 도착했을 땐 둘 다 엉망진창이 되었다. 나는 블루베리 따는 기구를 손에 들고 있었고, 예스에게는 튼튼한 이빨이 있었다. 나는 한 알도 먹지 않고 전부 금속 통에 넣었고, 예스는 게걸스럽게 먹어 치웠다. 예스가 블루베리 먹는 모습을 보고 싶어서 나는 팔과 다리로 땅을 짚는 자세를 취했다. 순조롭게 진행되는 중이었다. 예스의 혀와 이빨이 블루베리 열매와 잎들 사이에서 삼중주를 펼쳤다. 이빨이 지나가면 열매는 순식간에 차례로 자취를 감춘다. 예스는 워터맨 블루블랙 색상 잉크로 칠갑을 한 채 네 발로 서서 먹는 중이다. 얼마나 기묘한지. 내 옆에 바짝 붙어서 미친 듯이 먹고 또 먹고 있다. 여기에 와서 너무도 행복해한다는 것이 한눈에 보인다. 예스는 이십 분간 내 왼편에서 조금 앞서 걸으며 발소리도 내지 않고 여기에 왔다. 게걸스럽게 먹는 예스. 녀석은 내가 있는 곳에 엄청난 양의 블루베리가 있을 거라고 생각해서 좋아 죽는다. 내가 자기보다 시력이 좋다는 걸 알고 있다. 그런데 녀석의 블루베리 따는 솜씨는 젬병이다. 예스가 지나간 자리에 열매들이 그냥 남아 있어서 내가 다시 지나가며 그것들을 딴다. 시간이 어느 정도 지나자, 예스가 먹는 걸 멈추더니 언덕 위에 가서 자리를 잡았다. 주변 전체가 바라다보이는 바위 위에서 녀석은 무척 집중한 모습이다. 가끔씩 예스는 나에게 와서 모든 게 괜찮은지 확인한 다음 다시 돌아가 앉는다. 절대로 잠을 자는 법은 없다. 잠은 킹사이즈 침대에서만 잔다. 바깥에 있을 때 예스는 주변을 관찰한다. 어떻게 잘 수 있단 말인가. 그러기에 여기에는 흥분시키는 것들이 너무 많다.

숲의 입구에서 생각했다. 이제 됐어, 들어가자. 발을 내디디자 빛과 그림자가 난폭하게 지워졌다. 한순간도 느슨해질 수 없는 작업. 픽션의 세계가 모조리 부서지는 듯한 우지끈 소리. 충돌. 빠른 걸음. 거친 호흡. 펼쳐졌다가 다시 접히는 곤충의 앞날개.

메모: 가끔은 뛰어들겠다는 생각조차 없이 초원 가장자리에 머문 채 그쪽으로 몸을 완전히 돌려 바라보는 것만으로 충분하다. 내 안의 가장 불가사의한 곳에서 전해지는 움직임을 느끼고, 저 깊은 곳에서 기인한 일종의 동조하는 마음으로. 내가 전부 내려놓고 자신의 한계를 잊을 수 있도록, 내가 더는 존재하지 않도록, 혹은 반대로 내가 순식간에 초원을 향해 몸을 던져 그쪽에서 나를 덥석 받아 주도록.

경계를 뛰어넘는 것은 오래전부터 내가 가장 소중하게 생각하는 능력이었다. 홀로 거기 몸을 던져야 한다. 옆에 한 사람이라도 있으면 빗나가게 된다.

당신 또 어디 갔다 오는 거야? 그리그가 투덜거렸다.

혹은: 당신이 어디로 가려는 건지 모르겠어. 당신을 아는데도.

혹은: 말해 봐, 지금 어디야? 누구와 함께 있어? 그 나무와? 석양이 질 때의 그 붉은색과? 그 붉은색과 뭘 하는 중이야? 거의 질투에 가까운 반응. 때로는 내가 대답해 줄 때까지

나를 숨 막히게도 했던 것 같다. 내가 그에게 무엇을 털어놓아야 할까? 내가 변화무쌍한 몸을 갖고 있다는 사실?

현관 포치에 드리워진 그림자에서 내가 불쑥 튀어나오는 바람에 예스가 소스라쳤다. 해바라기를 하는 데 집중하느라 미처 나를 보지 못한 것이다. 나는 그 자리에 멈춰 섰다. 예스는 수도관 물림 장치의 좁은 턱 위에 몸을 걸치듯 누워 있었고, 그 관을 통해 샘으로 흘러가는 물이 예스의 네 발을 적시고 있었다. 힘차게 흐르는 물을 마주하고 예스는 양 옆구리를 한쪽씩 내밀면서 몸을 털었다. 이번에는 장밋빛 배를 꽤나 조심스럽게 물 쪽으로 내주더니 그다음엔 새벽 구름 색의 등을 내밀었고, 그러고 나서 머리를 내주었다. 도둑들이 두르는 좁고 가는 검은색 띠 같은 그림자로 눈이 가려져 있었다. 가끔씩 도둑인 때까치가 물놀이에 참여해 오며 가며 물방울을 낚아채거나 단단한 부리로 물을 조금씩 찍어 먹는 즐거움을 누렸다. 때까치는 들쥐나 울새, 귀뚜라미를 채 간 다음 피 흘리는 먹이를 찔레나무 가시에 꿰어서 건조시킬 줄도 안다. 새는 몸을 말리고, 몸을 털고, 부리로 깃털을 고른다. 그렇게 오랫동안 치장을 하다가 날아갈 것이다. 아니다, 갑자기 녀석이 조금 전의 행동을 다시 시작한다. 녀석 자신보다 강력한 힘이다. 대단하다. 온몸을 다시 물에 담그며 물을 찍어 먹고 털을 물에 적시는 모든 과정에 기쁨이 깃들어 있다. 나는 한 마리 새를 전에 없이 가깝게 느낀다.

존재하려는 맹렬한 의지.

도롱뇽 한 마리가 내 눈앞에 세계의 수수께끼를 펼쳐 놓는다. 모든 도롱뇽은 축축하고 윤기 나는 살갗에 저마다 고유한 노란색 검은색 띠를 지니고 있다. 그것은 미궁을 빠져나가는 지도 같은 것이다. 모든 도롱뇽은 미궁의 문지기이므로.

아침에 초원으로 향한 문을 열면 일종의 정신적 이명(耳鳴)이, 아니, 꿀벌이 붕붕대는 소리가 흘러 들어왔다. 작렬하는 소음. 세상의 흥분이 작렬하는 소리. 그것은 언제나 그곳에 존재했다. 반짝이면서. 개인적인 생각이지만, 나는 아이러니를 구사할 만큼 깊은 우울감을 경험한 적이 없으며, 그렇다고 그 잔해들에서 제대로 떨어져 있지도 않다. 설령 환상을 품지 않는 것이 진짜 세련된 것일지라도 말이다. 아이러니란 얼마나 세련된 것인지. 기존 질서에 반대하는 냉소주의자가 될 수 있다면 좋으련만. 하지만 내게는 여전히 제 존재를 세상에 천명하는 어떤 메아리가, 섬광이, 전율이 있었으니, 그것은 그 잔해 속에서 해독해야 할 천국의 팰림프세스트*와 같은 것이었다. 나는 깊이 뒤얽힌 채 거기에 매달리고 있다.

밖에 있을 때마다 나는 세상이 완벽하다는 것을 발견하며, 그것이 부끄럽지 않다.

---

* 썼던 글자를 지우고 그 위에 글을 쓰도록 만든 양피지.

55

메모: 나는 집 문간에 앉아 있었다. 풀밭에서 코고는 소리가 나는 것 같았다. 나는 몸을 기울였다. 귀를 쫑긋 세웠다. 그것은 두꺼비 소리였다.

56

비가 내리기 시작했다. 초원에서 물안개가 피어올랐다. 서재 창문 너머로 누군가 지나가는 모습이 보인다. 그는 만발한 금작화와 이른 아침 하늘 색깔과 일치하는 위장복 차림, 그러니까 샛노란 방수 재킷에 분홍 스카프, 챙 없는 푸른색 모자 차림이다. 그는 잠시 멈춰 서서 리타니의 무덤 위로 몸을 기울이고 내가 푯말에 새겨 놓은 말을 해독하는 중이다. 그를 보니 내가 과거에 알던 누군가가 떠오른 건 무슨 이유일까? 바로 그 사람이다. 나는 예스에게 말한다. 기다려. 그런 다음 전속력으로 계단을 내려가 조끼도 입지 않은 채 밖으로 나가 사발 모양의 초원을 빙 두른 오솔길로 돌진한다. 그를 붙잡아서 부아바니에 초대하고 몸을 덥혀 줄 차를 대접해야 한다. 삼십 년이나 흘렀지만, 그 전설 같은 콧수염의 이탈리아 신사와 마주치기를 애타게 기다리지 않았던가. 그의 뒤를 좇아 달리는 동안에도 내가 알던 그 사람이 맞는지 확신하지 못한다. 길 굽이에 이르니 그의 등이 보이지만 여전히 한참 앞에 있다. 그가 잠시 멈춰 서서 국립 지리 연구소에서 나온 지도를 펼친다. 유쾌하게 소리를 지르면 좋으련만. 당신 맞아? 하면서. 하지만 용기가 나지 않는다. 나는 여전히 수줍게 자신을 숨긴 채 고사리 숲 사이를 기어올라 뛰는 가슴으로 그에게 다가간다. 그와 거의 동일 선상에 이르렀을 때 그를 향해 묻는다. 당신 맞아? 한순간 남자가 고개를 들었다. 그런 다음 다시 지도에 몰두했다. 그의 얼굴이 보이지 않았다. 나는 부드럽게 다시 물었다. 당신 맞아? 하지만 그는 듣지 못한 것 같았고, 활짝 핀 금작화들 사이로 성큼성큼, 서두르는 기색도 없이 멀어져 갔다. 그 순간 그가 꽤 멀리 있는 것처럼 느껴졌다.

집으로 돌아와 인터넷에 검색을 해 보았다. 그는 2007년에 죽었다, 이미 오래전에. 그러니 그건 언제까지나 생기 넘치는 어린아이로 남은 그 사람, 이미 지나가 버린 과거의 그였다.

57

어느 날 아침, 예스가 갑자기 공포에 질려 서재 창틀에
서 벗어나 내 발 아래로 재빨리 몸을 숨겼다. 지팡이 소리
만 들려도 내 책상 밑으로 달려온다는 건 익히 알고 있었다.
그런데 내 발 아래에서 그 작은 몸이 떨면서 어떤 메시지를
보내고 있었다. 이윽고 예스는 책상 아래에서 으르렁거리
기 시작하더니 멈추지 않았다. 나는 예스가 있던 창가 자리
로 갔다. 아래쪽 모퉁이를 도는 지점에 두 개의 그림자가 보
였다. 이윽고 네 개가 더 보였다. 목줄을 안 한 개들. 모두 몇
마리나 되지? 혈관 속에 개미가 기어다니는 느낌이 들었다.
순식간에 밤이 내렸다. 내 안에서 무언가가, 나도 익히 아는
일이 일어났다. 열쇠로 문을 잠그고 뇌의 문도 걸어 잠근 뒤,

열쇠를 던져 버렸다. 나는 생각을 시작했으나 생각에 다다르지 못했고, 가야 한다는 말만 되뇌었다. 이미 뭔가 낌새를 챈 예스에게 말했다. 예스, 너는 여기서 기다려. 그런 다음 문을 열어 둔 채 밖으로 나갔다. 예스에게 다시 한번 말했다. 기다리는 거야.

그들은 「서바이버」라는 리얼리티 쇼에 나오는 것 같은 이들이었다. 걸어서 여기까지 온 것이었다. 최악의 상황을 준비하는 사람들. 미래의 승리자이며 정력적인 사람들. 뱀 문신을 한 팔들.

내게 작은 무소음 무반동 22구경 권총만 있다면. 하지만 내겐 총이 없었다. 나는 줄곧 무장 해제의 원칙을 고수하고 있었다.

그때가 생각난다. 가능한 한 빠른 걸음으로 숲을 가로지르며 사람들의 눈을 피해 오솔길을 따라 걷는데, 암흑을 뚫고 나오는 불빛이 보인다. 하늘을 시작으로 모든 것이 강렬하게 인지된다. 신선한 공기와 냄새, 장작을 태우는 불의 냄새가. 내 심장이 미친 듯이 질주한다. 나는 전적으로 끌려

간다. 거의 기어간다. 10미터 앞에 밤의 쪽빛을 뚫고 불그스름하게 빛나는 화염 덩어리가 눈에 띈다. 그것이 나무들의 그림자를, 모든 것을 앗아갈 정도로 어마어마한 그림자들을 크게 확대해서 비춘다. 불 속에서, 불의 광란 속에서 장작들이 우지끈 끊어지는 소리, 인간들로 들끓는 밤의 소리가 들린다. 하지만 그 자리에 주저앉으며 내 무릎 뼈에서 나는 우지끈 소리도 들린다. 어렵사리 몸을 낮춘다. 깨어진 혼란을 틈타 고사리들이 일으키는 반란을 보려고 눈을 부릅뜬다. 고사리, 지구의 오랜 여왕들. 그들은 우리가 그대로 놔두기만 하면 몇 년 안에 지구를 해방할 것이다. 동맹자들. 머리카락처럼 길게 뻗은 줄기들 사이에서 은밀하게 순환하는 모든 것, 그 안에 잠복 중인 것들을 우리는 상상조차 못한다! 그들은 숨기는 데 선수다. 고사리 덤불 속에서 내 눈은 타는 듯한 붉은 빛으로 한순간 암흑을 물들이며 밝혔다가 이내 더없이 짙은 암흑으로 뒤덮는 포화에 익숙해진다. 침낭들이 오솔길을 가로막고 있다. 검은 그림자 속에서 담뱃불들이 붉게 빛난다. 그들은 비밀 경찰을 연상시키는 제복 차림이다. 잠든 남자와 정을 통하는 몽마(夢魔)들처럼 웅크리고 있다.

예전에 나는 사냥꾼들을 겁주곤 했다. 칼을 꺼내서는

그들의 머리 가죽을 벗기겠다는 시늉을 했다. 그런 행동이 그들을 두렵게 만들기는 했으나, 내가 왜 그랬는지는 모르겠다. 나는 손에 돌멩이를 쥐고 있는 것만으로 그들을 줄행랑치게 만들었다. 정말로 돌을 던질 필요도 없었다. 하지만 지금 나는 다리에 관절 경직이 일어난 데다 일어서는 데 오분은 걸릴 테고, 뼈에서 나는 딱 소리가 그들에게 들릴 터였다. 그들은 그냥 사냥꾼들이 아니라 밀렵꾼에 살인자들이다. 더러운 놈들, 더러운 놈들. 나는 중얼거리기만 한다. 식은땀으로 축축해진 이마를 닦는다. 맥박이 여전히 세차게 뛴다. 내 심장은 견디기 힘든 상태지만, 대수로운 일이 아니라는 걸 알고 있다. 어둠 속에서 총구의 불빛이 번쩍인다. 전나무 가지들이 흔들린다. 몽마들에게서 연기가 피어오른다. 인터넷을 통해 개를 매매하는 게 저치들인가? 개들의 위치를 알아내 주소를 파는 것도? 개들을 양도하는 것도? 개들을 제멋대로 이용하고, 온몸의 무게를 실어 내장을 파열시켜 죽이는 것도? 그런데 개들은 어디 있지? 내 눈에는 보이지 않는다. 나는 애써 진정하려 해 본다. 무슨 일이든 일어날 수 있을 것만 같은 밤이다. 그런데 저기서 기묘한 일들이 벌어지는 중이다, 한낮에도 언제나 밤인 것처럼. 우리의 무의식이 백일하에 도망쳐 나온 것이다. 우리는 암흑

물질, 우리의 이해를 벗어난 농후하고 혐오감을 일으키는 초현대적인 암흑물질을 가로질러 간신히 나아가는 중이다. 세계는 해석 불가능해졌고, 사람들은 모든 걸 노출하는 데 정신이 팔려 자신을 드러내지 않는다는 것의 의미를 이해하지 못한다. 현재 진행 중인 이 기묘한 일은 여기 숲 구석진 곳과 산만이 아니라 파리와 모스크바, 중앙아프리카, 브라질까지 영향을 미치지 않는 곳이 없다. 인간과 짐승과 숲은 세계 곳곳에서 동일한 약탈을 겪고 있고, 예속 상태와 고문과 강간이 일어나고 있다. 우리가 밤마다 꿈을 꾸는 이유는, 잠에서 깨어난 후 선 채로 잠을 잤다는 증거를 확보하기 위해서라고 생각한다. 우리는 선 채로 잠을 자는 걸 멈추지 못한다. 나는 끔찍한 꿈의 내부에 들어가 있는 것이다.

숲속 짐승들은 미동도 없었다.

일제 사격의 불빛이 어두워 잘 보이지 않는 구주소나무들과 분간이 되지 않는 앉아 있는 사람들의 윤곽을 비추었다. 갑자기 내가 다른 세계에 있는 게 아니라는 깨달음이 온다. 연달아 발사되는 총의 불빛에 아무것도 아닌 연약한 내 존재 역시 드러날 거라는 생각에 지나치게 위험을 무릅썼다는 후회가 밀려들면서 두려움과 슬픔에 눈물이 흐른다. 뒤로 물러설 필요가 있다. 나는 고사리 숲 한가운데에서 어렵사리 발길을 돌린다. 내 발 아래에서 고사리들이 감자칩처럼 바스락거린다. 내 몸에서도 딱, 소리가 난다. 어떤 일을 내려놓아야 하는 때가 있다. 나는 내 몸에게 그걸 설명해준다. 몸에게 말한다. 너랑 나, 우리는 너무 늙었어.

숲가에 위치한 집 문턱에서 예스가 나를 기다리고 있었다. 얼마나 오랫동안 문지기처럼 그 자리를 지키고 있었던 걸까? 나는 무너져 내렸다. 영리하고 귀여운 아이처럼 예스는 커다랗고 부드러운 혀로 내 이마와 뺨, 목과 손을 명명했다. 예스는 평온했다. 늑대의 후손이자 동물계의 사자(使者)인 개는 야생의 세계에서 돌아온 여자에게 붕대를 감아주었다.

밤새워 자기 개에게 돌봄을 받은 여자.

아직 깨어 있는 그리그에게 숲속에서 본 이들의 캠프 이야기를 꺼냈다. 그가 말했다. 바깥세상에서 벌어지는 일에 너무 신경 쓰지 마! 그러느니 책을 읽는 게 낫다고.

58

　　며칠 지난 어느 날, 오전 11시경 나는 새벽부터 서재에 틀어박힌 채 열두 가지 버전의 첫 문장들과 다섯 가지 버전의 절정들 사이에서 헤매고 있었다. 하나의 결말 대신 용두사미에 가까운 세 가지 이야기를 노려보고 있었다.

　　그러다가 우리가 함께 쓰는 침대가 그대로 놓여 있는 주방으로 차를 끓이기 위해 내려갔다. 그리그가 이미 일어나 있었다. 그가 말한다. 있잖아, 간밤에 굉장한 일이 있었어. 생각지도 못한 아름다운 경험을 했어. 그의 눈은 오랫동안 잃었던 광채를 다시 띠고 있었다. 어젯밤에 당신이 자는 동안 방에서 『안나 카레니나』를 다시 읽었어. 매년 여름이면 내가 하는 일이잖아. 그리그가 말을 이었다. 키티가 나

오는 대목을 읽다가 갑작스럽게 뭘 발견했게. 그 책을 이미
쉰 번은 족히 읽었는데 이번에야 발견한 거야, 키티가 기르
는 개 이름이 크락이라는 걸. 순간적으로 내가 처음으로 키
웠던 개 이름이 크락이었다는 사실이 떠올랐어. 당시는 전
쟁 중이었고, 우리는 오로드에 있는 로스 부인 댁에 숨어 지
냈는데, 그때 난 다섯 살이었지. 로스 부인이 기르던 개가
내가 태어나서 처음 만난 강아지였고, 그 개 이름도 크락이
었어. 그런데 어젯밤 로스 부인이 『안나 카레니나』에서 착
안해 그 개의 이름을 지었다는 걸 뒤늦게 깨닫고 전율했어.
『안나 카레니나』는 로스 부인이 좋아하는 책이었고, 부인
은 꽤나 몽상적인 사람이었던 거지. 그러니까 나는 아주 어
린 시절부터 그 책과 연결되어 있었던 거야. 그 연결고리를
발견하고 이루 말할 수 없는 기쁨에 휩싸였어. 크락이라니,
알겠어? 크락, 개 이름으로는 흔치 않은 이름이잖아. 그런
이름을 가진 개에 대해선 들어 본 적도 없다고. 그날 밤 나
는 정말 특별하고 아름다운 꿈을 꾸었어. 초고속 열차를 탄
듯 미친 듯이 빠르게 전개되는 꿈이었는데, 끊기지도 않았
고 배경이 총천연색이었지. 꿈속에서 아버지는 전쟁에 나
갔고 나는 엄마를 혼자 독차지했어. 오두막들, 작고 둥근 야
생 열매와 야생화, 우리 엄마 루스의 작은 병에 든 향수들,

아침마다 비행기들이 우리를 위해 이끼 위에 떨어뜨려 놓은 은박지 필라멘트들이 꿈을 가득 채웠지. 꿈은 멈추지 않고 계속되었어. 꿈속에서 우리의 삶은 위험에서 벗어나 있었고, 그저 엄마의 날개 아래 삶은 오로지 삶, 엄청나게 삶이었어. 그런데 갑자기 크락이 등장했고, 우리 셋이 오두막에 함께 있었는데, 기억나기로 마지막 오두막은 잎이 다 말라 버린 개암나무 가지들로 만들어진 곳이었고, 거기를 통해야만 사람들이 우리를 볼 수 있었지. 그리고 모든 게 끝났어. 끝이었지. 나는 꿈 이야기를 늘어놓는 그리그를 다시 바라보았다. 그가 주방을 왔다 갔다 하더니, 사발 안에 티백을 넣고 레몬 반쪽을 짜서 넣고, 각설탕 세 개를 넣었다. 내가 말했다. 너무 많아. 그는 아랑곳하지 않고 끓는 물을 붓고는 갑자기 몽상가처럼 내게 말했다. 있잖아, 내 서재가 불쑥 떠올랐어. 당신 서재도. 그리고 우리가 구석진 숲에서 씨를 뿌려 거둔 우리의 두 아이가 생각났지. 그런데 그 애들의 아이들 세대는 책을 읽지 않잖아. 우리 아이들은 누구에게 서재를 물려주게 될까? 자녀들이 책을 읽지 않는다면 말이야. 안나 카레니나는 과연 어떻게 될까? 키티는? 이런 생각을 하니 너무 무서워지더라고. 나는 벼랑 앞에 선 것처럼 얼어붙은 그리그를 쳐다보았다.

우리 아이들의 아이들은 번개오색나비나 큰황제나방, 날개에 푸른 동공 무늬가 여섯 개 있는 굴뚝나비를 한 번도 본 적이 없는데, 어떻게 그걸 기억하고 그리워할 수 있겠는가? 방울새, 소리개를 한 번도 본 적이 없는데, 어떻게 그걸 기억하고 지키기 위해 싸울 수 있겠는가?

잠시 후, 그리그가 내 앞에서 다소 기묘한 생각을 풀어 놓기 시작했다. 나는 지식을 머릿속에 차곡차곡 저장해 두지만 정작 밖에 나가면 그런 건 필요하지도 않더군. 삐딱한 재세례파 교도들이 지은 이 집의 흰색, 라메 호수의 푸른색, 세차게 흐르는 급류의 은회색에 대해 나는 정확히 알고 있어. 하지만 이제 나는 아무것도 필요하지 않아. 그날 저녁 그리그는 내 앞에서 잘난 척하며 말했다. 평생 그토록 강해지고 싶었는데 말이야. 지금까지 내가 경험하지 못한 쾌락은 헤밍웨이의 소설에서처럼 도시를 걸어다니는 거였을 거야. 그리고 누군가 내게 달려들면 주먹으로 나 자신을 방어하는 거지. 사내처럼 싸울 수 있기를 바랐지만 불가능했어. 나 자신을 지키는 것조차 못했고 나는 늘 열등감에 싸여 지냈어. 그래도 언제나 날 도와주는 사람들이 있었어. 그 일흔 살의 벌목꾼 기억하지? 어느 날 밤 그 사람이 겨울을 나기 위해 벌채한 나무를 나 대신 등에 지고 운반해 줬잖아. 그다음 날 아침 우리 집 문 앞에 땔감들이 전부 정리되어 있었지. 그 사람이야말로 산에 사는 고귀한 귀족이었어. 그리고 그는 다시 풀이 죽더니 자리에 앉아 몸을 웅크려 파이프 담배에 불을 붙였다. 우리는 말없이 있었다.

며칠이 지난 후, 그리그는 앓아누웠다. 심각한 병은 아니었다. 병증의 신호는 없었다. 그렇지만 적잖이 걱정이 되었다. 당신한테 내가 죽을 거라는 얘긴 한 번도 한 적 없지. 그리그가 말했다. 당신은 지금 진행 중인 원고에 더 잘 울기 위한 이야기를 미리 쓰고도 남을 사람이지만. 인정하라고.

침대. 구겨지고 해져서 불쾌한 침대 시트가 왠지 놀란 표정으로 나를 바라보던 그리그 때문에 다르게 보였다.

아직 동이 트기 전이었다. 나는 서재에 머물러 있으면서 황급히 몇 자 썼고, 그리그를 생각했다. 언제나 그를 생각했다. 꽃을 봐도, 여자 앞에 있어도, 구름 한 조각을 봐도 냉소적으로 구는 그의 태도에 대해서도. 그건 누가 일부러 시킨다고 할 수 있는 게 아니다. 그의 빈정거림은 사랑하는 대상에게 야유를 보냄으로써 자신을 보호하는 방편이었다. 그를 보며 나는 앞으로 일어날 수 있는 실망스러운 사건에 대비하려고 미리 애쓰는 연인을 떠올렸다.

59

나는 그것이 다가오고 있음을 직감했다. 유감스러운 일이었지만 둘 중 하나가 급격히 늙기 시작한 것이다. 바로 예스 말이다. 개는 인간보다 일곱 배 더 빨리 늙는다. 반려동물과 함께 노년을 보내는 것은 우리가 처음 겪는 일이었다. 그리고 이유를 알 수 없었지만, 예스와 그리그 둘 다 점점 너무 야위어 가고 있었다. 붉고 검은 신선한 야생 열매들로 새로운 음식을 만들어 주었지만 소용이 없었다. 둘 다 거의 먹지 않았고 물만 마셨다. 물을 마시는 데도 오래 걸렸다. 예스는 자기 스테인리스 그릇의 물을 마시고, 그리그는 식탁에 앉아 물을 마셨다.

한번은 그리그가 말했다. 당신이 아흔 살에 어떨지 궁금하네. 아마 난 그때까지 살아 있을 것 같지 않지만. 그의 눈 밑의 붉은 다크서클이 지난번보다 더 커 보였다. 우리는 모든 것으로부터 헤어났잖아, 운이 좋았지. 그리그가 덧붙였다. 가난한 시절을 겪은 것도 운이 좋았어. 지금 그걸 돌아볼 수 있다는 것도, 안 그래? 이제는 진수성찬도 끊었지. 그가 말을 이었다. 우리는 모든 것으로부터 벗어났어. 입술이 가늘게 떨렸다. 그는 정말이지 앙상해졌다. 바로 그날 아침, 그리그는 예전처럼 절단기를 들고 밖으로 나가 내년에 대비해 땔감을 마련하려고 했다. 나는 그에게 앞으로 열 번은 겨울을 날 정도의 땔감이 남아 있다고 말해 주었다.

우리는 바깥세상에서 일어날지도 모르는 일들이 더 이상 두렵지 않았다. 자기 파괴의 충동으로 가득한 세상은 최악의 상황에 익숙해진 것처럼 보였지만, 여전히 우리는 여름에도 불을 피워야 하는 북쪽 지방의 냉기 속에서 난로와 가까운 침대 안에서 바짝 붙어 잠드는 생활을 하고 있었다.

나는 일어나서 아직도 자고 있는 둘을 바라보았다. 그들은 점점 더 닮아 가고 있었다.

그들은 함께하는 일상에 익숙해졌다. 나는 밤이 내릴 때까지 자연을 등지고 서재에 앉아, 자연과 거리를 두고 자연을 밀어내고 거부하면서 뒤죽박죽 섞인 메모들에 매달리는 시간을 제대로 버텨 냈다. 바깥에는 여름이 왔지만 어쩌겠는가. 분리의 단계라는 중요한 단계를 지나는 중이었다. 글 쓰는 데 발동이 걸리길 원한다면 자연과 분리되어야 한다는 것을, 별개로 살아야 한다는 것을 나는 잘 알고 있다. 기상 시간도 더 늦어졌지만 본격적인 시작은 요원했다. 초점이 잡히지 않았다.

— 네 책에서 저 개에 대해 말해 보면 어떨까. 나는 나 자신과 대화를 나누었다.

— 무슨 소리야! 예스에 대한 책을 쓰라는 얘기야?

— 왜? 넌 여우나 늑대, 곰 이야기만 써야 한다고 생각해? 개는 집에서 기르는 동물이라서 안 되는 거야? 일상적이라서? 너무 평범해서? 모두가 개를 기르니까? 아, 바로 그거야! 딱 좋아. 그 책의 제목을 내 식탁 위의 개라고 하는 거지.

— 뭐라고? 네 소설 제목을 내 식탁 위의 개라고 하고 싶다고? 하지만 귀여운 개를 키우는 모든 여성들을 독자로 가

지게 될 거야. 그건 네가 원하는 게 아니잖아.

— 아니. 오히려 그게 내가 원하는 바야. 그건 모든 것을 아우르는 제목이면서 어떤 세대에게는 특별한 제목이 될 거야. 자신들의 식탁으로 다양한 종들을 받아들이는 거지. 이렇게 말하는 것 같잖아. 들어오렴, 동물들아, 우리 같이 식탁에 앉자, 너희를 위해 자리를 마련했어. 이건 열려 있는 제목이야. 짐승들에게 열려 있는 식탁 같은 제목, 아이들이 멀리서 큰 소리로 외칠 것 같은 제목이야. 이건 하나의 징후야. 하나의 선언인 거지. 내 말을 믿어. 이건 훌륭한 제목이야, 소피. 카프카에 따르면 동물계의 사자(使者)인 개가 인간의 식탁으로 초대된 거지. 이 제목은 꼭 계속 가져가.

우리가 항상 주방 문을 열어 두었으므로, 그 문은 밤마다 밤을 향해 열려 있었다. 초원과 같은 층에 있는 1층의 이 간이 주방을 떠올린다. 날씨는 쾌청하고 포근하고 온화했다. 그리그와 예스는 시원한 공기를 마시면서 저녁 무렵까지, 하늘이 푸른빛에서 검게 물들 때까지, 마지막 귀뚜라미가 울 때까지 그 문턱을 지키고 있었다. 내가 서재에서 글을 쓰려고 고군분투하는 동안, 이번에는 예스와 그리그가 초원 가장자리에 머물다가 밤이 되어도 집에 돌아오지 않기 시작했다. 나는 창가로 가서 기댄 채 그들이 어디쯤 있을지 추측하곤 했다. 가끔은 바깥 음수대 위에 그림자 하나가 앉아 책을 읽고 있는 모습이 보였다. 달이 떴든 그렇지 않든 그 그림자는 밤에 녹아들도록 오랫동안 책을 읽었다. 말할 것도 없이 그리그였다. 그리그가 첫 귀뚜라미 울음소리와 함께 굶주리고 바싹 마른 모습으로 비틀거리며 귀가했을 때는 푸르스름한 어둠이 걷히는 새벽 5시였다.

그 뒤를 예스가 따르고 있었다.

그들이 귀가하는 새벽에 나 역시 침대에 들어가려던 참이었다. 마룻바닥 위에서 삐그덕거리는 둘의 발소리가 들렸고, 그 소리를 다시 한번 들으면서 내 눈에 눈물이 차올랐다. 그들의 발이 끌리는 소리, 발톱 스치는 소리가 걱정스러운 내 마음을 할퀴었다. 하나씩 순서대로 집에 돌아온 둘은 백이십 살은 먹은 것처럼 비틀거렸다. 그러고는 침대로 기어올랐다. 둘은 몸을 뒤척거리고, 천천히 조심스럽게 다시 뒤척였다. 깡마른 몸이 침대에 자리 잡는 것이 힘든 모양이었다. 바로 내 옆에, 내 깡마른 몸 옆에. 실로 우리 셋은 연결되어 있었다. 그리그가 매우 인간적인 개인지, 아니면 나의 반려견인지 더는 알 수 없었다. 어쨌든 그는 꿈을 많이 꾸었고, 그 꿈 이야기를 해 주었다. 그리그가 꾸고 또 꾸는 꿈은 이런 것이다. 나는 남쪽 지방의 산기슭에 있어. 양치기 한 명을 만나. 그가 내게 한배에서 태어난 강아지들을 보여 주고 하나씩 소개해 주는데, 이런, 그중 한 마리를 나에게 주는 거야.

하지만 어쨌든 그리그는 변하고 있었다.

이제 나는 그에게 바짝 붙어 따라다녔다.

나 좀 그만 쳐다보지그래, 여보. 그리그가 말했다. 우리는 서로에게 점점 더 다정해졌고, 상대의 불안을 이해했다. 때때로 용기를 회복하기도 했다. 우리는 우리 삶에 찾아올 봄의 가능성을 여전히 믿고 있었다. 자주는 아니었지만. 내가 혼자 남으면 어떻게 될까? 어떤 순간에는 절망이 너무 가까웠다. 내게 그리그는 전부였다. 내가 보기에 그 둘에게 찾아온 것은 우울증이었다. 그래서 나는 그저 우울증일 뿐이라고 생각하며 주술 의식으로서 글을 쓰려고 애썼다.

얼마 후 그리그가 말했다. 책 읽는 게 힘들어. 눈이 잘 보이지 않아. 책을 읽을 수 없었으므로 그는 아랫마을로 내려가 안경을 바꿔야 했다. 물론 그리그는 그러고 싶어 하지 않았다. 결국 그는 책을 읽지 못하는 상태가 되었다. 진작 병원에 가서 진료를 받아야 했다. 그건 더 하지 않으려고 했지만. 그가 마지막으로 병원에 갔을 때 의사 옆에 인턴이 있었다. 아직 의사는 아닌 인상 좋은 인턴이었다. 그런데 그리그가 병원을 나서며 그녀에게 "다음에 봐요, 마드무아젤."이라고 인사했다가 한소리 들었다. 요즘엔 아무도 마드무아젤이란 말을 안 쓴다고 하더군. 그 뒤로 그리그는 병원에 발길을 끊었다.

그는 늙어 가는 아이였다.

아이처럼 소란을 피우는 노인이었다.

어릿광대였다. 그는 천성적으로 부랑자와 광대의 면모를 지닌 탓에 예술을 하려는 마음을 포기했고, 그런 방식으로 자기 삶을 예술로 만들었다. 그는 자신이 내던져진 세계를 이해하지 못했다.

얼마 후 나는 그리그가 독서를 할 수 없게 된 이유가 책을 읽다가 잠이 드는 바람에 안경이 휘어졌기 때문이라는 걸 알게 되었다. 아침마다 안경과 씨름하다가 그랬을 수도 있었다. 나는 그의 안경을 가져다 펴 주었다. 그리그는 씨름하기를 그치지 않았다. 삐딱하게 구는 건 그의 타고난 성품이었다. 나는 도대체 무엇에 그렇게 반항하는 거냐고 물었다. 그는 할 말을 찾지 못했다. 휘어진 안경을 펴 주었는데도 소용이 없었다. 그는 여전히 책 읽는 것을 힘들어했다. 그 뒤로 내가 찾은 이야기들을 그에게 읽어 주었다. 인터넷에서 우연히 본 글이나 내 자료들을.

그리그 쪽에서 이야기를 들려줄 때도 있었다. 어느 날 저녁에는 내게 구스타프 그레저의 이야기를 알고 있느냐고 물었다. 나치의 폭정이 한창일 때 맨발에 샌들만 신은 이 무정부주의자가 어디에 숨어 있었는지 아느냐고. 그는 헤르만 헤세에게 영감을 주었고, 헤세는 『동방 순례』에 그를 모델로 한 레오라는 인물을 등장시키기도 했다. 들어 봐, 트란실바니아에서 온 이 남자는 누더기를 걸친 행색이었고 철학적으로는 견유학파의 친구쯤 되었는데, 수염을 길게 기르고 헐렁한 긴 가운을 입고 날음식을 먹었어. 그는 시인이었지만 아무런 글도 남기지 않았어. 단 한 줄도. 그에게 중요한 건 삶 자체였거든. 그는 풀잎에 시를 써서 마주치는 사람들에게 나눠 주었어. 그는 별다른 이유도 없이 자신을 '구스 그래스(Gus Grass)'라고 부르는 걸 좋아하지 않았지. 이 대목에서 당신도 월트 휘트먼의 시집 『풀잎(Leaves of Grass)』을 떠올릴 테지. 그레저가 노자의 책을 번역했다는 사실도 기억하라고.

그런데 여보, 이 시인은 도대체 나치를 피해 어디에 숨어 있었던 걸까? 확실하게 알려진 건 없어. 모든 것이 몬테 베리타를 둘러싸고 전해 내려오는 이야기일 뿐이니까. 어쨌든 진실(Vérité) 말이야. 나는 몰랐다고 대답했다.

그리그는 자신이 오랫동안 몬테 베리타에 관심을 가져왔다면서, 그곳은 예술가와 작가, 사상가들이 모인 공동체로, 테생 지역의 아스코나 위쪽, 마죄르 호수 가장자리에 위치해 있다고 했다. 나는 인터넷에 접속했다. 그리고 문서 몇 개를 내 파일에 저장했다. 프랑스어로 된 기사는 거의 없었다. 그곳은 동부에 위치한 거대한 마법의 숲과 송어와 신화들을 품은 그곳의 시냇물로부터 발원한 게르만 무용담이자 19세기 말 스위스에 뿌리내린 무용담으로 남아 있었다. 그렇게 20세기의 첫 이십 년간 몬테 베리타는 세계의 한 축이 되었고, 모든 환상의 실험실이 되었고, 다른 삶에 대한 꿈들, 인류 역사상 한 세기에 두 번 태어나는 꿈들이 배태되는 현장이 되었다. 그 명단에 프랑스인은 없었다. 아, 유일하게 이방 골*이 있었다. 미국인인 이사도라 덩컨과 레이먼드 덩

---

*   Yvan Goll(1891~1950). 프랑스의 시인.

컨 부부가 있었고, 러시아인인 칸딘스키와 바쿠닌, 레닌이 있었다. 그렇다, 레닌도 그 공동체에 몸담았었다. 그 외에 오스트리아의 마르틴 부버와 아일랜드인 제임스 조이스, 영국인 데이비드 허버트 로렌스, 플랑드르인, 스웨덴인, 헝가리인, 다수의 스위스인, 특히 취리히와 바젤의 조피 토이버 아르프와 한스 아르프, 그리고 물론 다수의 독일인들이 몬테 베리타에 속해 있었다. 헤르만 헤세와 후고 발 역시. 얼추 백 년 전의 일이었다, 그들 모두가 몬테 베리타에서 조우한 것은. 그들은 무엇을 찾아 그곳에 갔을까? 미래에 대한 환상을 찾아? 혁명이 원점으로 돌아오는 일은 없다는 듯이. 공동체적 대안이라는 것이 존재한다는 듯이. 공동체적 망상이었을까. 꿈을 강탈당한 채 그곳에 모인 하나같이 천진난만한 사람들, 귀여운 아이 같은 사람들! 차라리 돈키호테가 되어 스페인 풍차를 좇는 편이 낫다. 기이한 것은, 언제나 비슷한 흐름이 나타난다는 것이다. 새로운 인물을 기대하지만 일어나는 일은 전과 별반 다르지 않으며, 사람들은 다시금 새로운 것을 요구한다.

오늘날을 살아가는 우리처럼 그들도 수차례 교착 상태에 다다른 현대 세계를 확인했을 테고, 아침마다 일어나 모든 촛불을 껐을 것이다. 하지만 그들은 우리 이상으로 가능

성 있는 새로운 세상에 대한 환상을 품고 살았다. 오두막집
과 산장, 형이상학적 곤궁함, 숲, 태양, 나체 생활. 육체의 종
교화, 둥글게 손을 잡고 추는 집단 댄스, 우주의 질서에 복
종하는 그 모든 연극. 결국 우두머리 한 명에 의해 상황이
악화된다.

한 명의 지도자에 의해.

그들은 진지함을 갈망했다. 의미를 원했다. 사뮈엘 베
케트가 그저 한번 둘러보려고 그곳을 방문하지는 않았을
것이다. 존 케이지도 마찬가지이다. 부조리는 인간들에게
지나치게 가볍다.

그들은 광명과 화염 덩어리, 징소리, 나체, 그리고 정화
기능을 하는 이교도적인 큰 불을 집단적으로 둘러싸고 하
나로 녹아들기를 원했다. 그런데 유대인이라는 이유로 거
기서 배척된 소녀도 있었다는 사실을 알아야 한다. 몬테 베
리타에서 모든 것이 실패의 흐름을 타기 시작한 건 그때부
터였을까? 라반*의 동반자이자, 1933년 이전에 몬테 베리
타에서 열린 신체 축제와 1936년 괴벨스를 위해 올림픽에

*   루돌프 폴 라반(Rudolf von Laban, 1879~1958). 헝가리 출신의
       무용 이론가. 기호에 의한 움직임의 기보법인 '키네토그라피'를
       고안했다.

서 안무를 맡은 마리 비그만*의 마녀 춤을 본 사람이라면 그 에너지들의 복잡성을 이해했을 것이다. 에너지들의 일부는 정력적이고 활기차고 폭력적이며 위압적이고 순수한 윙거** 스타일이었다. 다른 나머지는 근원과 본래의 가치로 돌아간, 비교하자면 퇴화하고 여성스러워진 에너지들이었다. 그리고 여기에 가장 이상한 점이 있으니, 나치즘과의 수렴과 분화가 시작되고 있었다는 것이다. 극우와 극좌, 무정부주의가 뒤섞여 있었다. 그야말로 얼키고설켜 있었다.

이제 구스 그래스가 즉시 도망친 이유를 알겠어?

그리고 1933년이 되었지.

고양되었던 흥분은 잦아들고 두려움이 싹텄어. 나치의 억압과 테러 폭정은 진행 중이었고.

사람들은 망명을 하거나 숨어들었어.

그리그가 잠시 말을 멈추고 나에게 물었다. 오두막들을 아직 믿을 수 있을까?

나는 고개를 저어 아니라고 대답했다.

---

*   Mary Wigman(1886~1973). 독일의 현대무용가·안무가.

**   에른스트 윙거(Ernest Jünger, 1895~1998). 독일의 작가. 나치를 비난하고 평화와 자유를 역설했다.

그리그는 하던 이야기로 다시 돌아가 내게 물었다. 구스 그래스가 어디에 숨었었는지 알아? 나는 알아, 책에서 읽었거든. 그가 말을 이었다. 숙명적인 해 1933년에 그레저는 뮌헨에 정착했다고 해. 그곳 독일에서 불법 체류자로 유령의 삶을 살던 그는 어느 날 자취를 감추었어. 그의 소식을 아는 사람은 아무도 없었어. 증발해 버린 거지. 1945년이 되어서야 그가 어디에 숨어 있었는지 밝혀졌어. 부인할 수 없는 증거인 사진 한 장이 존재했거든. 그 사진에 찍힌 사람은 의심의 여지 없이 바로 그였어. 키가 크고 뼈대가 굵고 마른, 잿빛 장발에 회색 수염을 길게 기르고 둥근 선글라스를 쓴 르네 니콜라 에니* 같은 남자. 그는 파카와 레깅스 차림이었지. 사람들은 그가 맨발에 샌들을 신었을 거라고 짐작했어. 폐허의 벌판이었던 뮌헨으로부터 불쑥 등장한 너덜너덜한 간디와 같은 모습일 거라고 말이야. 그는 1939년에 야코프 뵈메**의 『튜튼족의 철학』이라는 책을 찾기 위해 대형 도서관에 들어갔고, 그 후로 거기서 나오지 않았던 거야. 너무 쉬웠지. 그는 책장 가득 꽂힌 책들의 텍스트 안

---

*   René-Nicolas Ehni(1935~2022). 프랑스의 문인·극작가.

**   Jacob Böhme(1575~1624). 독일의 신비주의자.

에 내내 숨어 살았을 거야. 나치의 코앞에서 내리 육 년 동안 말이야. "나의 언어 안에 피신해 있었다." 그가 밖으로 다시 나오며 한 말이었어.

나는 그리그에게 대꾸했다. 결론적으로 난 구스 그래스 같은 사람을 현실에서 만나고 싶진 않은걸. 나는 내 옆의 고독한 방랑자가 천 배는 더 좋아. 자기 청바지도 못 찾는 사람인데, 지금 내 옆에서 또 다른 방랑자의 이야기를 하고 있는 사람 말이야.

이번에는 내가 그리그에게 물었다. 구스 그래스를 모델로 한 레오가 나오는 헤르만 헤세의 『동방 순례』에 등장하는 개 이야기를 아는지. 헤르만 헤세? 그리그가 반문했다. 헤세라면 옛날에, 그러니까 신비주의 성향이 강했던 청소년기에 대충 다 읽었어. 제대로 읽지는 못했지만. 그래도 아직 내 책장에 추억처럼 꽂혀 있어. 그런데 『유리알 유희』는 소장하고 있지만 『동방 순례』는 없어. 잘됐네! 내가 말했다. 그 『동방 순례』에서 옳은 건 바로 개야. 관료를 믿지 말고 개들을 신뢰해라. 이것이 그 책이 우리에게 들려주는 메시지야. 왜냐하면 개들은 인간에게 길들여졌음에도 편파적이지 않으니까. 헤르만 헤세가 주목한 개는 지상의 살아 있는 존재들 가운데 최고의 결정 기관 중 하나야. 개들은 실수가 없고 부패하지 않은 심판자야. 인간의 동맹에 속하지 않거든.

우리 둘이 탐독했던 픽션과 현실이 우리 곁을 떠나지 않고 내내 함께하고 있었다.

60

그날 이후 그리그는 침대 밖으로 나오지 않았다. 예스도 컨디션이 좋지 않은 채로 어슬렁거렸다. 두 달 전 고열에 시달린 예스는 새끼를 갖고 싶어 안절부절못하는 것 같았다. 상상임신을 했는지 유방이 젖으로 퉁퉁 불어 있었다. 나는 실성한 사람처럼 지냈다. 그래서였을까, 나무의 주름 속에서 사람의 얼굴을 찾기 시작한 것은. 거기서 구멍 두 개를 발견하고는 눈이라고 생각했다. 작은 틈을 보았을 땐? 입이라고 생각했다. 재세례파 교도들이 그랬듯이 나도 거기에 대고 기도를 했다. 다른 식으로는 버틸 수 없었기에 파레이돌리아*라고 불리는, 내가 찾아낸 그 얼굴들을 보며 간구했다. 밤의 시큼한 냄새 속에 나무들은 커다랬고 짙었고 위압

적이기 때문에. 그것들이 우리를 지켜보고 있기 때문에. 더 이상 우리는 혼자가 아니다. 팔레이돌리아에 대해서라면 나는 몇 페이지고 상세히 기술할 수 있었다. 그 대략적인 윤곽도 파악한 상태였다. 그것들은 곳곳에 모습을 드러내고 있었다. 이따금 눈구멍이 비어 있는 해골의 모습을 하기도 했다. 텅 빈 세계.

나는 그리그가 정말 죽을 수도 있다고, 죽을 거라고 생각했다. 그의 사라짐은 세계의 사라짐만큼이나 가능한 동시에 불가능했다. 요컨대 그랬던 것 같고, 확신은 못하겠지만 나는 아마도 그리그가 죽을 거라고 상상했던 것 같다. 그리고 나는 메모들 속에서 그 생각을 몰아내려고 푸닥거리를 하는 중이었다. 어쩌면 관건은 거기 있는지도 몰랐다. 그리그가 이미 눈치챘다는 것에.

나를 죽일 수 있는 절호의 기회가 또 한 번 찾아온 거야. 그리그가 말했다. 한 번 더. 그는 내게 이번에는 뜻대로 안될 거라고 예고했다. 자신을 없애 버리려 한다며 나를 비난

*   연관성이 없는 대상에서 일정한 패턴을 추출해 연관된 의미를 떠올리는 심리 현상. 벽이나 천장의 얼룩, 구름 등이 사람의 얼굴이나 동물로 보이는 것.

하기도 했다. 한 번은 괜찮아. 하지만 두 번은 안 돼. 연이어 소설 두 권은 아니야. 두 번이면 수상쩍어지거든. 그러니 내 생각도 조금은 해 줘. 살다 보면 무심해질 수 있지만, 그러지 못할 상황들도 있어. 나를 죽일 생각만 하는 '여성' 작가의 남편이 되는 건 그리 재미있는 일이 아니야. 내가 대꾸했다. 그게 무슨 말이야, 말도 안 돼. 그냥 불안을 몰아내려는 푸닥거리 같은 거야. 내가 당신을 얼마나 사랑하는지 알잖아. 당신을 위해서라면 난 무슨 일이든 할 거라고.

7월의 어느 아침이었고, 우리 셋은 여전히 침대에 있었다. 예스는 우리 발치에 누워 우리의 공간을 어느 정도 확보해 주었는데, 퍽 드문 일이었다.

그래. 알아, 여보. 알고 있어. 그리그가 말을 이었다. 당신이 날 사랑한다는 걸. 그런데 결국엔 아무도 모를 일이야. 그리고 바로 그런 사소한 게임 같은 것을 통해 본심이 드러나는 법이지. 당신이 어떤 마음으로 그러는지 알아, 여보. 나도 당신을 사랑하니까. 나 역시 당신이 죽을 수도 있다는 상상을 이미 해 봤으니까. 그건 '여성' 작가가 되지 않아도 할 수 있거든. 당신이 죽으면 나는 당신으로부터 해방될 거야. 우린 서로에게서 해방되기를 그토록 꿈꾸었잖아. 사람이 자기 자신을 잃지 않고 누군가와 평생 함께할 수 있을까? 나는 태어날 때부터 방랑자 기질이 있었잖아. 나는 그런 사람이지. 한 달 뒤에 떠나면서 당신을 놓아줬어야 했는데. 첫 달의 첫날부터 내 속셈은 이거였어. 커다란 통을 버찌로 가득 채워 버찌 브랜디를 담가 돈 좀 버는 거. 그리고 당신을 서점으로 데려가 원하는 책들을 전부 고르게 하는 거지. 그런데 통에 버찌를 채우는 데 시간이 너무 오래 걸려 버찌들은 썩어 버렸고, 증류주를 제조한다던 사내가 버찌를 안 산다고 하네. 이제 나는 당신을 떠날 수가 없는데. 작년 여름에 우리의 결혼 육십 주년을 기념해야 했어.

당신 내 말을 이해하지? 당신은 우리를 잘 알잖아.

우리는 어떻게 될까?

그리고 내 방황들은 어떻게 될까?

우리는 그 자리에 붙박였다. 같이 섬에 갇혀 있는 것처럼. 더 움직일 수가 없었다. 그럼에도 할 수 있는 일들을 다 제대로 마쳤다. 바로 여기서 출발해 길을 떠났다. 우리는 미래를 보장해 줄 평탄한 삶을 버렸다. 환상을 좇으려다 현실을 놓쳐 버렸다. 우리 아이들의 씨앗을 숲속 구석에 뿌렸다. 그게 전부다. 우리 둘은 서로를 놓아주지 못했다는 것 말고는 전부 잘 마쳤다. 평생 함께 머물렀다.

순간 우리 둘은 감정이 북받쳐 올라 서로 등을 다독이

고 목에 입을 맞추고 꼭 껴안고 하나가 되었다. 그러다가 설핏 잠이 들었다.

잠에서 깼을 때 그리그가 말했다. 그런데 당신 책에서 그런 식으로 날 죽일 생각이었어? 얘기 좀 해 봐. 너무 궁금해. 당신이 어떻게 생각하는지. 나는 망설이지 않고 대답했다. 수도 없이 고심했어. 전미래 시제와 조건법 현재 시제 중에서 어떤 시제로 쓸까, 오랫동안 고민했지. 그건 서로 상이한 두 개의 음악이니까. 결론적으로 전미래는 너무 어른스러운 면이 있어서 치워 두었어. 그리고 좀 더 어린아이 같은 조건법 현재를 택했어. 그건 이런 느낌이야. 들어 봐. '당신의 죽음이 임박했다면, 당신을 돌보러 온 간호사가 나에게 이렇게 말하겠지. 저는 더 이상 할 일이 없⋯⋯.'

당신, 간호사를 이 산으로 올라오게 할 생각이야? 그리그가 내 말을 잘랐다.

그래서 나는 한 친구의 죽음에 대해 그리그에게 들려주었다. 산속 오두막에서 죽음을 맞고 싶었던 그를 위해, 매일 저녁 늦은 시간에 간호사가 헤드랜턴을 쓰고 그를 돌봐 주러 왔다고.

기억나. 그리그가 말했다. 나한테도 괜찮겠어. 당신 생각은 그럴듯해.

나는 말을 이어 갔다. 내가 숲의 동물들을 당신 침대 발치에 데리고 가서 작별 인사를 나누게 하면 당신이 좋아할 것 같다는 생각이 들어. 존 카사베츠 감독의 「사랑의 행로」에서 주인공의 여자 형제가 그를 위해 사육장에서 나오게 한 많은 짐승들이 떠올랐어.

아니, 영화 말고 책으로 해 줘. 그리그가 말했다. 내가 삶의 끝에 다다랐을 때 당신이 내게 책 한 권 읽어 줄 시간은 있을 테니까.

그러더니 그는 꿈속에서 송어 낚시를 하다가 한 마리 낚기 직전인 소년처럼 웃어 대기 시작했다. 내 추측으로는, 모든 걸 잃은 처지에 놓였다는 생각에 웃음이 터진 것 같았다. 아무튼 그에게 조건법 현재에 대해 이야기하고 있는 어여쁜 부인 때문은 아니리라. 그는 비록 가정이긴 해도 자신의 죽음을 받아들인 자신이 우습다고 생각하는 것 같았다.

그래, 내가 어떤 책을 읽어 주면 좋겠는데? 나는 대화를 계속 이어 갔다. 그때가 여름이라고 상상해야 돼. 아마 7월쯤. 아무것도 동요하지 않고, 침묵과 아름다움과 평화만 있는 계절. 내가 당신 방 창문을 열어 줄 거야, 초원이 보이도록. 느릅터리풀 향기가 실려 오겠지.

—무슨 연인들이 죽는 분위기의 이야기야. 그런 거 말고 다른 얘기 해 줘.

　—그리고 마지막 순간에 당신은 파이프 담배를 한 번 더 피우길 원할 거야. 내가 당신이 제일 좋아하는 파이프, 지오노가 애용했던 것과 동일한 뷔츠쇼캥 브랜드의 파이프를 채울게. 당신은 이렇게 말하겠지. '나를 위해 그걸 피워 줘.' 내가 천천히 한 모금 빠는 동안 당신은 침묵을 지키겠지. 그런데 무언가 흘러내릴 테지, 맙소사, 그 순간 초월적인 존재처럼 빛이 흘러내리는 거야.

　나는 덧붙였다. 그런데 이 대목에 나는 더욱 비현실적인 변주를 추가할 거야. 다시 말해 '예스와 당신, 둘 다 죽음을 맞기 직전이었다면'이라는 조건법 과거가 필요한 순간이야. 왜냐하면 예스 역시 무서운 기세로 노화가 진행될 것으로 보이니까. 그래서 어느 날 밤 둘 중 하나가 죽음을 맞게 된다면, 잠에서 깬 나는 둘 중 누가 죽었는지, 죽은 게 당신이지 예스인지 알려고 하지 않을 거야. 모르고 있는 편이 더 나을 테니까. 나는 살아남은 쪽의 온기만 붙들고 그것이 세상인 것처럼 놓지 않을 거야. 그때, 살아남은 이의 발이 내 뺨을 간질일 때 나는 그 개의 감촉을 강렬하게 느끼기 시작하고, 개는 달큰하고 진한 냄새를 발산하면서 자기만의 방식으로 유머와 다정함이 가득한 말을 걸 거야. 그것이 무엇이든 나는 이해할 거야.

그리그는 아무 말도 보태지 않았다.

내가 말을 이었다. 당신이 죽고 나서 한 주 동안 나는 울지도 못할 거야. 눈물을 흘릴 수 없다는 것이 얼마나 고통스러운 일인지! 누군가 지켜봐 주는 사람이 있어야 울음도 나오는 법이거든. 그런데 내 곁에 아무도 없다면? 그러다 갑자기 나는 예스를 보겠지. 결국 울음을 터뜨릴 테고.

61

7월 20일에 접어들었을 때는 까만 야생 버찌가 제대로 달콤하게 익어 있었다. 야생 버찌는 붉은색과 까만색 두 종류가 있는데, 쓴맛이 두드러지는 붉은 버찌가 나올 즈음이면 여름이 그늘 속으로 스러져 간다는 의미였다. 까만빛이 도는 버찌야말로 여름의 정수였다.

조건법이 보여 주는 경이로운 시간만 누비고 다녀도 좋을 텐데, 자신을 덮칠 어둠의 가능성을 예감했는지 그리그와 예스는 삶에 대한 사랑 속으로 풍덩 몸을 던졌다. 그들은 나에 앞서 각성한 것이었다. 7월 말 들어 둘은 상냥하고 가끔은 헌신적인 태도로, 필요한 만큼 잠을 푹 자도록 나를 내

버려 두었다. 죽음을 몰아내기 위한 글쓰기를 시작한 이후 내게는 그런 숙면이 필요했다. 하지만 내가 책상에서 벗어나 움직이기라도 하면 예스는 내 뺨을 핥았다. 내가 입에 하는 뽀뽀를 원하지 않으며 자기 입이 다가오면 내가 버틴다는 걸 학습했는지 입은 피했다. 그런 다음 목과 이마, 귀 순서였던가? 예스가 감히 내 코에 접근했던가? 눈 쪽으로 올라가던 녀석의 혀가 내 눈구석을 닦아 주었던가? 거기에 이르면 예스는 내 눈물을 핥으면서 즐거워했다. 어쨌든 빛이 상실을 비춰 주어야 울음도 나오고, 그것에 대해 민감하게 느끼게 된다. 자연에 존재하는 것들 간의 상호 작용 안에서 예스는 나와 더불어 울다시피 했으리라. 하지만 그렇다고 해서 예스와 그리그가 웃음을 터뜨리지 않는 건 아니었다. 어느 날 아침 그리그는 회색 털의 진정한 견유학파가 된 자신의 모습을 발견하곤 웃음이 터졌다. 마찬가지로 나도 어느 지점을 넘어서면 체면이고 뭐고 다 잊고 웃음이 터질 때가 있었다. 그렇게 웃음을 참지 못하는 일이 자주 있었다. 내혀는 다른 두 개의 혀 중 하나에 응답했다. 내게 달려든 상대는 온몸으로 전율하기 시작했고, 동물에게만 있는 침묵에서 비롯된 말을 건넸고, 흥분해서 헐떡거리며 호흡했다. 그것은 옛날, 그러니까 우리가 어렸던 그 시절에 하던 진짜 포옹이었다.

생물학적 종의 차이를 구분하는 우리 사이의 장벽을 우리가 어디까지 열어 두었을까? 그것은 살짝 열려 있었던가, 아니면 활짝 열려 있었던가? 우리 셋은 뒤섞여 포옹을 나누었다. 우리의 관계가 어디까지 갈 수 있을까? 그 유명한 이종간성(異種間性)에 대해 도덕적 판단을 내릴 마음은 전혀 없다. 그렇다! 우리는 섹스까지 가지 않고도 사랑을 나누었다. 그때 그 문이 조금 열렸으리라. 우리가 어린아이 같은 애정에 머물러 있었으니까. 어린아이였을 때의 모습 그대로.

예스가 제일 좋아한 내 신체 부위는 앞서 말했듯 입이었고, 입에서도 예스가 위엄 있게 느끼는 것은 나의 말하기였다. 말하기 그 자체만은 아니다. 내가 안락의자에서 몸을 일으키면, 예스는 곧바로 책상 앞 내 자리로 오지 않았다. 내가 다시 책상 앞에 앉아도 일하지 말라고 칭얼거리지 않았다. 예스는 내가 글 속에서 믿을 수 없을 만큼 인간적인 나라를 누비고 다닌다는 걸 느낀다는 듯이 굴었다. 예스는 흔히 말하듯 태곳적부터 문지기인 걸까? 나는 내 앞에 놓인 안락의자에 녀석을 앉혔고, 그러면 녀석은 뛰어올라 그곳에 앉아 내가 집중하는 내내 목을 내밀고 턱은 내 문서들 위에 올려 둔 채 함께했다. 나는 어느 때보다 집중해서 다시 일을 시작했다. 분류하고, 선별하고, 챕터들을 구성했다. 작은 집을 짓는 일이나 마찬가지였다. 오두막 같은 집. 성(城)은 절대 아니었다. 그런데 이 사소하고 가련한 푸닥거리와도 같은 의식을 치르면서 간절히 바라는 것이 있었다. 나는 생각했다. 효과가 있을 거야, 세상의 끝은 아직 오지 않았어. 그건 일종의 예감에 지나지 않아. 무슨 노력이든 해야해. 서재의 책상 앞에 앉아서 나는 할 수 있는 모든 시도를 다 했다. 마치 개집 안에 있는 것 같았다.

불현듯 나는 큰 소리로 반복해서 말했다. 마치 개집 안에 있는 것 같다고!

내 책상에 개를 데려왔기 때문일까? 어쨌든 그와 동시에 어떤 생각이 떠올랐다, 우리가 글을 쓰는 건 타인이나 후손을 위해, 죽음에 대항하기 위해서나 영원에 다다르기 위해서가 아니다. 몸짓의 아름다움이나 우리가 겪은 상실을 말하기 위해서도 아니다. 아니다, 우리는 단지 언어에 불법 점거당했으므로 글을 쓴다. 이것은 나에게 자명해 보였고, 거드름 피울 일도 아니었다. 나는 우리가 개집과 다를 게 없다고 생각했다. 개에게 속한 개집. 그 개는 내가 아니고, 내 안에서 멈추지 않고 말하는 것, '로고스'라 불리는 것이다.

바로 그것이 내 단어들의 기저에서 말을 하고, 그것에 대항해 할 수 있는 건 없다. 지배하는 건 그것이다. 성서적이다. 그 단어들의 기저에서 독백하는 자에게 대항해 할 일이 있을까? 누가 우리를 이용하는가? 우리를 길들이는가? 말하기 위해서만 말하는 자에게 대항하여? 그의 다변에 대항하여? 우리가 과연 그 단어들의 기저, 우리 안에서 독백하는 언어의 개집이 아니라고 할 수 있는가?

이 물음에 대답할 자는 아무도 없다.

동시에, 개집의 기능이 내 마음에 쏙 들었음에도 불구하고, 나는 로고스에서 벗어나려면 열린 문으로 도망가기만 하면 될 거라는 것을 간파했다. 빠르게 가장자리로, 경계로, 풀이 우거진 경계로 흘러 도망갈 수 있을 거라고. 시쿠트 팔레아로, 귀리 껍질, 꽃가루의 꽃가루, 먼지의 먼지, 구름 떼의 구름 떼 등 모든 것이 모습을 바꾸는 곳으로 합류할 거라고. 나는 재빨리 여우들과, 박쥐와, 천산갑과 뒤섞일 것이다. 콧방울과 날개, 바짝 세운 귀들과 뒤섞일 것이다. 부드러운 털과 뒤섞이고 거친 털과 뒤섞일 것이다. 오감(五感), 나무들의 정수, 그들의 수액, 그들의 향기, 그들의 톡 쏘는 냄새와도 뒤섞일 것이다. 지저귀는 새소리, 속삭이는 소리,

으르렁거림, 빈정거림, 노랫소리, 조화롭지 못한 수식과 찡그린 표정으로만 말하게 될 것이다. 풀로, 초원으로, 그들의 언어 이전의 소리로 글을 쓸 것이다.

하지만 나를 지켜보는 눈이 있었다.

내가 놀라운 힘을 지닌 버팔로화를 손에 들면 예스는 소스라쳐 놀랐다. 그것은 나를 내 책상, '여성' 작가의 책상으로부터 아주 멀리까지 이끌고 갈 수 있는 플랫폼이나 마찬가지였다. 그러나 내가 책상을 떠나는 건 절대 안 될 일이었다. 이제 내 자리는 다른 곳이 아니라 바로 이곳이었다.

62

그리그의 상태가 한결 나아졌다. 우리 셋의 건강은 그런대로 나쁘지 않았다. 우리가 함께 침대에서 늦게까지 뒹굴거리는 습관에 젖어 가고 있던 어느 날 아침, 그리그가 우리의 시시한 블랙 유머 게임을 다시 하고 싶어 했다.

— 그러니까 피피, 당신은 나를 죽이고 싶었을 텐데, 그럴 수 있었는데, 이번에야말로 진짜로 가능했는데 나를 보내지 못했어. 이번에도 당신 책에서 나를 저세상으로 보낼 수 있었을 텐데. 아니, 아직 일어나지 마. 여기에 이러고 있자고. 돌아와서 다시 누워. 이 모든 일이 완전히 끝났을 때 나를 어떻게 매장할지 들려줘. 당신은 아직 거기까진 생각하지 못했겠지만 나는 이미 안다고. 당신은 작은 묘지에 매

장하는 걸 원치 않았던 아미시 교도들처럼 그렇게 깊은 무덤을 팔 수 없을 거야. 그러니까 나는 그 이후의 일을 잘 알아야 해, 이곳에 묻히고 싶으니까.

— 내가 어떻게 그러겠어, 사랑하는 그리그? 오! 잘 알지. 나도 그 이후를 생각해 봤거든. 모든 것이 끝났을 때 당신은 현실 세계가 필요 없어지고 그 모든 걸 당신 머릿속에, 당신의 세상 안에 갖고 있겠지. 그때 나는 당신 책들 아래 무덤을 파고 당신을 묻을 거야.

— 세상에, 피피. 점점 더 터무니없어지는군.

그렇게 말하더니 그는 소년처럼 웃기 시작했다.

그 순간, 창문 너머에서 어떤 선율이 흘러 들어왔다. 그 선율은 전날보다 훨씬 진한 들장미 내음을, 조건법 중에서도 조건법 과거, 즉 철저한 환상의 세계의 내음을 풍겼다. 그리그가 내 서재에 들를 때면 나는 나의 초라한 그리그를 다시금 보았다. 그가 마치 서점에라도 온 것처럼 파이프와 라이터를 들고 내 책들 앞에 서서 파이프 담배에 불을 붙이기 위해 라이터를 딸깍거리며 책장 선반을 훑어볼 때면 담배 냄새가 났고, 이런, 그는 책을 한 권 들고 가 나에게 돌려주지 않곤 했다.

— 내 책들 아래 묻는단 말이지. 설명해 줘. 그리그가 기

뿐 듯이 말을 이었다.

—바퀴가 하나 달린 책 수레로 책을 나르는 거지. 땅을 파지는 않을 거야. 포탄 구멍을 이용할 생각이니까. 1945년에 포탄이 집 바로 옆에 떨어졌는데 집은 피해를 입지 않고 대신 엄청난 구덩이가 생겼잖아, 깊이가 2미터 넘는 구덩이 말이야. 죽음이 완결되면 나는 당신 몸을 씻길 거야. 그리고 침대 시트로 몸을 감싼 다음 시트를 다 꿰매는 거지. 그러고 나서 그 시트 자락을 어깨에 메고 끌면서 한 걸음씩 이동할 거야. 그리고 구덩이 안쪽으로 시신을 살살 굴려 떨어뜨릴 거야. 그런 다음 당신 책들을 손수레로 운반해 와서, 하루 종일 걸리겠지만, 책들로 당신을 덮을 거야. 책들은 하나의 피난처잖아. 언어는 하나의 국가나 마찬가지고.

—당신이 관심 있을지도 모를 몇 권은 보관해 두는 편이 좋을 거야. 그런 다음 장례식은?

내가 장례식이나 결혼식에 가지 않고 지낸 지 거의 오십 년이었다. 나는 대답했다. 모르겠어. 장례식이 어떤 모습이어야 하는지 평가할 기준이 없어서.

우리는 자리에서 일어났다.

정오가 되었다.

우리는 그동안 부아바니에서 내가 한 번도 차린 적 없

는 훌륭한 식사를, 까만 야생 버찌로 만든 근사한 디저트와 함께 먹어 치웠다. 마지막으로 먹은 디저트가 그렇게 달콤할 수 없었다. 전날 따 놓은 버찌였다. 사랑을 그리워하게 될 거라니/말도 안 돼. 나는 잠시 쉬면서 음을 반음 내려 노래를 흥얼거렸다. 그리그가 물었다. "그건 무슨 노래야? 어디서 들었어?" 나는 유튜브에 들어가 '도미니크 A'를 검색해서 보여 주었다.

내가 널 다시 보지 못한다면/너는 사라진 거지,
네가 눈을 감고 있으면/나도 자취를 감추지,
너는 깨어 있어야 해/밤이든 낮이든.
(……)
우린 서로의 시야에서/사라질 권리가 없어.
우린 선택권이 없어/너도 알겠지.
사랑을 그리워하게 될 거라니/말도 안 돼.

노래를 들은 뒤, 그리그는 고마워하는 듯한, 행복하고도 홀가분한 표정을 지었다. 가사에 나오는, 서로의 시야에서 사라지지 말자고 맹세하는 대목에서 안도한 것 같았다.

그는 기지개를 켜고는 나에게 멜빵 이야기를 했다. 있

잖아, 내가 장 지오노의 플레야드판 소설을 한 권 발견했어. 예전에 읽은 적이 없는 책이야. 『미친 행복』이라는 책이지. 『앙젤로』의 후속 격인 작품인데, 그 책보다는 못해. 그런데 거기에 피에몬테 무정부주의자들에 가까운 남자가 나오거든. 그가 배를 타고 이탈리아에서 도망을 치는데 추격을 당해. 몇 가지 돌발 사건이 일어난 다음 그는 런던에 도착해. 그의 영국인 친구들은 그가 괜찮다고 생각하면서도 그들은 그에게 이렇게 말해.(그의 이름은 비앙카야.) 비앙카, 정말 자네는 뭔가 이상한 데가 있어. 항상 바지 허리춤 부분을 양손으로 움켜쥐고 있잖아. 마치 바지가 엉덩이 아래로 흘러내리기라도 하는 것처럼 말이야. 그들은 그를 양복점에 데려가 아주 간단하게 멜빵을 사 줘. 그러자 그는 완전히 달라졌지. 여보, 다음에 마을에 내려가면 멜빵 좀 사다 줄래?

세로로 긴 식탁 위로 마름모꼴의 햇살이 떨어졌다. 그것은 얼핏 움직이지 않는 것처럼 보였으나, 우리의 식사를 구성하는 아주 행복한 것들로부터 지극히 미미하게 멀어지는 중이었다. 반짝거리는 유리 잔들. 물 항아리, 식탁보의 구겨진 부분과 그것이 견뎌 온 모든 것, 피곤에 지친 널찍하고 하얀 영역. 그것은 해져서 여러 번 수선한 것으로, 나는 파티에 대비해 그걸 간직해 왔다. 아주 오랜 세월 동안 행복한 날에 음식을 내놓을 때마다 깔았던 식탁보였다. 그릇 안에 검은 버찌가 아직 남아 있었다. 접시에는 푸른 씨앗들이 담겨 있었다. 그 씨앗들 사이로 벌 한 마리가 날아왔다. 그러더니 미동도 하지 않았다. 펼쳐진 채, 가벼운 축하연의 일원이었던 식탁보 위에 엎어져 있는 책의 표지에서 우리는 눈 속으로 멀어져 가는 로베르트 발저의 모습을 발견했다. 문은 열려 있었다. 바깥 날씨는 아름다웠다. 온통 하얬다. 눈이 왔다고 해도 믿을 정도였지만 그것은 햇빛이었다. 그날이 얼마나 빨리 지나가 버렸던가.

저녁 내내 그리그는 방에서 티티새처럼 휘파람을 불었다. 흡사 죽었다가 부활한 것 같은 기색, 아니면 만족스럽게 건강 검진을 받고 돌아온 듯한 모습이었다. 바로 옆에서 그가 스스로에게 중얼거리는 소리를 들었다. 나는 살아났다고!

나는 책상 앞에 앉았다. 예스는 내 작은 몸짓 하나도 놓치지 않겠다는 얼굴로 내 발치를 지키고 있었다. 열린 창 너머 밤이 내렸다. 내가 컴퓨터 전원을 켜자 예스는 어둠 속에 혼자 남겨졌다. 마침내 나는 단 하나의 첫 문장을 발견했다. 어디선가 날개미들이 밤의 냄새를 맡고 들어와 컴퓨터 화면에 달라붙었다. 날개미들은 함께 신비롭게 자성(磁性)을 띤 다른 벌레들, 징조들과 개미들처럼, 내 손가락 밑에서 모습을 드러내는 텍스트의 글자들과 뒤섞여 거기에 들러붙어 있었다. 무엇에 의해? 누구에 의해? 언어를 갈망하는 내 작은 개 예스는 배가 고플수록 나에게 바짝 달라붙는다. 그러다가 내 앞 자기 소파로 뛰어올라 자리를 잡는다. 회색 털을 늘어뜨리고 뒤죽박죽 쌓인 메모 노트 위에 턱을 올린 채 바로 곁에서 나를 지켜보면서 타협 모르는 제 역할에 빠져든다. 예스는 반쯤 감긴 눈으로 나를 살피며 이렇게 말하는 것만 같다. '난 너의 곁을 지키는 수호천사야.' 하지만 나는 인류로부터 무언가를 구원하기 전에는 절대 자리에서 일어날 수 없다. 내 개는 그런 나를 나보다 더 믿고 있다.

예스가 사라진 건 그다음 날이다.
내가 한눈을 팔았던가?
잠시 잠이 들었던가?
돌아누웠던가?
나는 예스를 불렀다.

그리고 온 사방으로 예스를 찾아다녔다.

예스는 어디에도 없었다.

그 후로 내 심장이 있던 자리에 구멍이 뚫렸다. 내 몸은 더 이상 아무것도 듣고 싶어 하지 않는다. 그러는 사이 우리를 둘러싼 세상은 끝없이 최악으로 치닫고 있다. 이따금 나는 식탁에 앉아 예스의 이름을 속삭인다.

눈가에 눈물이 맺힌 채로도 나는 끄떡없이 글을 쓴다.

옮긴이의 말

우리 집에는 회색 고양이가 산다. 이름은 보니, 사 개월 된 아기 고양이는 원래 살던 집의 피치 못할 사정으로 파양당할 위험에 처해 있었다. 작은 새장에 담겨 우리 집에 도착한 녀석은 방에 들어오자마자 내 다리에 얼굴을 부비더니, 침대 위로 올라가 벌러덩 드러누웠다. 무방비하게 자신을 드러내는 이 작은 생명체에게 마음을 빼앗긴 채로 벌써 일곱 해 반이 흘렀다. 고양이와 살아가는 일은 하루하루 비언어적인 소통을 배워 가는 것이다. 나는 인간의 말이 빚어내는 오해와 기대와 피로에서 벗어나, 한없는 신뢰와 조용한 기다림의 세계로 들어갔다.

내가 운영하는 밤의서점에는 길고양이가 산다. 이 년간의 숨 막힐 듯한 팬데믹 시기가 끝나던 2022년 봄, 새끼 고양이 한 마리가 서점 앞에 나타났다. 비쩍 마른 약체의 몸이지만 눈은 세계를 품고 있던 아이. 우리는 '구 씨'라고 부르며 밥을 챙겨 주기 시작했다. 어느덧 구 씨는 서점 셔터 앞에서 출근하는 우리를 기다리게 되었다. 코로나 이후로도 손님들의 발길이 돌아오지 않던 꽤 오랜 기간을 구 씨와 함께하며 버텨 나갔다. 책을 한 권도 팔지 못해도 구 씨의 밥을 챙겨 줄 수 있어 다행이라고 생각했던 나날이었다.

그러던 2022년 가을, 이 책 『내 식탁 위의 개』가 내게 도착했다. 페미나상 후보작이었던 이 책을 큰 기대 없이 펼쳤다가 몇 시간 동안 소파에 붙박여 책에 빠져들었던 걸로 기억한다. 그리고 마지막 장면에 이르러서는 스스로도 당황스러울 정도로 눈물을 흘렸다. 원서를 검토하다가 운 것은 처음 있는 일이었다.

은둔의 공간 '부아바니'에 작은 개 한 마리가 피를 흘리며 찾아온다. 부아바니의 주인은 노부부 소피와 그리그다. 여든에 다다른 소설가 소피는 몸에 찾아든 노화로 인해 자신이 돌연 멈춘 느낌, 세계와 자신으로부터 소외되는 느낌을 받고 있었다. 한편 그리그는 밤에 책을 읽는 유일한 활동으로 도피해 현실 세계로부터 고립을 자처한 인물이다.

그런데 양치기 개 예스가 이들의 삶에 들어온 순간, 무언가가 조금씩 움직이기 시작한다. 늙어가는 일의 무력함과 지독한 세계의 불운 앞에 압도되어 버티듯 살아가던 두 사람에게 예스가 지속적인 기쁨의 섬광을 흘려 보내 주기 시작한 것이다.

하지만 얼마나 경이로운 일인가. 내게 인간 존재란 무엇인가 하는 수수께끼가 사라지고, 불현듯 내가 사랑의 전율, 단 하나뿐인 진정한 사랑을 마주하고 있기라도 한 것처럼 인간이라는 존재가 기이하게도 가까이 느껴지는 일이 이따금 일어나기도 했다. 혹은 깊고 비밀스러우며 메아리로 가득한 우정이라는 작은 숲을 마주하거나. 당신도 그걸 기억하는지? 혹은 욕망일까. 어떤 얼굴이 촉발한 그 즉각적인 열망, 내 몸의 나머지 절반을 만나고 싶다는, 아주 강렬하고 활기차며 떨림을 유발해 나를 멈추게 만드는 뭔가를 만나고 싶다는 열망 말이다. 그것 말고는 다른 무엇도 중요하지 않으리라. 그때 나는 내 집으로 돌아

오고, 스스로 온전하다고 느낄 테니까. (본문 80~81쪽)

　소피는 예스에게 이끌려 밖으로 밖으로 나간다. 그리고 모든 동식물과 교류하며 종을 뛰어넘는 관계를 배워 간다. 수술실 마취대에 올라간 두렵기 그지없는 순간에 찾아와 준 올새가 그러했고, 블루베리 밭을 함께 뒹굴며 살아 있다는 감각을 알려준 예스가 그러했으며, 부아바니의 삶의 시작부터 함께한 당나귀 리타니가 죽음의 순간을 소피에게 알리는 장면에서 그러했다. 고립과 무기력에 싸여 있던 한 인간이 욕망과 생명력을 덧입는 과정을 지켜보며, 나는 서서히 소피의 내면에 다가서고 있었다. 예스와 리타니가, 나무둥치와 가시덤불이, 그리고 내 곁의 보니와 구 씨가 이 지구라는 행성을 구성하는 동반자로서 뚜렷하게 존재를 드러내는 순간이었다.

　　리타니는 오래전부터 자신이 죽으리라는 걸 알고 있었다. 그것도 나보다 훤히. 녀석은 자신의 길을 계속 갔고, 동시에 나에게 그 길을 열어 준 것이다. 어떻게 울지 않을 수 있을까. 어떻게 울음을 참을 수 있지. 나는 리타니의 목을 꼭 끌어안았다. 아직도 공기 중에 떠도는 당나귀의 체취가 밴 녀석의 털외투로 내 몸을 감쌌다. 나는 차마 눈물을 흘리지 못하면서 어떻게 울지 않을 수 있지, 라는 말만 중얼거리고 있었다. 리타니는 내 스승이었다. 녀석은 모든 면에서 나를 능가했다. 풀밭에서 풀을 뜯어먹는 방식부터 그랬다. 초원과 사물의 이치와 바람의 방향을 선택하는 것도. 언제나 나보다 한 발 앞서 나갔던 녀석을 나는 뒤에서 따라갔다. (본문 214쪽)

육십 년 가까이 자연과 하나 된 삶을 살아온 소피의 시선은 종종 굉장히 낯설고 기이하며 주술적인 분위기마저 풍긴다. 하지만 시적이고 파편적인 문장들로 독자를 이리저리 끌고 다니는 동안에도 이 책은 우리를 둘러싼 세계에 대한 질문을 멈추지 않는다.

오늘날 여성으로 산다는 것의 의미는 무엇인가? 나이든 여성이란 어떤 존재인가? 노화로 인해 자기 몸에 대한 통제를 잃게 된 우리는 외부의 자극과 경험을 어느 정도까지 감당할 수 있는가? 이 시점에서 사랑하는 사람과의 관계는 어떻게 변할 것인가? 책과 서점이 사라지는 시대에 작가는 어떤 의미를 가지는가? 종의 소멸이 급속도로 진행되는 세계의 붕괴 앞에서 희망은 존재하는가? 인간과 동식물, 종

사이의 경계와 합일은 어느 정도까지 가능한가? 자신은 왜 변방의 작가로 남을 수밖에 없는가?

작가 클로디 윈징게르는 국내 독자에게는 낯선 이름이다. 1940년 프랑스 콜마르에서 태어난 그녀는 25세 되던 해 보주 알자스 산지에 정착했다. '부아바니'의 모델이 된 '방부아'에서 양 목축과 천연염료 작업, 조형예술 전시를 병행하며 자유로운 예술가의 삶을 살았다. 식물로 만든 거대한 책의 페이지를 형상화한 '풀 페이지들(Pages d'herbe)', 잿더미로 변한 책들을 통해 문명에 가해진 폭력을 이미지화한 '불타버린 책장(Les bibliothèques en cendre)' 전시가 그녀의 대표적인 작업이다.

1973년 자전적 이야기를 담은 첫 책 『방부아, 초록의 삶(Bambois, la vie verte)』을 출간하며 작가의 삶을 시작한 이래 『잔존(La Survivance)』, 『새들의 언어(La Langue des oiseaux)』, 『매복(L'Affût)』 등 주로 자연 속에서 고독한 존재의 여정을 그리는 작품을 발표했다. 2010년 발표한 첫 소설은 어머니에 대한 기억을 추적한 자전 소설 『그녀들은 희망을 안고 살아갔다(Elles vivaient d'espoir)』이다. 2019년 『위대한 사슴들(Les Grands Cerfs)』로 데상브르 상을, 2022년 『내 식탁 위의 개』로 페미나 상을 수상했다.

페미나 상 수상작인『내 식탁 위의 개』는 출간 후 프랑스 언론으로부터 대대적인 호평을 받았다.《르 피가로》는 "지극히 아름다운 이 소설의 마지막을 다 알려 줄 의도는 전혀 없다. 하지만 독자들이 책을 덮을 때 눈물이 가득 차오르게 될 거라는 건 말해 두어야겠다. 그것은 슬픔의 눈물이 아니라 그녀와 그리그의 관계에서 드러난 인간애에 대한 눈물이자, 숲속 한가운데 야생의 장엄함에 대한 눈물이다." 라고 극찬했고,《프랑스 앵포》는 "지구를 위협하는 재앙과 이 세계의 눈부신 아름다움을 동시에 그린 밝은 어둠의 책이다. 환상으로 가득 찬 이 책은 자연, 삶, 시에 대한 초대이며 글이 헛되지 않는다는 증거이다. 어떤 페이지들은 숨 막힐 정도로 아름답다."라는 평가를 내놓았다.

쉽지 않은 번역 과정이었지만 이 책은 내게도 다양한 질문들을 건넸던 걸로 기억한다. 저녁 내내 풀리지 않는 문장들과 씨름하다가, 다음 날 아침 궁동공원을 산책할 때면 이름 모를 식물과 바위에 낀 이끼들, 나무의 나이테와 새들과 곤충들이 텍스트에서 튀어나와 제 존재를 과시하며 나를 따라다녔다. 40대에도 여전히 불안정한 내 삶을 생각하며 어두운 얼굴이 되었다가도, 인간과 동물과 자연의 경계를 허물며 탐색하기를 멈추지 않는 우리의 주인공에게 돌아오면 방어적인 내 태도가 부끄러워졌다. 예스가 소피에게 찾아 준 기쁨의 섬광 같은 순간들이, 이 책을 읽는 여러분에게도 자주 찾아들기를 바라 본다. 붕괴하는 세계 속에서도 우리 자신만의 '예스'를 찾아내기를.

그렇게 나는 이해하게 되었다. 인간이 우리 종(種) 안에 격리된 존재, 즉 다른 종들과 분리된 존재가 아님을. 우리는 그들과 다르긴 하지만 분리되어 있지 않으며, 우리가 인간에 속한다는 것은 세상에 존재하는 지극히 제한된 방식에 지나지 않는다는 것을. 우리는 그보다 훨씬 광대한 존재다. (본문 179~180쪽)

2023년 겨울
김미정

옮긴이 김미정

이화여자대학교 불문학과와 이화여자대학교 통역번역대학원
한불번역학과를 졸업했다. 출판사에서 편집자로 일하다 현재는
밤의서점을 운영하며 번역가로 활동 중이다. 『인간의 대지』,
『파리의 심리학 카페』, 『어린 왕자』 등을 우리말로 옮겼다.

내 식탁 위의 개

1판 1쇄 펴냄	2023년 12월 15일	지은이	클로디 윈징게르
1판 3쇄 펴냄	2024년 7월 22일	옮긴이	김미정

발행인　박근섭 박상준
펴낸곳　(주)민음사

출판등록　1966. 5. 19. 제16-490호
주소　　　서울시 강남구 도산대로 1길 62(신사동)
　　　　　강남출판문화센터 5층 (우편번호 06027)

대표전화	02-515-2000	한국어판	©(주)민음사, 2023. Printed in Seoul, Korea
팩시밀리	02-515-2007	isbn	978-89-374-5476-9(03860)
홈페이지	minumsa.com		잘못 만들어진 책은
			구입처에서 교환해 드립니다.

AMBASSADE DE FRANCE EN CORÉE
Liberté Égalité Fraternité
주한 프랑스 대사관 문화과

Cet ouvrage, publié dans le cadre du Programme d'aide à
la Publication Sejong, a bénéficié du soutien de l'Institut
français de Corée du Sud – Service culturel de l'Ambassade
de France en Corée.
이 책은 주한프랑스대사관 문화과의 세종 출판 번역
지원프로그램의 도움으로 출간되었습니다.